U0101925

大魚讀品
BIG FISH BOOKS

让日常阅读成为砍向我们内心冰封大海的斧头。

JÓN KALMAN STEFÁNSSON

冰岛往事

3

写信人

[冰岛]约恩·卡尔曼·斯特凡松_著

李静滢_译

HJARTA MANNSINS

四川文艺出版社

图书在版编目（CIP）数据

冰岛往事 . 3, 写信人 / (冰) 约恩 · 卡尔曼 · 斯特凡松著 ; 李静滢译 . -- 成都 : 四川文艺出版社 , 2023.4
ISBN 978-7-5411-6333-3

Ⅰ . ①冰… Ⅱ . ①约… ②李… Ⅲ . ①长篇小说—冰岛—现代 Ⅳ . ① I535.45

中国国家版本馆 CIP 数据核字（2023）第 028940 号

版权登记号：图进字 21-2022-345 号

BINGDAO WANGSHI 3 XIEXIN REN

冰岛往事 .3，写信人

[冰] 约恩 · 卡尔曼 · 斯特凡松　著　李静滢　译

出 品 人　谭清洁
责任编辑　陈润路　王梓画
责任校对　段　敏

出版发行　四川文艺出版社（成都市锦江区三色路 238 号）
网　　址　www.scwys.com
电　　话　028-86361781（编辑部）

印　　刷　河北鹏润印刷有限公司
成品尺寸　140mm × 200mm　　开　　本　32 开
印　　张　11　　字　　数　209 千
版　　次　2023 年 4 月第一版　　印　　次　2023 年 4 月第一次印刷
书　　号　ISBN 978-7-5411-6333-3
定　　价　49.80 元

这是我们要讲述的故事

死亡既非光明，亦非黑暗；死亡也绝非生命。有时我们守护濒死之人，眼见其生命渐渐消逝。每个生命都是一个宇宙，看到一个人消失于无形，看到一切在转瞬间化为空无，真叫人痛苦。当然，每个人的生活各有不同，有些人的生活平淡无奇，有些人的生活是华丽的冒险，然而每个人的意识都是一个世界，从地面延伸到天空。如此宏大之物，又怎会如此轻易地消逝，沦为空无，甚至连泡沫都留不下，甚至没有一点回声？不过已经很久没有人加入我们的行列了。我们是苍白的影子，甚至还不如影子。糟糕的是，身已死，却不得消亡，这种事对谁都没好处。在我们的时日里，我们当中有人为了逃离而诉诸各种手段——扑向迎面驶来的汽车，把头塞到恶犬口中——但我们的尖叫是无声的，狗的牙齿切入我们的身体，如同穿过空气。怎么可能会这样：一切皆无，却记得一切？明明已死，却比以往更强烈地感受到生命？如今在晚上，你肯定能在教堂后面的墓地中找到我们，我们就蹲在那儿。那教堂已经存在了很多个世纪，虽然房子曾经重建。那是我们的教堂，伯瓦尔德牧师力求在此得到宽恕并克服自身的弱点，不幸的是收效甚微。要衡量一个人的力量，只能看他的弱点，看他如何面对自己的弱点。用木头加瓦楞金属板修建的教堂早已消失，取而代之的是石头教堂，来自大山的石头，这更稳妥。在这样的地方，教堂应该仿照山脉或天空。我们只有在墓地这里才能享受到些许安宁。在这里，我们认为自己可以分辨出地下死者的喃喃低语，那声音暗示着远处愉快的交谈。因此，绝望也会有欺骗性。不过这样宁静的时刻在慢慢增加，甚至似乎已经延长了，从刹那间延长到一个个刹那。的确，我们会感到不适，但这些话语让我们保持温暖，它们是我们的希望，有话语的地方就有生命。迎接它们，我们就会存在。迎接它们，我们就有希望。这是我们要讲述的故事。不要离开我们。

一份古老的阿拉伯医学文献中写道：
人的心脏分成两个心房，
一个叫幸福，另一个叫绝望。
我们该相信哪一个呢？

I

梦境终于何处？现实始于何处？梦来自内心，它们从人人皆有的内心世界汩汩流出，它们可能是扭曲变形的，然而什么不是扭曲变形的呢？什么不带凹痕呢？我今天爱你，明天恨你——声称永不改变的人，是在对世界撒谎。

男孩闭着眼睛，在地上躺了很久。不确定现在是白天还是夜晚，不确定他是清醒的还是在熟睡。他和詹斯摔在硬东西上。他们先是没找到哈加提，那个跟他们一起从内斯出发的农场雇工；他们仨拖着奥斯塔的棺材走过山地和荒野，然后男孩和詹斯摔到硬东西上。过去多长时间了？他在哪里？男孩犹豫地睁开眼睛。睡眠之后，等待你的东西并不总是确切无疑的，世界可能在一夜之间改变，生命消亡，星星间的距离增大，黑暗加深。男孩犹豫而不安地睁开眼睛。他躺在月光下的房间里，躺在惨白的月光下，哈加提坐在椅子上，死死地盯着男孩，脸苍白得让人难受。奥斯塔站在床边，散发着寒意。你总能逃脱。哈加提缓缓地说。是的，总是有人准备着把他拉起来。詹斯说着在他旁边的床上坐起来。月光为他织就了死亡的罩衣。但是现在没人能帮你了。奥斯塔说。不，他不值得。詹斯说。不管怎么说，他能有什么可献出的呢？他有什么权利活下去？哈加提说。男孩张开嘴想回答，想说些什么，但他感到胸口沉重，几乎没办法说话。而后他们的影子慢慢退去，慢慢消失，月光变成了无尽的雪，房间变成了充斥世界的冰冷荒地。天空是覆盖一切的厚厚冰层。

II

我睁开眼睛安不安全？或许男孩没有睡着，或许只是需要这么长的时间才能死去。男孩听不到风声，听不到雪被风吹起的沙沙声，也感觉不到寒冷。我一定是在雪地里睡着了，这样的睡眠会变成柔软舒适的死亡。我再也无法抗争下去了，男孩想，现在没有人能帮我，奥斯塔是对的，如果最好的一切都已终结，为什么还要抗争呢？但我要接受教育，吉斯利校长应该会亲自教导我。死亡是不是一种背叛，我是不是不必战斗？难道他不是正躺在床上吗？他感觉自己好像在一张柔软的床上，真奇怪。也许他只是躺在盖尔普特的房子中，躺在他自己的房间里，梦到了这一切，梦到了和詹斯一同穿过暴风雪的旅程。难道有可能梦见这么多的雪、这么大的风、这么多的生命和死亡吗？梦境大得足够容纳这一切吗？他无法睁开眼睛，可这是多么简单的事。他的眼皮如同沉重的石板。他试着去感受周围的事物，派出他的手去完成调查之旅。但他的手和眼睛一样无用，他甚至感觉不到双手，也许它们死掉了，冰霜已经啃掉了他的双手。它们像雪地上的旧木块一样躺在那里。詹斯，你在哪儿？男孩想，或许嘟囔出了声，而后又沉入睡眠——如果这真的是睡眠，而不是死亡。他沉入了睡眠，陷入了噩梦。

III

你确定好了吗？你是想活下去还是想死去？这个女人或女孩问。她长着红头发，死者长着红头发。我不知道，男孩说，我不确定自己知不知道这两者的区别，也不确定这是不是如此重要。我会吻你，她说，你会感受到区别，如果你感觉不到亲吻，那你无疑就是死人。她一下子站起来，弯下腰，头发红得不像是真的，她的嘴唇温暖而柔软。生命若不在一个吻中，又在何处？

IV

男孩醒来时，周围半明半暗，实际上是曙色朦胧。他躺在一张柔软的床上，身上盖着温暖的毯子，毯子散发出新鲜的春日气息。他的手还在，怀着信任耐心地等待着他，冰霜没有咬掉他的手。他可以举起双手，活动手指，尽管手指的动作僵硬，就像糊涂的老人，但它们仍在原处。真棒。他喃喃自语。他辨认出窗帘后面两扇窗户的轮廓，听到了近旁深深的呼吸声，于是鼓起勇气和力量，用胳膊肘撑起身体，环顾四周。他在一个相当宽敞的房间里，房间里还有张床，有人躺在床上呼吸。那是詹斯。所以，他们还活着。你怎么知道自己还活着，而不是死了呢？这并不总是显而易见的。男孩想了想，然后举起右手的食指，用力咬了一口。他感到疼痛。所以，他的食指应该是活着的。不管怎样，这都是件大事。另外，起床需要做出相当大的努力，他感到头晕目眩，他应该继续躺在那儿。把身体的重量压到小腿上或许是个错误，天堂与地狱之间的这场拔河赛刚刚开始。地板很冷，男孩蹒跚着走到詹斯床边，站在他身旁，看着他呼吸，然后坐到床边，松了口气。很好，这个难相处的沉默寡言的男人应该还活着，那他妹妹海拉就不会被陌生人捆起来，也不会被人踢打。

男孩听到有动静，随后一个矮个子女人走了进来，面相看起来有点尖刻，仿佛认为这个世界上没什么好东西。哦，你醒了。她说。这会是他梦中的那个女人吗？那个亲吻过他的女人？她如此尖刻，至少有二十岁了。我怎么了？男孩问。我怎么会知道？我的意思是，我在哪里。在斯雷图埃利的医生家里，不然你还能在哪里？

这不是他梦中的那个声音。这个女人不是梦，她更像是一段绳子，坚韧而坚定。在斯雷图埃利。他慢慢说，就像要品味这个名字。这是他们在两天两夜里的目标，是风暴背后的休息和安宁。所以，他达到了目标。他和詹斯已经达到了目标。可是哈加提呢？她把手放在臀部，两眼之间的距离不太大，神情有些不耐烦。也许她知道人的生命短暂，天空变了颜色，于是你就死了。所以说我们做到了。男孩似乎是自言自语地说。看起来是这样。女人说。

但我们怎么到了这里？……到了床上，我是说，詹斯和我。我什么都不记得了。

你什么都不记得。可你真的已经说得够多了。

我说话了吗？

你一暖和过来就开始说话，一半的话让人听不懂。最重要的是，你想赤裸裸地冲回到暴风雪中。大家不得不按住你。没错，赤裸裸，你的衣服当然一定要脱掉，它们都冻在了你身上。人们摩擦你们的身体，让生命重回到你们两人身上。

她走到窗前，唰的一下拉开窗帘，日光流泻而入。哈加提在哪里？男孩在眼睛适应了光线后问。哈加提，她走出房间时站在门口重复了一遍，我不知道。你胡言乱语的结果是，十个人被连夜派了出去，他们差点没逃过雪崩。等一等。男孩在她转身离开时几乎是喊了出来。就好像我有时间谈这些似的。说完，她就走开了。

她没关门，迅疾的脚步声远去了，短促的、快速的步伐。

不久后，男孩听到了说话的声音。詹斯的呼吸如此缓慢，简直称得上平和，就仿佛这大个子终于对生活感到满意了。睡眠可以这样欺骗我们。他们睡了多久呢？他们撞上这栋房子时是夜晚吗？男孩又一次小心地从床上起身，双腿支撑着身体，但是双腿的状态很差，它们已经衰老了很多，右腿可能老了几十岁。外面相当明亮，也许快到中午了。所以说，他睡了至少十二个小时，难怪他感觉头昏昏沉沉的。多云，没有即将降雪的迹象，大风和寒冷确定无疑。风随处卷起白雪，就像是出于无聊，不过不论哪个方向的景象都没有受到风雪的遮挡。还有大海，铅灰色的、波涛汹涌的大海，在两山之间翻腾打旋。男孩朝右看去，看到向远方延伸的海洋，在无边无际的远处变得更加平静。群山是白色的，太遥远了，不会有什么威胁。群山完全是白色的，除了黑色的悬崖峭壁，那里如同地狱之门。男孩伸出一个指尖慵懒地滑过嘴唇，好像在寻找一个吻。亲吻、声音、红头发、温暖，那是梦吗？

站在窗边很冷，冰霜和雪的气息穿过了薄薄的玻璃。男孩窥见几座积雪覆盖着的房屋，那包含着生命的冰冷外壳。他向前倾身，辨认出了教堂的轮廓。奥斯塔是不是在里面，等着入土？哈加提在哪里？男孩向外张望，似乎希望能看到哈加提从一座白雪覆盖着的房子里冲进另一座房子，那样他大概就是在寻找受祝福的波迪尔杜尔。一本著名的书上说，人生就是要寻找一个可以共度一生的人，并在找到后幸存下来。能够这样也很好，因为孤独地生存肯定总比有人陪伴更难。我们孤独地降生、孤独地死去，如果也在孤独中生活，那会是件令人心碎的事。男孩试着想起莱恩海泽——特里格维商业贸易公司代理人福里特里克的女儿。她就要在阳光下远行了。可是接着就有人走上楼梯，沉重地跺着脚。男孩正要回到床上，躲到被子下面，却停了下来，决定重新回到窗前。但他又改了主意，因此当一个中年男人进来时，他正好在床和窗户中间，或者说，正好无处可去。地板在那个男人沉重的身体下咯吱作响。他身材健硕，个子高大，几乎秃顶了，却留着浓密的长鬓角，穿着一件羊毛背心和外套，鼻子明显发红，灰蓝色的眼睛深陷在眼窝里，让鼻子看起来显得更大。所以这是真的，你醒了。男人说。他嗓音深沉，但听起来有点疲惫或嘶哑。他叹了口气。不错，你能休息一下。一个出现在男人身边的女人说。她比他矮一头，更年轻，或许要年轻二十岁。她身材瘦削，有着一头浓密的金发。她那明媚的表情让男孩再次想到阳光、夏天、六月蓝色的夜晚，它们还会回来吗？那更像是一段绳子的女人靠在门框上，双臂交叠在胀鼓鼓的胸前，她的表情似乎在说：你休息过了，现在呢？

有一会儿，男孩站在房间中央，穿着手纺羊毛编织的别人的衣服。衣服太大了，生活似乎在煞费苦心地贬低他。那男人把拇指插进裤子说：那好。那个表情明媚的女人说：你应该休息一下。然后男孩上床躺了下来。来帮我拿汤。她说道，目光并没有从男孩身上移开，另一个女人放下交叠的手臂，走了。

脚步远去。你真的应该躺下。女人对男孩说。她坐在床边，向他靠近时，她显得比远看时要衰老一些，脸上有微小的细纹，深深的皱纹——时间之爪留下的痕迹。欧拉弗尔想见见你，之后我们真的很想听听你的旅行故事，还有可怜的奥斯塔的故事。可以肯定地说，自从你们，你和这个大个子，砰的一声摔到村里以后，村里的人几乎就没再谈起或想到过其他事情。她边说边看了看詹斯。见我？男孩问，心里不太确定在床上该怎样躺着。

不好意思，你还不认识我们。这是欧拉弗尔，这个地区的医生，我丈夫。女人说着，朝那个男人挥了挥手，有点像挥舞着一只翅膀。他快速鞠了一躬，微笑着，眼睛看穿了男孩。我是斯泰努恩。她说完，便站起来给丈夫让出地方。他重重地坐到床边，轻轻叹息，仿佛在这场令人疲倦的永恒拉锯战中笔直站着让他感到不舒服。他开始开男孩的玩笑，问他简洁而尖锐的问题。是的，我的腿能移动。不，我的手臂不麻木。是的，我脖子酸痛，疲惫，是的，虚弱。好啦。斯泰努恩说。她丈夫站起来，她重新坐下。他这么年轻，因此他几乎什么都能承受。医生说，休息，吃像样的食物，喝水，保暖，差不多再过一个星期或再过十天，他的身体就会棒得如获新生。你真年轻啊。斯泰努恩赞同地说。年轻真好，欧拉弗尔说，总是在变化。今天你是这样，明天就是完全不同的你。我们都该年轻，永远不变老，永远不让时间赶上我们。你不想改变，你讨厌改变。他妻子轻轻晃了晃那一头金发，说道。

詹斯好吗？男孩轻声问。他突然觉得有气无力。詹斯，这么说他的名字是詹斯，那个大个子。欧拉弗尔说，嗯，唉，他比你糟糕，无法否认，他受了冻伤。

更糟？男孩迟疑地说，就是说他没脱离危险？

脱离危险？一个人什么时候能脱离危险？欧拉弗尔说，我做了我所能做的，但他可能最终要瘸着腿走路。也许更糟。

他们都陷入了沉默，就好像在思索最后几个字。也许更糟，那是什么意思呢？更糟是糟到什么程度，生命离死亡有多远？

男孩犹豫了一下，然后问道：所以说，你们没找到哈加提？他终于鼓起勇气问了出来，因为只要不发问，人们就还活着，他们在沉默中安然无恙，然后我们开口说话，于是有人死去了。哈加提。欧拉弗尔边说边看了妻子一眼，然后望向窗外。你讲了很多关于这个哈加提的事，因此我们把小伙子们送进了风暴。一共十个人。奥弗海德尔立刻就把他们召集到了一起。夜晚，暴风雪，一场雪崩，情况就是这样。说完，他回头看着男孩，重复道：情况就是这样，我告诉你！你说得就好像他不知道似的，把他们赶到这里的是同样的夜晚和同样的暴风雪。他妻子看着男孩温柔地说。她那美丽的眼睛就像古老、温暖的星星。欧拉弗尔走到墙边，拉过一把木头椅子坐下来，点了点头。当然，非常正确，把他们赶过来，实际上是把他们扔过来抛到房子上，吓了我一大跳，弄洒了这个冬天的最后一杯雪利酒。那滴滴美酒、那浓郁的酒香就这样浪费了。他短短的手指敲着膝盖，吹起口哨，吹出了悠扬的旋律。欧拉弗尔和我那天睡得晚，斯泰努恩说，仿佛是要解释，我们正在写信，结果你们来了……喧嚣迅猛。欧拉弗尔打断了她的话。对，喧嚣迅猛。她表示赞同。砰的一声。欧拉弗尔说，同时重重地拍了一下大腿，吓了男孩一跳。但是按你所说的，斯泰努恩说，你们还有同伴，所以我们派人上山。出门闯入那疯狂的暴风雪中，欧拉弗尔说，他们找到了内斯的奥斯塔、一个雪橇、一块棺材的碎片，但没找到别的。

男孩闭上眼睛，突然感到一阵晕眩，内斯农场外的哈加提的形象飘然而至，占据了他的全部意识。那个男人在他前面滚着一个不断膨胀的雪球，把最小的男孩像麻袋一样夹在胳膊下面，其他孩子在他身边欢呼雀跃。难道这个身材高大却略带悲伤的人已经死在旷野里了吗？詹斯说过，他有办法，而詹斯知道这些。他肯定知道。也许哈加提只是回到了孩子们身旁，回到了他所属的地方，那世界背后的海湾。孩子们需要他，世界不可能可怕到这种地步，竟会把那个大个子从他们身旁带走。你现在该吃点东西了。斯泰努恩说。她的声音令人平静，如同温暖的拥抱。有些人就应该坐在你身边说话，他们的声音可以纾解痛苦和疲惫。男孩睁开眼睛。那个女人，一段绳子一样的矮个子女人，已经回来了，举着个热气腾腾的托盘。她肯定就是奥弗海德尔，她就是把人们召集起来寻找哈加提的人。还有奥斯塔。可是她已经死了，搜寻死者没有意义，你不会寻找到已然逝去的东西。男孩听到楼下传来孩子的笑声，声音缥缈。尽管有死亡，但生命仍在欢笑中继续，如此无法忍受，如此无味，如此重要，那是我们的主要依靠。斯泰努恩让男孩坐起来，把一个枕头垫到他腰上。奥弗海德尔把托盘放在他的膝盖上，托盘里是冒着热气的汤，她弯下腰调整托盘，领口散发出微甜的浓郁气味。男孩低头盯着盘子，看了良久。吃吧，亲爱的。斯泰努恩说。哈加提，男孩对着汤说，他是比亚德尼和奥斯塔的农场帮手，他是，或者曾经是。男孩对于时间的指示感到困惑，他究竟是该说过去还是说现在呢，如果说的是过去，那哈加提会死吗？我不记得哈加提这个人，斯泰努恩说，但我总是忘记名字，也会忘记人。而且，有些人就是很难让人长时间记住，有些人比其他人更能给人留下深刻印象。欧拉弗尔说。

奥弗海德尔：我认识一个叫哈加提的人，但他很多年前就淹死了。

欧拉弗尔：大海，该死的一切，真艰难。他有家吗？

奥弗海德尔：四个孩子，一个妻子。

欧拉弗尔轻轻叹了口气，说：的确，这真不该发生。

奥弗海德尔：这世上确实存在正义，这话是他妻子得知他溺水时说的。

欧拉弗尔：什么？

男孩对着他的汤断然说：哈加提没淹死，他是……他是比亚德尼和奥斯塔的农场帮手……或者曾经是……我的意思是，她死了，当然。

汤又浓又热又丰盛，可男孩喝汤时什么都没意识到，仿佛在发呆。

奥弗海德尔拿起托盘。又是那温暖发腻的气味。我也要给他带点咖啡吗？

欧拉弗尔：多拿点咖啡来，亲爱的波尔蒂斯。

男孩抬起头，想着名字一会儿一变，这真是太奇怪了。被称为波尔蒂斯的人含混地咕哝了句什么，声音几不可闻。男孩则闭上眼睛，哈加提的样子清晰地浮现在眼前，清晰得叫人难以忍受。他看到哈加提的眼睛，其中刻着失望，或许是忧伤。他听到哈加提在雪橇带着棺材滑跑前说的最后的话：该死的！伙计们，难道人来到这个世界就是为了死去吗？在那之后三人就彼此失散了。然后男孩睁开眼睛问道：他们能再去找一次哈加提吗？

欧拉弗尔：什么，再去找一次？第三次？

第三次？男孩问。

医生回答：他们昨天已经进行过更仔细的搜索了，这是第二次了，天气不是很糟糕，风不算太猛，不至于把人吹倒，但他们还是什么都没找到。我们估计还有别人和你们一起运送尸体，把一个棺材运过一座山，两个人是不够的。

男孩：我们到了山谷那里。

斯泰努恩看着丈夫，说：现在他有可能站直身体好好看看周围了。医生缓缓起身，走出去大声呼喊：奥弗海德尔！召集一些小伙子，告诉他们去寻找这个哈加提！告诉他们沿着山谷找！如果他们抱怨，就让他们来听我解释！他们会不开心的，可怜的小伙子们。医生回来时说。人不可能一辈子都开心。斯泰努恩说。不，从长远来看终究是沮丧的。欧拉弗尔说。你愿不愿意给我们讲讲你的旅行故事？斯泰努恩问男孩。对，有故事不是坏事。欧拉弗尔说。嗯，咖啡来了。波尔蒂斯端着给他们三个人喝的咖啡回来时，他又加了一句。男孩意识到那个故事可能非讲不可了，他们或多或少都期望听到他的讲述。这边有没有一位女子，名叫波迪尔杜尔？男孩缓缓地问。波迪尔杜尔，这对夫妇不认识叫这个名字的人。你为什么这么问？她显然是三年前来到这里的。欧拉弗尔说：我们已经在这里待了二十年，从来没见过叫这个名字的人，你为什么这么问呢？没有特别的缘由。男孩喃喃道，感觉胃揪在了一起。他看了看邮差，看着他身上的被子随着他的呼吸起伏。呼吸的人是活着的，不论这意味着什么。然后他开始讲述他的故事。代理邮差古特曼杜尔生病了，一切就是这样开始的。

V

詹斯在晚上醒了过来。

男孩讲完他们的旅行故事后疲惫不堪，小睡了一阵，回忆过去可能总要费力气，我们由此发现生活从来不是连续不断的线，除了偶然的巧合，这既残酷又美丽。一些事件偶然路过我们的生活，而后消逝，什么都没留下。然而，有些事件我们会不断重温，因为过去就居于我们心中，为我们的日子增色，改变我们的梦想。我们的过去与现在交错缠绵，两者有时可能难分难解，你今天所说的话会在五年后回来找你，回到你身边，像一束鲜花，像一丝慰藉，或像一把染血的刀。你明天所听到的话，会把久远而珍贵的吻变为蛇咬的记忆。

男孩讲述了他们的旅行故事，重温了发生的事件，却没有说出一切，没有背叛詹斯。他既没有提邮差詹斯在划艇上的失败表现，也没有提詹斯说过的海拉和家中父亲的情况。男孩没有离题去表述詹斯的心声，但他说起了住在维特拉斯特伦的那个小女孩，她咳嗽得太厉害了，生命几乎悬于一线。他还说起了维克的牧师。可怜的老基亚尔坦。欧拉弗尔喃喃自语。更不用说安娜了。斯泰努恩说。失去视力很惨，失去对生活的欲望更糟。欧拉弗尔说。你确定吗？斯泰努恩接着说，让安娜周围一片黑暗的不是爱的匮乏，而是受损的视力？别那么荒唐，人们不会因为无爱而失去视力，这根本不可能，失明是生物学现象，是科学现象。我们对此知道什么呢？斯泰努恩说，我们对人了解多少呢？就这个问题本身而言，或许不太多。欧拉弗尔承认道。而后男孩讲起了雪、风暴、荒野、荒野上的农场主和少年，讲起他和詹斯走散了，但后来他感到奥斯塔出现在他的身边，在黑暗的暴风雪中，把他带到邮差那里。说到这里，男孩注意到这对夫妇的神情，于是又说：可能这只是我的想象，她什么时候下葬呢？明天或后天，斯泰努恩回答，要看吉斯利牧师的健康状况以及挖掘坟墓需要多久，挖开冰冻的地面非常困难。他们要挖多深？男孩担忧地问。他模糊地觉得，她躺得越深，就越有可能找到安宁。最深挖一米半或两米，欧拉弗尔说，这里死者安眠的地方都不深。不过希望我们在夏天能更好地埋葬她。希望？年轻人，在夏天，有鸟鸣、飞蝇和所有的鱼，很多东西都会被遗忘。阳光正灿烂时难以记住死者，可能也没有记住的必要。

男孩快讲完时，波尔蒂斯走了进来，给詹斯拿了一个新的热水袋。可你是谁呢？波尔蒂斯换完热水袋后，欧拉弗尔问道。两个女人下意识地看着男孩，男孩什么都没说。他究竟该说什么呢？一个人该如何解释自己的存在呢？我是谁？是我们的所作所为塑造了我们，还是我们所梦想的塑造了我们？斯泰努恩没有得到男孩的回答，于是说：你身上有很多地方值得我们猜测。你穿着制作精良、价格昂贵的雪地靴，我猜是挪威靴子。你穿着暖和的衣服，说话时引用诗句，你说的我们无法听懂，几乎什么都听不懂，真的，但我觉得我听出了莎士比亚，他可不是你所说的一般人。但你的手表明你做过体力活。波尔蒂斯说，人们要么辛苦劳作，要么不用劳作。我现在和盖尔普特在一起。男孩说，好像这能解释一切。盖尔普特？欧拉弗尔重复道，你说的是古特杨的妻子盖尔普特？男孩点点头。那好吧。斯泰努恩说。她留下你是不是为了留下后代？波尔蒂斯问。不是。男孩说，而后又唐突地冒出一句几乎没经过大脑的话：无论如何我都喜欢你这样敏感的女人。如果你不是躺在床上，我肯定会揍你。波尔蒂斯说。

她们离开后，男孩打了个盹儿，跋涉后的疲惫就像头脑里沉闷的嗡嗡声，深深植根于心的痛苦又变得鲜活，他在叙述中重温了这痛苦。他打盹儿、入睡，醒来时已是晚上。詹斯正站在窗前向外望，历经沧桑的脸像死人的脸一样苍白。一时间男孩什么都不敢说，因为言辞可以展现出谁死了、谁活着。只要一个词，詹斯就会消失，就会是另一张床上的一具尸体。但我们必须知道生与死的差别，正因如此，男孩开口说道：我们在斯雷图埃利。詹斯没有反应，就像没听见一样。我们需要使用什么词语，我们的声音才能让死者听见，进而传到上帝那里？我知道。詹斯说。在医生家里。男孩加了一句，不过这是在他终于又能开口说话之后，因为他一听见詹斯的声音，悲伤就翻腾而起，阻塞了他的喉咙，宛如带着自己的意愿翻腾而起，濡湿了他的声带。我知道。詹斯回答，同时继续望向外面洒满月光的世界。这个大个子无须与泪水对抗，他是泪水的化身。有声音从外面传进来，男人的声音。男孩听了片刻，试图分辨出他们在讲些什么，然后说道：可能是那些去找哈加提的人，这是第三次了。我知道。詹斯说。我们撞上了这栋房子，惊醒了正在睡觉的人，也把其他人吓坏了。詹斯什么都没说。很及时。男孩说，声音轻柔。是的。詹斯说。他靠在窗框上，减轻腿上的重量，让自己站得更稳，支撑起他的骨头、肌肉、记忆、背叛，以及所想到的等待他的一切。他们听到轻快的脚步声在靠近，于是迅速交换了一下眼神。斯泰努恩走进房间，看到窗边的大个子时愣了一下。你醒了，而且还站起来了。她用她那温柔如水的平静声音说道。詹斯看着她。这我不清楚。他有点干巴巴地说，然后蹒跚着走到床边。你们谁都没找到？詹斯躺下后冷静地问，压抑着痛苦、疲惫和屈辱——无法笔直站立，甚至几乎无法站立带来的屈辱。没有，她说，能见度很好，但是那么多雪，难以猜测雪下面埋了什么。男孩轮番看着他们两人，斯泰努恩现在说话不一样了，仿佛每个字都经过了一番斟酌。我们从来不是一成不变的，其他人的存在改变了我们，绘制出不同的特征，而且很少会一下子完成，每个人的内心都是隐秘的世界，其中一些从未露出表面。詹斯说他几乎不可能回到内斯。斯泰努恩说：我们必须期待最好的情况。她既没看詹斯，也没看男孩。詹斯说：有期待是好的，然而对于暴风雪中半死不活的人不会有什么帮助。我知道，亲爱的。女人眼睛紧盯着詹斯，说道。詹斯低下头，就好像头突然变得沉重难支。

波尔蒂斯给詹斯拿来了粥、一片血肠和一杯新煮的咖啡。没过多久，欧拉弗尔也走了进来。冻伤怎么样了？詹斯问欧拉弗尔。这三个人，这一家人，站在那里看着詹斯，冻伤似乎对他没有丝毫影响。丑。欧拉弗尔回答。冻伤从来都不漂亮。詹斯声音低沉地说。我很清楚。医生说。会治愈吗？我看到的情况更糟。听到这句回答，詹斯什么都没说，只是一直看着欧拉弗尔。医生移开视线，耸了耸肩道：会治愈吗？什么会治愈？一个人脸被打了，脸可能会忘记那一击，但人不会忘记。詹斯开始吃东西，就好像他再也无法费神地看着医生了。我相当肯定，他问的不是哲学问题，而是他的肢体能不能保持完整。斯泰努恩说。你说得对，欧拉弗尔说，脸上却带着怒容，你仍有可能留住一切，不受损害。只是有可能而已。你脚趾中的几根，或许还有一两根手指，难说能不能保住，这或许取决于你是多好的病人，这可能是最大的不确定性。非常难说。

波尔蒂斯说：治疗冻伤最好的办法是每天在雪地里走两次。这是最好的办法，一直得到证明。没有人因为温柔而变得强壮。

但你看起来够强壮。男孩说。

我不会再给这个家伙拿吃的了。波尔蒂斯说。她淡蓝色的眼睛看穿了男孩，斯泰努恩则嘟囔了句什么，走到窗前看着窗外。

哈加提该有更好的命运。只剩下他和詹斯两人时，男孩说。窗外的天空中挂着灯笼一般的暗淡月亮。对。詹斯说。他只说了这一个字，这并不总能算得上是一个字，有时更接近一声叹息，甚至连叹息都不是，只是吸口气而已。他说出这个词的样子让男孩一瞬间用尽所有力气不让自己哭泣。我们对另一个人做的最糟的事情之一，就是在他们面前哭泣，正因如此，我们才独自哭泣，我们宁可暗地里悄悄哭泣，仿佛对此感到羞惭。然而在这世间，或许没有多少东西能比在悲伤中、在遗憾中产生的泪水更纯净了，文明修养常把我们带到特定的方向。男孩终于说道：内斯的孩子们现在怎么办？比亚德尼怎么办？这一次詹斯没有回答，不过他好像嗯了一声，这或许意味着生活是座难以攀登的山峰。邮差詹斯的眼睛合上了，然后睡着了。沉入如此之深的世界，深得几乎一直延伸到死亡。他睡着了，在梦的世界里毫无防护能力，他本能地想握紧包着纱布的拳头。

VI

白天到了，天气平静、晴朗，詹斯不在房间里。男孩在窗前坐了很久，望着窗外，看着房子间玩耍的一群孩子。他们咯咯欢笑、放声大笑，他们在雪地里踩出一个大圆圈，个子较高的三个试图把其他孩子拉进圆圈。男孩看了很长时间，想着逝去的一切，抚摩着胸口心脏的位置，心脏比其他器官衰老得更快，或许只是眼睛看不出来。圆圈里的孩子数量增加了，他们跳来跳去，对那些还在圈外、被三个大个子追赶的小孩喊出警告和鼓励。曾经我们都是孩子，夏天更暖、更长，世界无限宽广，难以理解，同时又充满希望。曾经。我曾经活着。你曾经爱我。曾几何时。还有比这更悲伤的词语吗，曾几何时？曾几何时，却已不再。曾几何时，我是个孩子。曾几何时，我们如同生活在童话里的宫殿中，然后它们沉入黑暗的森林，不知所终。我们任其发生。我们仍然任其发生。我们让生活停滞不前，日渐艰难。生活，你要去何方？善良，你在何处？

有人进了房间。男孩转过身，发现自己面对着一个苗条女子，她身穿棕色旧衣服，外衣是开襟毛线衣，头发完全包在棕色的头巾里。她全身都是棕色，除了苍白的皮肤，还有绿色的眼睛。

有人让我来看看你死没死。这个女人说。

詹斯在哪里？男孩问，同时尽量不去看她那双绿色的眼睛。

楼下。

他能起来了？

不然他不可能在那里。

外面的孩子们在叫喊，男孩觉得他应该谈一谈詹斯，或者外面的孩子，或者与白天有关的一些事情，然而他说的是：你有一双绿色的眼睛。

你该下来吃饭了。

你是奥弗海德尔吗？

是的。奥弗海德尔说。雀斑如同密布银河的星星，在她脸上铺开，跨过鼻梁，延伸到她的面颊。

你有雀斑。男孩这样说时，几乎像是在解释一些令人尴尬的事。她什么都没说，然而他又加了一句：你是亲吻我的人吗？

我以为你快死了。

我没有死。他带着几分歉意说。

这并不重要。她回答。男孩不确定她指的是那个吻还是他的幸存。你该下楼了。她又说，然后走在前面给他领路。

在斯雷图埃利，食物匮乏。斯泰努恩说。男孩已经下楼了。詹斯在那里，低着头坐在较远的位置，面前是空的咖啡杯。放心，吃的东西足够多，只是品种缺少变化，尽量多吃一些吧，而且这里不缺牛奶，亲爱的男孩。斯泰努恩又补充道。男孩没看到欧拉弗尔，也没看到波尔蒂斯，她在外面。医生的住所也是运营中的农场，养了两头牛、三十只羊、八只鸡，有很多事情要做。奥弗海德尔给男孩摆好餐具时碰到了他的身体，手臂与手臂相触。

这些是来自世界的消息。报纸的头版读起来是这样的：

> AB两国的愤怒指责依然激烈。
>
> 现阶段地球上的人口又增加了14亿7972万9400人。
>
> 在冰岛的斯雷图埃利，手臂与手臂相触。

她的头发是红色的。头巾几乎把她的头全包住了，不过有几绺头发从耳边露了出来。拿给男孩吃的是熏海鸟，她离开了，男孩咬了一口，开始咀嚼。红头发，绿眼睛，熏海鸟，哈加提死了，不再呼吸，不再思考，不再有感觉，永远也不再需要撒尿、吐口水，更别说哭泣了。斯泰努恩放下报纸，叹了口气，这是她第十次阅读这一版了，或是第十一次、第十二次。报纸总是送得迟，或者根本送不来，冬天让一切消息都放缓了。这世上有很多人。她说。

没人帮我，我上不了楼。厨房里只剩下詹斯和男孩时，詹斯说。你可能不该下楼。男孩说。我走到一半时就意识到了。那你为什么不转身回去呢？男孩问。我不转身。詹斯说。他们走到楼梯旁，艰难地爬上楼梯，中途男孩停下来两次。詹斯倚在男孩身上，喘着气，对着男孩的耳朵咒骂，然后躺到床上。男孩靠在窗框上，他已用尽全力，酸疼的腿承担重负之后，他需要恢复体力。也就是说，他没回来？男孩朝着日光发问。没有。詹斯说。也许他挖了个雪洞，等到最糟糕的时候过去，然后就自己回家了？也许吧。詹斯说。但是极不可能吧？男孩问。詹斯没回答，男孩继续往外看。看看日光下的世界于人有益，我们都该朝有日光的方向看，尽管日光不会让任何人死而复生。他们两人都没说话。沉默有很多种。有时人们彼此什么都不说，因为他们的生活中出了些事，那些事言语不足以表达，舌头无法触及。正因如此，这两个人此时都沉默了。一个站着，一个躺在床上，还有一个死于恶劣天气，在雪中点头离去——他就是沉默。我们被夺走了太多东西，最终一切都被夺走了。死亡似乎有时笼罩了我们的生命，就像黑暗的空间围绕着地球，这个蓝色星球，这蓝色的呼喊在浩瀚空间里回荡，呼唤上帝，呼唤目标。我为那些孩子感到难过。男孩打破了沉默。在内斯的孩子。他又补充道。是的，詹斯说。这里没人认识波迪尔杜尔。没人。

他可能把名字弄混了——记忆出了差错？

波迪尔杜尔——这样的名字很难记错。

那又怎么样？

我不知道。

也许，她根本就不存在。男孩犹豫着极其谨慎地说。他这样说时看着窗外，但詹斯什么话都没说，窗玻璃也没说话，日光也没说话。我以前认识一个叫波迪尔杜尔的女子，她吻了我。这种事人们怎么会说谎呢？因为我们不能以其他方式生活吗？或者说，归结到这种事情时，是现实在说谎，而人在说真话？

男孩不再往窗外看，天气变得阴沉，似乎很快就要下雪了。詹斯看起来是睡着了。男孩坐到了床上，离开也会不错，完成这由生到死的漫长旅程，并且再走远一点，回到村庄，回到盖尔普特的房子，尽管他当然不敢想“回到家”这样的说法。“家”这个字太大了，这个字拯救了处于动荡生活中的很多人，在某个地方有家的人不会那么轻言放弃。我会这样躺下，闭上眼睛，想想莱恩海泽，想想她柔软的唇，还有她打哆嗦的样子。男孩闭上眼睛，随即又睁开，因为站在那里的是奥弗海德尔，而且她已经开始对詹斯讲话。詹斯显然没睡着，除非是那双绿眼睛让他醒了过来。那也不是不可能的，它们在近旁时，他又怎么可能睡得着觉呢？但是没关系，男孩想着莱恩海泽，打着哆嗦的莱恩海泽，要乘着阳光骑马兜风的莱恩海泽。此时他最好闭上眼睛。那个闭上眼睛的人离去了。

然而这时男孩站在窗边，奥弗海德尔仍在对着詹斯讲话，医生这样这样，医生那样那样。这个身穿棕色衣服、面色苍白的人，姿态似乎有些优美稳重。是的，她可能真的如此，甚至有几分吸引力。但我们不要忘记，世界各地都有姿态优美的女人，仅仅在中国，这样的女人就可能多得惊人。男孩可以轻易地相信，这样的女人足有几百万个，如果是那样，那在世界边缘一栋摇摇欲坠的房屋的楼上，一名穿着旧衣服的苗条女仆又算什么呢？如果世界打个喷嚏，她们就会飞上天。男孩靠在窗框上，双臂交叉，期待着离开。医生会登门拜访，傍晚或夜里过来，詹斯应该休息。是的。詹斯说。他还说了些别的，好像突然知道怎么说话了。他真能对着奥弗海德尔笑吗？你还好吗？她问男孩。男孩简单地回答说：是的，是的。他尽可能保持冷静。但他为什么放下了交叉的双臂呢？现在他该拿手臂怎么办呢？它们这样愚蠢地挂在身体两边，沉重而笨拙。真是没希望了。是不是最好打开窗户把它们抛出去呢？

窗户打不开，冻上了。奥弗海德尔说。她这样说是因为男孩正试着打开窗户，他嘴里嘟囔着空气沉闷之类的话，愤怒地推着窗户。除非你想打破窗玻璃，否则不要这样。她说完笑了起来。男孩瞥了她一眼，她的牙齿似乎完好无缺，虽然有的牙长歪了，像疲倦的人一样互相靠在一起。他把手伸进腋窝，紧紧夹住，这样它们就什么错事都不能做了。人们生活在世界各地，男孩说，特别是中国和俄罗斯，而且很多地方种着树。詹斯躺在床上，她站在那里，两人都看着男孩，只是看着他。因此男孩补充说：在中国，人们会种植茶树。

有时在那里的山中会下雨。

雨水落在老鼠身上，也落在人的手中。

不过如果你在中国，那就没问题了，因为那里的雨有时是温暖的。

VII

屋外宁静，空气清新。走在外面却不会让自己处于致命的危险中，这真是怪异。在这样的平静中几乎难以保持平衡。男孩走在通往最近的房屋的路上，绕过一个个雪堆。他还活着。他环顾四周，这个村庄里有四五十间房子，参差不齐地排成一个大圆圈，圆圈中央的低矮山丘上矗立着一座教堂，俯视着周围的房子。医生的房子位于更高处，在一处陡峭的山坡脚下，他和詹斯就是从那个陡坡上突然跌下来的，山坡之上的山谷切入山腰，如同黑暗的巨大伤口。最近的房子大约要低两百米，它们形成相当密集的房屋群落。男孩没走到那些房子前就停了下来，转过头去仰望大山。在六天六夜之前，他出发了，在吉斯利校长和玛尔塔的注视下，把划艇推进索多玛下方的大海。只是六天前吗？不是六百天前？

男孩一动不动地站在那里，寒冷袭人。也许人们还不允许他外出，他趁人不注意，偷偷溜了出来。他听到波尔蒂斯石头般硬邦邦的声音，然后是斯泰努恩温柔的声音。也许他该休息一下，恢复体力，让自己轻松一点，但詹斯在奥弗海德尔离开后很快就睡着了，她带走了眼睛的那抹绿色。詹斯没有问起中国的降雨，雨水通常会不会温暖，也没有问起老鼠。男孩听着她的脚步声渐渐远去，这时詹斯说：这是我的最后一次邮政之旅。随后是长长的沉默，仿佛男孩没有听到他的宣言，或者更可能是，男孩并没有在意。毕竟，詹斯是背着邮件走在山间，还是安全地坐在家里，对他来说又有什么关系呢？一个人的生活不是别人的事。詹斯闭上了眼睛。每个人都要对自己的生活负责，不该让别人分担责任。如果一个人不能支撑自己，又何必长腿呢？是因为塞尔瓦吗？男孩打破了沉默，开口问道。詹斯一惊，就像被刀子捅了一样。这不关你的事。他粗鲁无礼地说。两三天前，这样的话会让男孩受不了，现在却已不同。在过去的几天里，两人之间已经经历了太多的雪，太多的风，太多的山，太多的死亡、不确定性和脆弱的生命。因此男孩说：是的，也许吧，但我无论如何还要问。男孩问得好。如果无人发问，我们就会在沉默中封闭自己，一切的痛都会在岁月里化为寂寞、悲苦和艰难的死亡。詹斯咒骂着，费力地坐了起来，就像个老人。你看到了我的样子。他说，就好像这足以解释他的宣言。然而男孩又问了一遍：是因为塞尔瓦吗？仿佛别的话他都不会说，什么事他都不理解一样。詹斯什么都没说。他又能说什么呢？话语怎么能容下他心中的一切呢？男孩依然站在窗边，靠在窗框上，静静地等待。他知道需要等待。她丈夫喝酒，对她不好。詹斯说完，低头看着双手。你怎么区分那些伤人的手和不伤人的手？你怎么区分那些背叛的人和不背叛的人呢？

男孩抬头看向山谷，他是唯一在外面的人，周围一片寂静，孩子们都离开了，连同他们的声音和活力，或许还有日光。难道群山上方的天空看起来没有开始变暗吗？一阵阵风吹皱了港口外的海水，吹起的雪变成轻纱，转瞬间又落到地上。我知道你，他对风大声说，你这透明的魔鬼。他俯瞰山峦，望着内斯的方向，那里有四个孩子在想念奥斯塔，想念哈加提，想念并等待无法返回的他。比亚德尼坐在床上，忙来忙去，给他母亲沐浴。老人已经失去了太多，她的丈夫、朋友、兄弟姐妹、青春、大半的人生、回忆、思考。身体需要食物时，她会张开嘴，那黑黑的空洞。记起某件事时，她的身体会掠过轻微的震颤，意识在健忘的重压下翻腾时，她会微微颤抖。但是大便时、渴望喝咖啡时、比亚德尼像举起陈年干草一样把她举起来时，她也会颤抖。比亚德尼的双手强壮有力，在风暴中，在海上，它们能拯救生命，但这双手还不够强大，不足以拥抱孩子，不足以带来安慰。

男孩走到了那些房子那里，共有八座房子，各自独立，又近得足以影响风，影响雪堆起来的方式。小房子布满冰霜，几乎看不到窗户，就像是严冬酷寒中死在室外的怪物。然而其中一座房子很显眼，大小和医生家的房子差不多，有两层，离海岸最近，冰柱像巨大的犬齿一样悬在屋檐下。男孩走到房子边才看见漆成红色的标志，他本来正走向岸边，却瞥见了门上的标志，于是停了下来，勉强辨认出覆盖着雪的黄色字：商店。男孩想起了维特拉斯特伦的玛利亚给他的那张字条，上面说他可以在斯雷图埃利的商店购买五克朗的书。他想起了那张字条，当然他从不曾忘记。他怎么可能忘记玛利亚，忘记她对书的热爱，还有她看着丈夫乔恩的样子，就好像这世界在她的注视下美好如斯。如果活人被雪埋住，如果一个孩子死了，另一个咳得厉害，咳得太厉害，这世界还美好吗？她又是从哪里获得不屈的力量的呢？可他弄丢了字条。他被委以重任，却未能守诺。男孩向下走过房子，站在海滩上方，低头打量着这片海滩。这是个砾石滩，便于登陆，容易把船拉上岸。岸上停着几条船，两条六桨渔船，还有其他几条更小的船，其中几条头天晚上或那天清晨出过海。几只海鸥尖叫着争抢在礁石间发现的少许食物，那是渔民去掉鱼的内脏时留下的。一只海鸥飞了起来，飞到空中大叫了两声。阵阵狂风猛吹着灰色的大海，他看到一条船正向海岸靠近，可能是纵帆船，不过离得太远，无法确定，它至少还要一个小时才能抵达陆地。他远眺大海，在山和海的背后是等待着他的人们，盖尔普特、海尔加和盲人船长科尔本，甚至可能是在焦急地等待着他。他和詹斯的旅程耗时远远超出人们的预期，他们遇到了一场风暴，迷失了方向，又因为詹斯需要思考而选择了更远的路。哈加提死了。海鸥再次大叫。什么地方写过，死于户外的人并没有真的死去，而是变成了海鸥，变成了天空中的呼叫。男孩回到商店，不管有没有字条，他肯定都能得到许可，为玛利亚选一两本书，等到一有机会就把书寄给她，不论那会是什么时候。他去推门。

门很紧，男孩不得不把肩膀靠上去推，几乎是把门撞开的。要表现出意志才能进门，这意味着只要有人进来就会引起注意。现在就有人盯着我。他推开门走进商店时心想。奇怪的是，门在身后关上时毫不费力。这家店在他眼里不算大，因为他是去惯了特里格维商店的人，何况他夏天原本是要去列奥的商店工作的，可是在巴尔特忘记了他的防水服之后，世界就永远改变了。我们永远不知道生活将走哪条路；不知道谁会活下去、谁会死；不知道下次问候会是一个吻、一句苦涩的话，还是让人伤心的凝视。有人不小心，忘了向右看，就死了。再收回伤人的话语就太迟了，再说出抱歉、说出有意义的话就太迟了。由于心烦，由于日常生活的疲惫、时间的限制，我们没有说出想说的话，之后再想说就太迟了。你忘了向右看，我就再也见不到你了，你对我说的话将日日夜夜在我心中回荡，本该给你的亲吻将在我的嘴唇上干枯，成为一道伤口，每当别人吻我时它都会撕裂。男孩吸了吸鼻子，似乎想打破沉默。柜台离门最多三米远，货架看起来空荡荡的。在男孩右边一个微亮的角落里，有张配了四把椅子的小桌子。一把椅子上坐着一个目不转睛看着男孩的男人，男孩被吓了一大跳，因为开始时他眼角一瞄，只看到了一张桌子和空椅子。那个男人一动不动地坐在那里，椅背靠在墙上，椅子的前腿悬空。他穿着棕色的衣服，头发也是棕色的，和身后的墙一样。男孩从震惊中平静下来，说道：日安。男人没有回答，于是男孩又说了一遍：日安。男人的眼睛是睁着的，稀疏的头发整齐地从中间分开，胡须浓密，向下垂着，修剪得整整齐齐。他显然是又高又瘦，虽然从人的坐姿难以判断高矮，他的脖子不是一般地长，让他的头看起来好像安在了茎秆上一样。他的脸部特征十分清晰，轮廓鲜明。日安。男孩第三次试着打招呼，没有回应。这个男人有没有可能刚刚死去？男孩不敢靠得更近，只是又向前探了探身。没有，他的眼睛没有死人眼睛的呆滞，可它们就像是固定不动的。你是……男孩开口说，我的意思是，你这里有书卖吗？他的一只眼皮是不是动了动？男孩不由自主地靠得更近，地板在脚下吱吱作响。有些地板比其他地板更松，每个动作都会显露出来。男人的嘴角动了动，却仅此而已，他就与先前一样不像是个活人。男孩咽了下口水，身上开始出汗。男孩穿的衣服是适合待在室外的，而且那双棕色的大眼睛盯着他，虽不带生机，却不呆滞，让他既不舒坦，也不知道该怎么办。他该不该跑去医生的房子那里寻求帮助呢？也许在他询问卖不卖书时，这个男人正处于危险之中，死亡正向他袭来？你想让我找人帮忙吗？男孩问道。他身体前倾，此时直视着男人的眼睛。一切都好吗？他最终直截了当地说，就像个傻瓜。因为一切显然都不太好。不过这样说有点夸张，尤其是他听到一个女人回答的声音：不用找人。

她站在柜台后面的门口，身后的走廊太黑了，就好像她刚从死之王国走了出来。对不起。男孩说。她的现身让他感到震惊。日安。他补充说。你确定这日子安好吗？那女子从柜台后面走出来，反问道。她个子高挑，大骨架，五官不精致，难以称为美丽，她的表情带着几分苛刻。男孩什么都没说，实际上他什么都不知道。你肯定是送邮件的人之一。他点了点头。你在问有没有书？是的。男孩回答，语气中其实带着歉意。因为他侥幸免于一死，失去了他的旅伴，另一个同伴卧床不起，而他却来问书的事。这可能不好吧，除非现在时机恰巧合适，恰巧就该问一问书的事。他喝醉了。她抱着长长的手臂，说道。哦，是的，喝醉了。男孩说，好像这解释清了一切，好像一切都变得明显，一切都得到了回答。他看着这个男人，男人浓密的胡须下露出了笑意，眼神和表情却与之前一样疏离，就好像那笑容是作为讽刺的装饰画到他脸上一样。喝醉了，没错，不过用“烂醉”一词形容会更合适。他担心春天第一批货送到之前就没有酒了，所以喝光了店里剩下的酒。我需要把他弄到床上去。她又说。男孩摘下帽子和手套，做好了帮忙的准备。

把这个人拖上楼需要相当长的时间。她点起了走廊里的一盏灯，灯光暗淡，浓浓的黑暗变成了灰色而不透明的空气。男孩注意到楼梯相当陡，最上面的台阶隐没在半明半暗之中。这人不算很重，但他自己动不了，就显得死沉了。那些什么都不做的人总是沉重的包袱，而且他身材高大，胫骨总会撞到墙上和扶手上。上了一半楼梯时他含糊地说了句什么。等等。女人气喘吁吁地说。男孩正缓慢而吃力地往上爬，听到女人的话就停了下来。他用胳膊夹着男人，女人则扶住男人的腿。过了一会儿，男人猛然抽搐起来，瘦长的身体收缩着，似乎处于痛苦中，要呕吐，但除了一声低沉的呻吟之外，什么都没有。我经常自己把他拖上来，但是我想有人帮忙会更好，谢谢。他们把他安顿在床上后，女人说道。她调整了男人肢体的位置，脱下他的鞋子，又脱掉他的夹克。这样做时，她不得不把他的身子托起来。他睁开了眼睛，但只睁开了一条缝，嘟囔了一个词。他说的是地狱吗？男孩问。我听到的是迪杜尔。她说。谁是迪杜尔？男孩不假思索地脱口而出，接着立刻又感到后悔。这个迪杜尔可能不该在这个房子里提起，可能是他爱而不得的女人，已经死去，化身为碧海蓝天。他之所以喝酒，正是因为太想念她，因为他感受到了令我们脆弱的渴望和空虚。应该是我。女人一手拿着夹克，直起身来说道，我叫席杜尔，不过他总是用不同的名字称呼我，有时不是好名字，就此而言，它可能也是地狱。她把夹克放在一边，给男人盖上毯子，抚摩着他的头，就像用手抚摩她喜欢的东西。男孩移开了视线。席杜尔拿钥匙打开锁着的橱柜，拉开一个抽屉，拽出一根绳子，将一端系在男子的腿上，另一端拴在结实的柜子腿上。她动作很快，系得很牢。之后男孩说：这个结很难解开。西格尔特处理绳结笨手笨脚。她说着直起身。她看着沉睡中被捆住的男人。我绑住他，你觉得奇怪吗？是的，奇怪。男孩说。他们看着这个沉睡的男人，醉得不省人事的男人。那你就不问问我为什么这样做？你不好奇吗？是不是在你来的那个地方，人们通常都会被捆住？见到男孩什么都没说，她问道。不是，不管怎么说，至少不会用绳子捆，除了狗和弱智的人。女人瞟了男孩一眼，他们个子一样高。她的嘴角不再向下弯，尽管脸上的皱纹显出了疲惫，神情却几乎是美丽的。西格尔特醒来时总会想喝酒，会尽其所能去弄到酒。现在峡湾这里谁都没有酒，只有捕鲸站的挪威人才有酒，不管是白天还是晚上，不管天气怎么样，他都会径直冲到那里。那些挪威人似乎总有喝不完的该死的摩闪酒，他会把摩闪酒灌下去，这时他才不在乎会受到什么样的对待。上次他在倾盆大雨里爬回家，爬了五公里，膝盖上的皮差不多全磨烂了，还有人在他屁股两边各画了个狗鼻子，很多人都觉得这很有趣。我认识些会嘲笑别人的人。男孩说。他想起了渔民小屋里的艾纳尔，他的黑胡子，对他的仇恨让男孩的声音颤抖起来。是的。她又看了男孩一眼，说道。接着他们两个继续看着西格尔特。西格尔特已经转过脸，仿佛是出于羞愧。我觉得，男孩仔细看着他，然后鼓起勇气说，我好像认出了他的脸。我的意思是说，西格尔特，我觉得我以前见过他，我好像认识他，然而，我没见过他——根本就不认识他。男孩咬着嘴唇，结束了这段话。席杜尔疑惑地看着男孩，问道：你是说你不知道他是谁吗？不知道，我只知道他是你丈夫，可能是这里的店长。所以说，你是真的需要书？是的。男孩说，心里感到惊讶。她盯着他，把脸上一缕头发撩到一边。她已经有白头发了。我以为你是想讨好西格尔特。人们总是这样做，他们假装对书感兴趣，试图以此打动他。这很奏效，大概过不了多久他就会被甩掉了，福里特里克不会轻视这种事，所以说你来这里只是为了找书？男孩点了点头：最好是新出版的书，我的意思是，最近出版的，还有诗歌。几乎没有，医生和他妻子是唯一会买这种东西的人。只有西格尔特的兄弟出版的一本书，我想还剩下一本。这时男孩明白过来，这面孔，他为什么会觉得这张面孔似曾相识。帕尔森，他激动得情不自禁地喊了出来，现在我明白了！男孩盯着眼前醉醺醺的男子，仿佛着了迷，仿佛沉醉于这个人的存在，盖斯特·帕尔森的兄弟。他从没有与诗人这样接近过。西格尔特含混不清地嘟囔着，扭动着身体。席杜尔赶紧走到床边，手里拿着个盆，总算让他吐到了盆里，至少是大部分吐到了盆里。西格尔特睁大眼睛呕吐。席杜尔。他虚弱地轻声说道。嗯。她说。这样不好吧？是，我想说不好。他躺了回去。你把我绑起来了吗？是的，西格尔特。这没必要。西格尔特说。我希望真的没必要。他叹了口气，然后闭着眼睛说：我梦见了一个年轻人。那人年轻。他又说，同时睁开眼睛，寻找席杜尔，但是显然什么都没看见。他又闭上眼睛，嘀咕着些与黑暗来临之地有关的话。他再次睁开眼睛，说道：我曾那么年轻，你还记得吗，席杜尔？隐约记得。我不知道发生了什么。他说，然后打起瞌睡，又一次沉入了酒精提供的庇护所。

席杜尔陪男孩走下楼，伸手去拿一本薄册子。我把这本书给你，以此感谢你的帮助。男孩轻轻抚摩书脊，盖斯特·帕尔森，《三个故事》。我要回楼上了。她说，然后几乎是推着把男孩送出门。男孩只来得及把薄册子塞进外套，拿起帽子和手套。我必须守着他，他会再次呕吐，在自己的呕吐物中呛死并不美妙。你真的需要把他捆成那样吗？男孩疑惑地问，听起来甚至带着恳求。她笑了，右脸颊现出一个酒窝。这个笑容短暂，很快就不见踪影，酒窝随之变得轻浅，消失无形。他现在很好，可是几个小时后他就会大喊大叫，诅咒我，用最糟糕的话骂我，他的话会让人恼火。但他也会哭着恳求我，像个小孩子一样，只不过没有哪个孩子要喝酒。不过谢谢你的帮助，尽量管住自己，别让女人不得不把你绑在床上，这太丢脸了。说完，她关上了他身后的门。

VIII

男孩赶往教堂，一点时间都没浪费。他走的是最近的路，对村庄里的一切都失去了兴趣，包括散落的一座座房子、雪屋，还有冰封的土丘，土丘中安睡着他永远都不会了解的生命。他先是穿过差不多已被踩出来的小径，通往教堂的路是个缓坡，教堂坐落在一座低矮的山丘上，地势高于村庄，墓地里遍布着消失的生命、骸骨和腐烂的肉体。我们将死亡存储在地下，它慢慢转化为土壤、蚯蚓的栖息地，转化为植被。在夏季，草是一曲绿色的歌，这歌也许就是人的永生。男孩几乎没想什么，只是匆匆而行，如同奔赴迟到的约会。然而，无人为他守候，除了教堂里一个死去的女子。死者知道如何等待，他们必须知道如何等待，此外再无其他事情可做。男孩时不时会偏离路径，踩到雪中，在雪中费力前行。这让他忘记了被捆在床上的店主西格尔特的形象，那诗人的兄弟。男孩摸了摸外套内的诗集，打算自己先读几遍，然后再把它送给玛利亚。幸福、成就，若不是在书本、诗歌和知识中，又会在哪里呢？先是吉斯利校长，然后是维克的基亚尔坦牧师，现在是西格尔特。他们的不幸、他们的沮丧，从何而来？他们为何不以知识为慰藉？需要什么才能找到幸福？男孩思考着，忧虑占据了他的心，他体会到了面对生活的恐惧。

天空越发阴暗，云层越来越黑，暴风雪就要降临，却没有前几天那么冷，明天或后天，雪将转变成雨。春天近了，欢乐的春天会与日光、小鸟、色彩、黄花和鸟鸣一道前来，与之相伴的是雪的迅速融化，满地的雪化成令人厌恶的雪泥，多日不消。原本隐藏在雪中，甚至被埋在雪下的草地农场，会变得惨不忍睹，床铺湿漉漉的，湿气长驱入骨，让人冷得睡不着觉、冷得清醒。那时，身在维特拉斯特伦不住咳嗽的小女孩，情况会怎么样呢？男孩恰好在教堂下面停住脚，心里想着那个女孩，视线越过被白雪覆盖的房屋，眺望那劲风吹过的海面、驶向岸边的暗色船只、白茫茫的山脉，还有一片黑黝黝的悬崖峭壁。在这样的国度里，带来救赎的春天会杀死脆弱的生命，那么人又该如何生存？在这里，黑暗、漫长的冬天犹如难以承受的重负压在人们的性情之上，绚丽的夏天却会频频带来失望。谁能熬过这样的事呢？是有足够耐力的人吗？他们勤勉奋力，有时柔弱自怜，屈从于自私之心，却也有强烈的梦想。

教堂很新，相当大，是用木头修建的。两条瘦削的狗不安地在门口荡来荡去，狺狺狂吠。虽然肯定听到了男孩的声音，但它们却没有抬头。这不寻常，也许它们信仰宗教。男孩心想。可是接着它们就住了口，竖起耳朵，盯着门把手，试图等门一打开就溜进去。走出来的是牧师本人，一个骂骂咧咧想把狗赶走的老人。但狗不理他，只想进入上帝的家，于是牧师抬起右脚踢向两条狗中冲得更猛的那条。该死的家伙。他气愤地说。但他的声音苍老，而且断断续续的，几乎没什么威慑力。让孩子们来找我吧。牧师紧紧关上他身后的门时男孩心想，把被斥骂的狗留在教堂外面吧。牧师往旁边看了看，没看见男孩。那么，给她准备好了吗？他问教堂拐角处的两个人，他们一人拿着铁锹，一人拿着镐头。狗晃晃悠悠朝男孩走过来，那些不被获准进入教堂的家伙能做的最好的事，就是探寻新的气味。牧师踢过的那条狗抬头看着男孩，兴高采烈地摇着尾巴，似乎忘记了刚刚发生的事。能如此迅速地忘却羞辱，这是种天赋还是种折磨？那两人嘟囔着回答了什么，眼睛却盯着男孩，然后牧师转过头，起初感到惊讶，甚至困惑，从他的表情中就能看出来，但他很快就明白了是怎么回事。是的，他说，你肯定是送邮件的两个人之一，是更年轻的那个。男孩点点头，摘下一只手套，抓挠着狗的耳朵根。开始下雪了。绒毛般松软的大片雪花飘向地面，如梦如幻，让白色的梦充斥天空，染白了牧师的黑色外衣。他们正在为有福的奥斯塔挖墓穴。牧师朝着另外两个人点点头，说道。那两个大脸盘的男人都表情忧郁地盯着男孩，牧师则走过来，把手放在男孩肩上，男孩就嗅到了与烟草味混在一起的老者的气息。牧师的蓝眼睛分外明亮。有些老人的眼睛呈现出这样的蓝色，或许因为它们更接近死亡，而不是生命，它们在主人走进生命背后的夜晚以前吸收了世界之光。牧师凝视着男孩的脸，温和而带着悲悯。你来为她祈祷？他问。男孩点点头，觉得说谎是最安全的。那你真是太好了，牧师边说边疲惫地拍了拍男孩的肩膀，她明天早上要下葬了，或许最好推迟到地面解冻以后，等到春天让冰冻的地面变软，但奥斯塔渴望入土。我梦到她两次了。两次，我的孩子。牧师说着，同时仍把手放在男孩肩上，或许能有地方放一下手，也会倍感轻松。第一次是你们两个下山来的那个晚上，那时我对她还一无所知，然后是昨晚。有时主通过梦对我们说话，而人活着就要服从主。况且也不太可能把她存放在教堂里更长时间了，要留神不能让狗进去，现在还没多少气味，但足以刺激它们了。为什么没人给狗扔点吃的东西？如果没有其他办法，就只能把它们踢跑了。牧师抬起手，然后再次把手搭到男孩肩上，重复了两遍关于狗的那些话。他说：是的，是的，应该把它们踢跑算了。然后他从两个男人中间慢慢走开。那两个人正艰难地在坚硬的地面上挖一座坟墓，已经挖了两天。男孩看着两个挖掘者，铁锹和镐头扛在他们肩上，犹如步枪。他们走近牧师，或许是想搀扶他，或许是怕他被风吹到空中，在雪里消失。走在他们中间的老人已经满身白雪，他们走得越远，他看起来就越像个年长的天使，尽管他每次抬起右脚时能让人清清楚楚地看清他黑色的鞋子。男孩抓住门把手时，那些狗满怀期待地盯着他，他对它们笑了笑，迅速打开门，闪身而入。狗在外面哀叫起来，用爪子抓着门。

教堂里布置得井井有条，但窗户蒙着太多白霜，几乎一点光都透不进来。每边有六排长椅，可以容纳六十个人。这里办弥撒时坐满过人吗？或许捕鲸站的挪威人来这里时会坐满吧，他们渴望上帝的存在。棺材靠着圣坛，优质的木头棺材，烟熏的气味不强烈，可是仍闻得到。你好，又见面了。男孩坐在一张长椅上，轻声说。仅仅两天之前，他们还在与她共同面对暴风雪。他们三个，他、哈加提和詹斯，身后拖着死者，时而讲起自己的生活，像分面包一样分享回忆。詹斯的话最少，几乎没说什么，而现在只剩他和詹斯两个了，哈加提躺在雪里的某个地方，再也无法开口说话。狗的抓门声停止了，教堂里静默得令人不安。他为什么要来这里呢？男孩环顾四周，这是个漂亮、不起眼的教堂，几乎没什么能引人注意的。有人说，世上所有做礼拜的场所都该这样，不起眼，不会引起别人丝毫注意，也就不会居于上帝和人之间。“上帝无处不在，唯缺席于物质奢华之所和宏伟殿堂，它们的修建乃是为人类的荣耀，从而让心思绕开了天堂。”

男孩吸入寒冷的空气，闻到微弱的烟熏气味。他走向棺材，感觉应该说点什么，或者至少该想些恰当的话。但什么话才恰当？她死了，留下丈夫和四个孩子，留下孩子们哭着入睡。他心情激荡，伸手想在棺材上方画个十字，停下来时却在空中画出了一个无法理解的符号，然后困惑地环顾四周，仿佛期待找到答案。他的视线最终停留在圣坛背壁的装饰画上，于是他走上前去端详画的细节。耶稣正在水面行走，使徒彼得正往水里沉，手伸向他的主，五个人从船上看着彼得，留了胡子的脸上露出惊奇、恐惧和希望。男孩看这幅画看了很久，起初还有些心不在焉，渐渐越来越感兴趣，因为这幅画有些不寻常的地方。他又凑近了一些，看出了不寻常之处。他辨认出了画上描绘的环境，辨认出了那艘船和六个船员，还有大海。那不是南方世界的遥远水域，而是北极海，就在这里，就在港湾之外，他也认出了画面背景中模糊的白色山脉。这艘船比六桨渔船大得多，不过形状和结构都是冰岛式的，几个船员一律穿着防水服，戴着羊毛手套，只有彼得除外。彼得摘下了一只手套，布满茧子的大手伸向耶稣。耶稣没留胡子，面容柔和友善，精巧的手马上就要握住彼得的手了。救世主耶稣穿着浅色的长袍和单薄的鞋子，脚是青色的，可能是因为寒冷吧。六个人的胡子上都结了霜。

男孩又听到了狗叫。它们轻轻哀鸣，声音略带痛苦，仿佛是在悲叹：看看世界是怎么对待我们的吧，那些距离上帝最近的人踢我们，然而你们却说我们是人类最好的朋友。那你们又会怎么对待敌人呢？接着叫声停了下来，取而代之的是一个女人的说话声。门打开了，那两条狗急切地溜进门，她就在它们身后，还有她那双绿色的眼睛。

狗没往男孩身上闻，但它们离男孩太近了，其中一条狗蹭到了他。吸引它们的是棺材，是奥斯塔散发出的烟熏味。它们追随自己的鼻子，还有饥饿，抬起前爪放到棺材上，仰起身子，几乎直立着站在那里，嗅着气味，摇着尾巴，像是讽刺漫画里的人。奥弗海德尔已经走到男孩身边，两人盯着狗看。我不知道这对不对。男孩嘟囔着。我们几乎从不知道。她说，然后柔声叫着那两条狗。它们服从了，跑到她身旁仰起头，眼里充满虔诚的信仰。果然，她把手伸进大衣口袋，拿出两大块血肠扔进过道。狗追过去咬住血肠，贪婪地往下吞，简直像不要命一样，同时狺狺狂吠，然后看着她，摇起了尾巴。它们饿坏了。男孩说。是的，老阿纳尔不让它们进屋。阿纳尔是谁？它们的主人，他已经两天不让它们进屋了，所以它们常在教堂这里游荡，期待上帝能给它们剩下点食物。他对狗为什么这么差呢？上帝不是狗的朋友，或许也不是人的朋友。我说的是阿纳尔。男孩沉默片刻后解释说。他偷偷看着她，不想引起她的注意，不过她的注意力都在狗身上。哦，是的，这两条狗太闹腾了，最后阿纳尔就把它们扔了出去，也不管天气怎么样。他说它们没理性，是只想着自己屁股的该死的烂货。两人一起盯着狗看。它们认识你。男孩说。我常给它们些吃的，和狗交朋友很容易，给它们点东西吃，不踢它们，这样就足够了。可是对我们大多数人来说，这还是太多了。她摘下手套、帽子和围巾。她绝对是红头发。这种红色当然不是常见的颜色，比如灰金色或淡黄色这种常见的颜色。当然，只能是火红的，尽管是短发，实际上剪得很短，不过是无可争议的红色，或许她再戴上围巾才更好，越快越好，否则她可能会把教堂点着了，或者把别的什么东西点着了。奥弗海德尔走向棺材，轻轻踏着步子，如此轻柔，似乎毫不费力，仿佛是从静止的空气中落到地上的雪。狗跟在她后面。你为什么来？男孩问。他本来决定说点别的，比如关于狗的事，它们来自某个掠食者家族，但他还是问出了这个问题，非常不可靠的问题，可能会引来危险的答复。我跟着你过来的。说完，她把手放在棺材上，用温柔的手势命令狗坐下。它们坐下来，仰视着她，吐出柔软而宽大的舌头，悬在看起来结实、锋利的牙齿之间。你这么漂亮，而且你相信死人能够也愿意走进暴风雪寻求生者。或许你不相信？我不知道，我说过这话吗？是的，你神志不清时的只言片语。看到的、听到的未必存在。男孩说。好吧，这当中存在着安慰。你跟着我？他们隔了几米的距离，他却感觉她就站在身旁，近在咫尺，几乎与旅店里的莱恩海泽一样。那个大个子是个什么样的人呢？她问。詹斯吗？他惊讶地说，你这话是什么意思呢？他是好人吗？她问道，突然间像变了个人，甚至低下了头。你想从他那里得到什么？男孩恼火地问。你不能回答吗？男孩看着她，喘着气。这问题很简单，就像问雨是不是湿的。大个子是个什么样的人呢？他把双手背到身后，这样他如果愿意就可以握紧拳头。他静静地释放自己的感情，全部的意识和感知都已成为争战之地，爱恋、忠诚、失望和仇恨在此展开了生死交战。如果这个红头发女子喜欢詹斯，该怎么办呢？所有的女人都喜欢他，他那么高大、那么有力，他的声音如大海般深沉，他满不在乎的样子看起来是那么强壮。是的，男孩缓缓地说，他是个好人。这样说时，他几乎违背了自己的意愿，他的爱心和忠诚是胜利者，虽然是勉强胜利，勉强。他的拳头变成了出汗的手掌，掌心刻着指甲印。他打女人吗？女孩问。假如她想爬上詹斯的床，该怎么办呢？啊，不，她绝对不能这样做，詹斯一定不会背叛塞尔瓦，这一路走来，他们一起穿越大雪和死亡，只是为了让詹斯能到塞尔瓦身边，能有勇气前行，找到把他引领到她身边的话语。詹斯从不打人，男孩说，他手巧，他有个比我们好得多的妹妹，他的心思在另一个女人身上。实际上，我们一路走来，经历了风暴和死亡。哈加提失去了生命，只是为了詹斯能把心思放在她身上，只是为了这个。

她站在那里，旁边是装着奥斯塔的棺材。如果奥斯塔现在能对他说些什么该多好，说说她感觉如何，死了是什么样子。她能不能走过困难重重的大地，用透明的手抚摩四个孩子的头。多么希望她能告诉他，她死后是否完全孤独，是否什么人都看不见，什么人的声音都听不到，什么消息都得不到；多么希望她能告诉他上帝是否存在。然而，这个女孩笔直如箭地站在那里盯着他，狗也盯着他，她似乎就要开口说些什么，这时门开了，一个男人走进门，身后带起一阵夹着雪的白色的风。接着他顶着风把门关上，大步走了过来，晃动着一根手指走向他们，手上没戴手套。我知道，他生气地说，我知道你会让这些家伙进来，你什么都不尊重！有人该以荣誉之名，给你个真正的教训！

男人把雪带了进来，他自己身上也完全是白色的，不过他已经拍打掉了身上的大部分雪，白色下面露出了深暗的轮廓，雪在地上缓缓融化。战胜冬天是不可能的。你只能在冬天生存下去，或与之共存。狗本能地躲到奥弗海德尔身后寻求保护。奥弗海德尔则说：是的，维格福斯，你恰好路过呀。你好，维格福斯对男孩说，我是维格福斯，我住在教堂上方，你是他们中的一个吗？是的。男孩说。这是他当天第三次承认自己的身份了。我来帮你把狗弄走。维格福斯说。他已经朝男孩走过来。他又高又瘦，脸上有时间的风暴刻画过的痕迹。他富有表情的脸和眼睛都相当大，蓝色的眼睛像夏日天空中的亮点。不需要。男孩说。不是需要，而是必要。维格福斯说着走向奥弗海德尔和狗。我看到你朝这边走，知道你会把这些牲畜带进神的家，打扰这个男孩的祷告。我们有些人仍然尊重这房子，其中并不包括你。你知道，奥弗海德尔说，你生气的时候很好看。我会把这些动物扔出去！那我会让它们吐在你身上。维格福斯犹豫了，轻轻晃着头。坏男人。她对狗说。狗立即开始咆哮。你敢，你这粗野女人！我既没良心又没心意，你总是这样不知厌倦地说我，所以我几乎无法表现出别的样子，而且狗也不喜欢你。她回答。你为什么要这样对我？我对你做了什么呀？他问。他的愤怒突然消失了，就那样不见了，取而代之的是皱纹纵横的脸上流露出的恳求。好啦，好啦，别吼啦。她说，既是对他说，也是对那些安静下来的狗说，其中一条狗甚至坐下来打起哈欠，另一条狗把鼻子伸向棺材的方向闻了闻，轻轻叫了一声。不，这是得不到允许的。维格福斯无奈地看着男孩说，然后坐在教堂前排的椅子上，凝视着圣坛。比亚德尼画这幅画时，我就在这里。你也在船上。她说。这时男孩注意到画上的一个船员特别像维格福斯，同样布满皱纹的脸，同样的蓝色眼睛，只是胡子不一样。你是使徒之一。男孩说。奥弗海德尔轻笑起来。维格福斯带着歉意害羞地微笑着。当我睡觉时，我在船上，看着救世主从海里把彼得拉上来。看，他膝盖以下都沉到水里了，接着水淹到他的腋下，但是救世主轻轻把他拉了上来，他们一起在水上朝我们走来，然后，我们把捕到的鱼拉上来，圆滚滚的漂亮的鳕鱼，这时救世主给我们讲起了有关仁慈和牺牲的美好故事。他平静地对男孩说。什么故事？那些古老的故事？她问。不，是我从来没听哪个牧师讲过的故事，但只要一睁开眼睛，我就全忘记了。那你就不能在睁开眼睛前讲述那些故事吗，即使只是一个故事的开头？我总是独自醒来，你知道的，我无人可以交谈。我告诉过你，你不该把这些动物带进教堂。你生气吗？坐下打哈欠的那条狗开始嗅另一条狗的屁股。那肯定是条母狗。它这样做起初是出于烦闷和无聊，但是气味刺激了它，它开始低吼，激动地张着嘴，往母狗身上爬，母狗转过身，同时还在闻着棺材。这是个教堂啊，这是个死去的女人！维格福斯抬头说道。可这是打败死亡的唯一真实的办法。她笑着说。我为你感到难过，你处于黑暗之中，这个男孩冒着生命危险把这个女人带到这里，你却让狗在棺材下交配。维格福斯看到她的笑容时说。可恶！维格福斯对那两条狗大嚷道。它们突然停了下来，母狗坐下了，公狗在坐下前转了几圈，向人展现出有些抱歉的样子，仿佛在说：可这真是太妙了。奥弗海德尔在男孩旁边坐下来，让男孩隔在两人之间。你应该搬来我这里。维格福斯说。男孩张嘴想回答，却不知该怎么回答。他到底为什么要搬去这个男人那里呢？你已经结婚了。她说。这不是我的错。他说。难道你是在梦里结婚的吗？她欺骗了我。维格福斯说。可你们仍然住在一个屋檐下，难道要我睡在你们两个人中间吗？

我们不一起睡，你知道的。

但你还和她住在一起，为什么？

孤单一人很糟糕，黑暗中隐匿着太多的东西。

养条狗吧。

你不明白主，你不想与耶稣一同航行。

可你仍需要我。

你的那双眼睛让我难以抗拒。维格福斯盯着圣坛，绝望地说。魔鬼有绿色的眼睛。她说。我知道，我只是不能控制自己。维格福斯叹息道。母狗蜷成一团，想睡觉，公狗一会儿看看母狗，一会儿看看人；一会儿站起来，一会儿坐下，伤心地轻声呜咽。可怜的我啊，它说，这太难了。然后它又开始嗅母狗的屁股，尽可能把鼻子紧贴上去。

维格福斯：这不好。

男孩轻轻地说：它认为这可以。

维格福斯：耶稣与我们同在，他看着我们，他审判我们。我们不能允许这样的事发生。你是来祈祷的，还是来看狗交配的？

男孩：我不是来祈祷的，我只想和奥斯塔说说话。

维格福斯：她死了，我的小伙子。

耶稣也死了。男孩脱口而出，仿佛魔鬼就附在他体内，向他的血液里吐了口口水。亲爱的上帝啊，维格福斯说，愿上帝宽恕你，竟然说这种话。如果耶稣是个女人，一切都会好起来，会变得不同。奥弗海德尔边说边看着那条狗，它开始舔母狗了。上帝派来了他的儿子，但他也在看。维格福斯坚决地说。男孩偷偷看过去，想更好地看看她，看她那圈雀斑、那嘴唇——下唇稍宽一些，好像支撑着上唇。不行，下来。公狗又爬到母狗身上时，维格福斯绝望地说。母狗看起来似乎也懒得抗拒了，就那样接受了公狗，那条狗咧着嘴，快乐地叫起来，屁股开始疯狂地晃动，好似独立的身体部位。如果上帝真想改变这个世界，奥弗海德尔说，他就会派来他的女儿，而不是他的儿子。上帝的女儿会唤起人类最糟糕的一面，她会遭到殴打，会蒙羞受辱，罗马人在她被钉上十字架之前就会强奸她。她会揭开我们最糟糕的一面，那可能会改变我们。你们男人将无以回避，只能努力去理解身为女人意味着什么，我们不得不忍受什么，总是处于劣势意味着什么，身为次等人意味着什么。但上帝不了解女人，所以派来了他的儿子。

这就是奥弗海德尔所说的。男孩坐在她和维格福斯之间，狗在棺材下面起伏。然后事情就结束了。我感觉不舒服。回到教堂外面的维格福斯说。两条狗高兴地绕着他们跑来跑去，你不跟我来吗？我会让克里斯蒂恩离开，再说，她一直睡在厨房，不会影响我们。你想要的不是我，只是罪。她回答道，然后抚摩这个高个子男人，抚摩着他的脸颊。她的手指纤细，关节因为劳作而肿胀。维格福斯感到一阵战栗，他感觉到了什么，却弄不清究竟，而她的头发如此火红，男孩不敢直视。然后她戴上围巾和帽子，男孩和她走向医生的房子，维格福斯则迈着沉重的脚步回家，狗留在教堂那里，交配和奔跑让它们浑身发热。在医生的房子里躺着詹斯，他是个大个子，她正想着他。一份古老的阿拉伯医学文献中写道：人的心脏分成两个心房，一个叫幸福，另一个叫绝望。我们该相信哪一个呢？

IX

男孩回来时，詹斯正在睡觉，身体微微颤抖，仿佛梦见了孤独。没有地狱，只有孤独。与孤独相比，其他一切都显得无关紧要了。生命的芳草枯萎凋谢，每念及此我们都会颤抖。男孩坐在床上，看着这个大个子男人颤抖。他和她静静地并肩前行，她走路的样子正是他梦想中的那种女人。可是，她当然在想着另一个男人。幸运啊。她是个穷女仆，还带着个孩子，而他一无所有。如果他去和这个绿眼睛、红头发的女人生活在一起，还有个小孩子，生活困苦，那他将背叛父母，背叛他们的生命和梦想，每天都将是场折磨，不论是在陆地上还是在海洋上。他会在冰霜雨雪中用力拉钓线，看着自己的双手变老、肿胀、裂口，变成苍老的石头，没有教育，没有知识，只有辛劳和艰苦。艰苦让眼界狭隘，让生活的范围缩窄。也好，她的心思在詹斯身上，不在我身上，男孩想，但这也不太好，事实上，这带来的只有伤害，很大的伤害。他感觉在屋子里待不下去了，于是出门回到雪地里，没去想要往哪里走，或者朝哪个方向走。他消失在茫茫落雪中，隐身于带来沉寂和寒冷的雪花中间。男孩还没走多远，雪就变成了冻雨。男孩发现自己站在房子上方的半山腰。天气暖和一些了，雪变得黏糊起来，湿漉漉的，像绝望一样灰暗。春天就是这样到来的。曾经的白色和柔软化为灰白和湿润。如果雪花是天使的眼泪，那冻雨就是魔鬼的口水。一切都变得湿润，越发沉重，雪成了恼人的雪泥。男孩站在山坡上，歪着头，像马一样，回忆起与詹斯为伴的旅途，从他在盖尔普特的客厅里被告知要上路开始。他先是得到了可以接受教育、体验奇遇的允诺，然后就被送上了征程，与一个不懂怎么说话的人长途跋涉。他站在那里，身上被淋湿了。周围的白雪一点点消融，春天到了，他回想起整个旅程。他在山坡上站了很久，整个旅程发生了很多事情，但是山坡上的他与出发时的他完全一样，血液中仍然流淌着不确定性。什么都不曾发生，只是维特拉斯特伦的一个孩子咳嗽得厉害；他不期然地窥见了孩子的母亲玛利亚的梦想，他为她买的书——盖斯特·帕尔森的短篇小说集，就放在房子里他的床上，但是与书相伴的是死亡和忧郁，除了让我们想到我们不曾拥有的，书还能做什么呢？巴尔特长眠地下，就葬在他成长的地方。他曾是一切，如今却仅仅是十字架上的一个名字，他的世界什么都没有留下，只有遗憾和回忆。基亚尔坦牧师夜晚出门，听到奇特的声音，那若不是地狱的使者来接他了，就是上帝从遥远的地方呼唤他。他的妻子安娜几乎失明了，也许正因如此，他不再触碰她，他们所有的梦想都死去了，熄灭了。梦想照亮人的道路，梦想是人身边的光明。没有梦想，就只有黑暗。如果你不再有梦想，你知道会发生什么。你知道人心中的黑暗从何而来。冻雨拍打在男孩身上，他想到的几乎只是红头发、绿眼睛、她婀娜的步态，没有人像她那样走路。她有个非婚生的孩子。此外他还想到了詹斯，他身材高大，却在睡梦中颤抖。男孩抬起头，视线穿过冻雨投向那山谷，想法集中到了哈加提身上。他们一起生活了两天两夜。男孩算不上认识哈加提，可是也许比大多数人都更了解他，而现在他正躺在冻雨中的某个地方，春天会让他冰封的身体解冻，乌鸦和狐狸会被气味吸引。这样高大的人，身上可吃的肉太多了。男孩闭上眼，然而头脑中出现的却只是她说的那句话：如果耶稣是个女人，在升上光明世界前被男人羞辱，世界将会不同。亲爱的上帝啊，他是多么渴望去爱这样思考的人啊。他睁开眼睛，轻轻啜泣。冻雨飘落，一切都变得潮湿、灰暗，海水汹涌澎湃，溺亡的人谈论着春天，还有夜晚。在一切都变得明亮时，在世界变成永恒的蓝色时，在水深七十米的某个地方，坐着男孩的父亲，任由鱼儿啮咬他的身体。男孩闭上了眼睛，想象着他还活着，没被淹死，不在海底；想象着她正在亲吻他，七十米深处的冰冷的吻，他的头骨在海水的重压下嘎吱作响，同样的重压让他留在海底，在死之孤独中，直至永恒，遍及黑色的永恒，除非男孩重新开始生活。

欧拉弗尔入夜以前不太可能来这里。男孩吃完饭后，斯泰努恩对他说。不过男孩几乎没吃什么东西，只是像小鸟一样挑拣了点吃的，因此受到了波尔蒂斯的责备。吃得太少的男人不算男人，总低头盯着自己大腿的人缺乏勇气。男孩想上楼、躺下、入睡、逃到梦里。睡觉就是逃离，可是接着斯泰努恩就说欧拉弗尔不太可能在入夜以前回来，问男孩愿不愿意和她一起在卧室里坐一坐。一个人太无聊了，于是他和她一起进了房间，他觉得不这样做不礼貌，因此不敢拒绝，尽管心中的羞怯就像不停嗡嗡的蜜蜂。他们有可能谈什么呢？

你撞上房子的时候，我们就坐在这里。她指着一张沙发和一把宽大的椅子，有点像是要请他坐下。但他被书柜吸引了，一个笨重的雕花柜子，里面约有一百本书。大多数都源自我们在哥本哈根生活时的旧日罪过，我们在那里住了八年，偶尔我也会怀念人群的熙熙攘攘，会想念尖顶的建筑、剧院、音乐会。她沉思地看着男孩，然后问起了盖尔普特，尽管问得很谨慎，好像不太知道怎么问才比较合适。住在她那里怎么样？她试探着问道。他只说了一句：很好。他急切渴望触摸那些书，可她那样盯着他看，他不太好意思那样做。她又问了三四个问题，却只听到几乎不算回答的回答，于是说：其实这和我有什么关系？我认为，女人可以有自己的生活，但是人们会本能地对这样一个女人感到好奇，对那些与自己不一样的人感到好奇。过去看看那些书吧。她加了一句，于是男孩走了过去。那些来自哥本哈根市的旧日罪过，那是她所怀念的城市。她没再问有关盖尔普特的更多问题，而是给男孩讲起了她和丈夫在那里共度的生活，已经过去三十年了。她坐在椅子上，背靠管风琴，谈起了她和丈夫回忆过无数次的过往时光。在最漫长的冬天，当黑暗如此沉重，油灯冒着烟，仿佛处于熄灭的边缘时，他们总会说起过去的时代，重温既往的时刻，有些事情被反复提起，次数多得已经失去了新意，就像一件礼拜日礼服，不经意间穿得太过频繁，结果失去了魅力。但是现在，她有了新的倾听者，这改变了一切，仿佛她从不曾回忆往昔。要是欧拉弗尔也在这里重温旧事该有多好。她说，他听，而后她开始弹奏管风琴。

她转过身，踏着踏板，弹奏那宛若从遥远夜晚降临的音符。暮色温暖，音乐在我们胸中创造出更多的空间，它能创造新的天空、新的希望。没有音乐，人们一贫如洗。啊，现在这真是可恨的损伤。斯泰努恩说。时间流逝，男孩沉浸在丹麦语写的俄罗斯故事中，虽然只能勉强读懂一半，他却停不下来。可恨的损伤。她心疼地抚摩管风琴，又说了一遍。我们必须时常把这架管风琴带到教堂去，不管是什么天气，这样的搬动对管风琴不好。明天我要去为你的奥斯塔弹奏管风琴，稍微准备准备当然就可以了。她说完又继续弹，而男孩继续读那个十分敏感的年轻人的故事。他们可能是同龄人，但这个人似乎在挨饿，他命运悲惨、可怜、贫穷。外面世界的人也一样受苦，他们忍受着贫困饥饿。人生是条漫长而艰辛的道路。屋外的雨夹雪渐渐变成雨，密雨，五月的傍晚近乎昏暗，时辰已晚。希望欧拉弗尔在这潮湿的天气里不会感冒。她说着停止了弹奏，然后合上管风琴盖，管风琴成了个箱子，被永恒的静默围绕着。男孩和斯泰努恩离开卧室，而此时奥弗海德尔就坐在最下面一层楼梯上，带着个熟睡的孩子，是个三岁的女孩。她躺在那里，张着嘴呼吸，有着一头漂亮的浅色头发，小小的手指抓着奥弗海德尔的棕色衣服，即使在梦中也不放手。你怎么坐在这里啊？斯泰努恩惊讶地问。我觉得她听着音乐能更快入睡。奥弗海德尔说。她轻轻站起来，以免弄醒孩子，却让男孩备受折磨，难以入眠。男孩躺在床上翻来覆去，她站起来的样子那样温柔，她用那双绿眼睛看着他。我希望明天就走。他对着枕头低语，然后起床，看着外面让暮色更加昏暗的雨，勉强看出港湾外停靠的多桅纵帆船的轮廓。随后，夜晚降临。夜晚，夜晚，夜晚。

XI

春天和春之晨光穿过雨水，唤醒了男孩。他在窗前站了好久，光着脚，脚下是冷冰冰的木头。他凝视着窗外灰蒙蒙的雨，那穿透白雪的透明雨滴。

詹斯不见人影，有人帮他收拾过床铺，是波尔蒂斯或奥弗海德尔。我的救赎啊，男孩想，知道我想要的是什么。他走下楼，詹斯坐在那里，打算动身上路，不管欧拉弗尔说些什么。一切条件都不利于你离开，一切常识都可以证明这一点。可詹斯什么都不说，只是喝着波尔蒂斯拿给他的咖啡。波尔蒂斯看似无意地触碰他，这个沉默的大个子男人。但是，当然，在这个国家，很少有人认为考虑常识是有用的。欧拉弗尔说。他的语气异常尖锐，但詹斯仍不为所动。波尔蒂斯说：有这么一种东西叫男子气概，它还没彻底消失，同时我们也没死掉。她再次触碰詹斯，因为触摸又大又结实的东西感觉真好。斯泰努恩注意到她的动作，移开了视线。我希望男子气概已经害死了足够多的人，这方面的例子够多了。欧拉弗尔把头靠在墙上，疲惫地说。说得对。男孩出人意料地冒出一句，并激动地站了起来。他本来刚坐下，现在又站了起来，就像要做演说一样。四个人都惊讶地看着他，医生和他妻子，波尔蒂斯和淡淡笑着的詹斯。如果我能做到，我今天就要离开。男孩又坐下后詹斯说，然后又加了一句：事情紧急。波尔蒂斯伸出手，却不敢再触碰他了，没有这样做的理由。她收回手，看到了斯泰努恩的眼神，面部表情瞬间变得僵硬，如同石化了一般。欧拉弗尔叹了口气，他在回家前刚去病人家出诊，一个艰难的任务，一个年轻女子临产。他和女子的丈夫沿山谷一路向北，穿过一个难走的关口，爬到高处时冻雨变成了雪，而后雪又变成了冻雨。他们在春夜变幻莫测的黑暗中穿越高原，却在下坡时听到了凤头麦鸡的叫声，两只凤头麦鸡。欧拉弗尔喜出望外，不由得停住脚步坐下来，眼里满是泪水，难以自控。他一直低着头，免得让农场主看到他的泪。农场主不安地透过冻雨看着家的方向，仿佛要把目光传递出去，让那目光直抵妻子床铺上方的小窗户。他在手套里松开拳头又攥紧，几乎忍不住想向医生大喊别休息了，在这里休息可能意味着他妻子的死亡，那样两个孩子将失去母亲，或许还有新出生的第三个孩子，只留下他和他多病的母亲。他在冻雨中张望，两人又一次听到凤头麦鸡的叫声。欧拉弗尔向前倾身，似乎要四肢着地趴下来，轻声哭泣。这是今年第一声鸟鸣，即使在这个地方，也是晚得太不寻常。透过冻雨和雪，一些明朗而略带忧伤的音符传来。也许生命永远不会让步，也许生命力在哪里都不如寒冷春天的鸟鸣更加强烈。欧拉弗尔在厨房里瞪大了眼睛，他成功地拯救了那个女人和那个孩子，接着又不得不赶往另外一个农场待了四个小时。这个农场里的每个人几乎都卧床不起，营养不良，农场主的脸都快发青了。除了变质的海鸟，他们什么食物都没有，而在过去的几个星期里，他们也没吃过别的东西。欧拉弗尔一回村就派人过去了，去了七个人，带着一个大雪橇，去把这家人带下山，带回村里。其中一个人不得不先留在那里照料牲畜，把奄奄一息的牲畜杀掉。另外六个人和这家人一起回村，一路上几乎丝毫不觉得无聊，因为农场主和妻子知道很多诗歌、故事和民谣，也乐于和他们分享。有人陪伴让他们恢复了活力。

这么说，我们今天要走了吗？男孩问。是的，我们应该是要走了，坐那艘来这里装东西的纵帆船走。

但是在离开之前，男孩要先出点力，帮忙把管风琴抬到定制的搬运板上，送到教堂。走过雨、走过雪、走过泥泞。外面八摄氏度。斯泰努恩说。这个数字被写进她的气象簿，她已经记录了十八年，记录风向、风速、温度、云量、海况，都是我们迫切需要的事实，我们用这些几乎无法解释任何东西的空洞事实来诠释世界，忍受生活。过了头两三年之后，她的天气记录不再那么纯粹了，她渐渐开始顺应内心的渴望，记下当天的一些事情，有时也会看似不经意地写下她心中的悸动。明天她将会写下与男孩有关的事，关于他站在书架边的样子，关于他的眼睛——要忘记它们实在很难。还有波尔蒂斯，她只能目送詹斯离开，却无法再触碰到他。波尔蒂斯错过了生命中太多的东西，因此她的心变硬了，或许是出于痛苦，或许是为了生存。有时我会为她感到如此难过，乃至无法放手让她走，这真是不堪，斯泰努恩写道，之后又加了其他一些话，关于山上的鸟鸣，鸟鸣能对一个人有什么影响。她写啊写，已经填满了九个本子，还会写下更多，总共有十六本，而且不会遗失，词语所保存的生命将找到通向我们的路。

把管风琴抬到外面费了不少时间，空间太狭小，只容得下两个人搬运，男孩和从隔壁找来的一个男人——男孩听完那人的名字就忘了。那个男人很沉默，总低着头，或许是以此掩饰他嘲讽的表情。他两次抬腿踢向管风琴，不过都是在暗地里干的，就像在发泄心中的不满。詹斯只能旁观。成了废物，这真让人难受。他连自己站起来都勉勉强强。男孩听到波尔蒂斯说了他什么，他听不到说的是什么，却听得出她的语气，这让他愤怒，让他心中暗自咒骂，力量油然而生。是的是的。欧拉弗尔对着空气说，斯泰努恩则迅速给管风琴蒙上了罩子。我们也许应该再叫两个人帮忙。欧拉弗尔揉着腰说。你抬最轻的一角，斯泰努恩说，当心后背。他们在管风琴的四角各就各位，男孩、沉默的男人、欧拉弗尔和波尔蒂斯——波尔蒂斯的脸色很难看。去教堂的路不寻常，要经过潮湿的雪地。他们弯下腰去抬搬运板，这时却注意到一个大个子蹒跚地走向房子，没戴帽子，头发泛白，一脸灰白色的胡须，眼睛近似黑色。他喊了句什么，听起来出于某种原因十分欣喜。波尔蒂斯四下张望，试图锁定他的欢喜之源，却无从寻找判断。我的天哪！男孩惊讶地说。因为那是布里恩乔福尔，商人斯诺瑞名下那艘“希望号”的船长，而布里恩乔福尔上来一把抓住男孩，像举空麻袋一样轻松地把他举了起来，身上没有一点酒精的气味。

现在搬运管风琴就容易多了。船长取代了欧拉弗尔。欧拉弗尔再次扶住后腰，仿佛在为自己辩解。斯泰努恩的手拂过他的肩膀。没事的，她的手仿佛在替她说，让你成为男人的不是肌肉，从来都不是。但管风琴和搬运板的分量够重，对此他们感觉得到。男孩和那个沉默的男人呼吸沉重，时不时地吐痰；布里恩乔福尔打量四周，仿似在消磨时间，一点没觉得重；波尔蒂斯笔直地站着，没什么变化。詹斯跟在后面，每走一步都感受到屈辱、痛苦和无力。他们走了一大段路后，男孩看到了奥弗海德尔。有个男人和她在一起，肩上扛着那个孩子。即使隔了一段距离，也能清楚地看出他强健有力。他们走得越近，就越能看出他多么英俊。他在聊天、微笑。有人仍然知道如何在这世上微笑，这当然好，微笑能撕裂黑暗，照亮世界。但男孩的心脏却收缩成了卵石，之后他将下到岸边，把他的心抛过海面，看着它跳动几次后沉入海中，那样他就会摆脱这个愚蠢、恼人的器官了。

那是来自捕鲸站的挪威人，唱诗班的主唱之一。被派去接他的奥弗海德尔根本不介意这样做。小女孩高兴地站在那个男人的肩膀上，咧开嘴欢笑，紧紧抓着他的一脑袋头发，不过她被放下来坐在教堂前排时，她的笑容渐渐消失不见了，一切都是庞然大物，人们成了巨人，她垂下头，害羞得不敢抬头让人看到她的眼睛。这真遗憾，因为如果有什么能拯救我们，那就是三岁孩子的眼睛，人类所拥有的最珍贵的东西，从他们的眼神中你就能发现最敏感、最坚强的东西。我们在做每个重大决定之前，都该先看看这样的眼睛。她母亲却没有垂下那双绿眼睛，而是大方地把视线凝注在这个挪威人身上。他又高大又健壮，身体灵活柔韧，有一双清澈的蓝眼睛，一头浓密的深色头发。他露齿而笑，展现出一口完美无瑕的牙齿。他的嗓音深沉，令人愉悦。我可能要一直恨挪威人，男孩心想。他们把管风琴抬进教堂，把雨和狗留在了外面。

奥斯塔躺在棺材里。她已经死了，带着对孩子的想念。男孩迅速坐下来，全神贯注地憎恨一切挪威人和挪威的一切：山岭、森林、动物、吉斯利校长有时带着到处走的那根手杖、捕鲸站、散布峡湾的捕鲸船、鲸鱼尸体、海滩上腐烂的内脏。斯泰努恩开始敲打管风琴。为了驱除里面的寒气。她说。牧师挠了挠脑袋，对于这么多人没来参加合唱感到惊讶。是的，欧拉弗尔说，他们要去帮我找些人来，可是西格尔特现在哪里都去不成。什么？为什么不能呢？神父带着指责的口吻问。因为西格尔特不来实在让人烦恼，他是主唱，有最珍贵的嗓音，宛如阴影中的微明或银光那般动听。他喝醉了，那个浑蛋。波尔蒂斯说。恐怕如此。欧拉弗尔证实说。他是个可怜虫，波尔蒂斯反复说，他这辈子就几乎没做过一天体面的工作。我们还能期待别的吗？她又加了一句，而斯泰努恩开始弹奏，让管风琴热热身，去掉其中的不稳定性。工作令人高贵。谚语和成语蕴含着时代的智慧，是一代又一代人生活的结晶，从过去到现在的信息经过融合，雕琢打磨成合适的话语，这样它们就不会被人遗忘，不会逸失，不会随时间的流逝而溜走。若没有既往的知识，我们此身何在？工作令人高贵，这太对了，却也是不可靠的胡言乱语。工作让我们活着，然而令我们高尚的，是牺牲，是能够克服自我；令我们高尚的，是出现在别人身旁，握住一只伸出的手。若没有歌，我们此身何在？人们听了片刻后，牧师说道，眼睛盯着空中，仿佛突然想起了错过的一切，想起了生命正在流逝。他被赋予了生命，结果却任生命流逝。美丽、壮观、奇遇，都在何处？或许他想到了妻子，她躺在家中，已是风烛残年。在有些日子里，最糟糕的日子里，她身上似乎散发出轻微的腐烂气味。她日夜躺在那里，轻哼那七十年前甚至更久以前就已知道的古老诗句，那是她两岁时就吟诵过的句子，她与母亲安然无恙地生活在一起，在永无休止的童年世界里。他爱过她，真的爱过，然而时间很短，只有一两年，那时他爱她那长长的秀发，宛如阳光，春日之光；他爱她丰满的嘴唇，柔软无比，最适合亲吻；他爱她那微笑的眼睛；他爱她那小巧的乳房，在他手中刚够一握，只要他轻轻碰一碰，乳头就会翘起来。他经常那样做，感觉永远都不会腻烦。但事情就这样发生了：他觉得够了，够多了。是谁偷走了爱？他心想，为什么这么快？只是几个月，一两年的时间，他就又倒退回去只想看其他女人了，他的一生就是在长久的挣扎中管住自己的眼睛。他太怯懦了，看看而已，不敢做别的，抑或是他良心的力量太强大了。良心和懦弱，有时我们把这两者混淆，这可不是件好事。除了多年前的短暂时光之外，我听任生活流逝，从未抓住生活。不敢生活，这是懦弱、可鄙。主会对我说什么呢？有人在呼唤我吗？他想着，犹豫地抬起头，搞不清身在何时何处。他坐在前排的椅子上，挨着棺材，吸入烟熏的味道。波尔蒂斯站在他面前，说了些什么。她有活力，这是肯定的；她有可爱的乳房，一样毫无缺陷。不过要看着她的眼睛，他告诫自己，她是教区的居民啊，需要引导，我不能让别人失望，尽管我让自己失望。他抬起苍老的头颅，阴沉的眼睛从浓密的灰色眉毛下面看着她。波尔蒂斯，我能帮你吗，我亲爱的？他问道，与此同时他的头脑清醒了，周围的环境向他敞开了，他什么都想起来了，于是沉重地站起身，说道：我们没有歌声也可以生存。他试图让自己的声音更清晰，假装没注意到其他人的目光。我能唱歌，我嗓门大。布里恩乔福尔大声说，而詹斯本能地向后退去。

仪式不长，几句关于生死的话，一些熟悉的古老词语，太熟悉了。如果我们总是用同样的词语，就什么都不会发生；如果我们都走同一条路，生与死的差距就不会拉大。我们无法更好地在黑暗中前行，我们找不到解决办法，于是停下来，渐渐变成暗淡的影子。奥斯塔不该只得到古老、陈腐的词语，草率的想法，她配得上比这好得多的东西。男孩想。糟糕的是，他想不下去了，因为她坐到了他旁边，还是那双眼睛，还是和昨天一样短得恼人的头发。她带着女儿在他旁边坐下，尽管别处还有很多空位。詹斯坐在另一侧的另一排椅子上，带着嘲讽表情的沉默男子坐在挨着过道的最后一排椅子上。男孩闭上眼睛，试图打瞌睡，仿佛要表明他不感兴趣，不论是活着或死去的人、词语，还是她的短发，甚至她的耳垂——他瞥见她的侧影时看到了她的耳垂。迅速瞥一眼，然后低头看着手指，它们颤抖着互相低语：我们从没经历过这样的事。唱诗班尽量保持不跑调，但是管风琴要很长一段时间才能恢复音色，在这之前管风琴紧密配合唱诗班的调子，直到声音刺耳，一个音都不对，合唱戛然而止，然后就只剩失控的音乐——斯泰努恩全神贯注猛踩管风琴踏板时发出的声音。一时间就好像这件乐器放弃了音乐，只能抱怨自己的命运与纯正音调的距离是如此遥远。奥弗海德尔靠在男孩身上，男孩出于某种原因喉咙哽咽。管风琴的抱怨声达到顶点时她轻声说：如果上帝用我们充当管风琴，就会发出这样的声音。

那是不是他喉咙哽咽的原因？人是件不完美的乐器，就像没调好音的管风琴，因此很难在生活中获得纯正的音调。

然而布里恩乔福尔自始至终都在微笑。高兴地唱着歌，唱出低音最低沉的部分，完全不吝惜力气。他专注于自己唱出的声音，因此一直没走调。他目不转睛地看着斯泰努恩，好像她是他见过的最美妙的事物。他会唱歌。奥弗海德尔说。挪威人？男孩几乎是挑衅地问道。但她笑了，说：不是，或许詹斯会唱歌，不过我说的是船长，那个大个子。他叫布里恩乔福尔，男孩说，今天晚些时候我要坐他的船离开。是的，你要走了。她看着男孩说，却没再说别的。然后，那个已经注视他一段时间的女儿得出了不必在他面前害羞的结论，于是开口说：我叫塞尔瓦，你要去很远的地方吗？你有家吗？男孩也曾有个小妹妹，有时仍在他梦中欢笑哭泣的妹妹。他回答说：塞尔瓦，多么美丽的名字呀，但我不知道我能在哪里有个家。我也不知道。歌声停止时，女孩轻声回答。牧师的话已经说完了，他摒弃了旧日的话语，放下了旧日的器具。然后斯泰努恩又开始用力踩管风琴的踏板，满身是汗地弹奏了一首存在了两百多年的歌曲，在热诚中忘却一切，只为获得纯正到配得上躺在棺材里的那个女人的音调。那个女人死了，把丈夫和孩子抛在身后，死了，留下了生命。生者能为死者做的，至少是获得接近纯正的音调。至少，同时也是至多。奥弗海德尔瞥了一眼男孩，只是匆匆一瞥，不过只要一瞥就能轻易在快乐和失望之间做出区分，事情就是这样，这就是我们了解到的：首先，也是最重要的，让无物和万物有所区别的正是近乎看不到的微小事件。

可惜没有人哭泣。一切都结束时牧师说。棺材被放进了浅浅的狭小坟墓，尽管最后狗免不了要被骂，但其中并没多少尊严可言。棺材太宽太长了，奥斯塔在棺材中稍微移动了一点位置。在场的人没有谁会忘记她，不是因为她留在身后的悲伤、孩子和她生命中闪烁的光，也不是因为她的勤奋。而是因为烟熏的味道、激动的狗；因为他们把棺材放入坟墓时，她在棺材里移动了一下位置；因为挪威人兴致勃勃地哼唱了一曲圣诞歌，却没意识到自己在做什么。我会以不同的方式记得你。男孩想。挪威人身高至少190厘米，行为举止出色，所有的冰岛人似乎都相形见绌。男孩注意到奥弗海德尔摆弄着一绺红色头发，把头发捋到耳后。人们在葬礼上哭泣总是更好，但是无人哭泣。牧师说。他们会在别处为她哭泣，或许哭泣很久。斯泰努恩说。然后管风琴被搬了回来，有人把老牧师护送回家。葬礼怎么样？他妻子问。她在床上翻了个身，徒然希望能以此减轻痛苦和疲惫。哦，她身上的烟味太重了，因此没人哭泣。他说，我感觉我们都在想着熏羊肉，比狗好不了多少。他沉重地坐在妻子身边，抚摩着她的手背。他也不是一定要这样做，但他在这个世界上根本没有别的地方可去。

XII

人的身体是个愚蠢的野兽，我们拖着它走过时间，却只收获了沉重的记忆。

自从她在教堂里坐到男孩身旁之后，男孩的心脏就几乎停止了跳动，这样持续了好几分钟。此刻他抓着支撑管风琴的搬运板的一角，天空下着雨，她带着女儿与挪威人一起离开。医生的房子越来越近。事实上，人的心脏有两个心房，这就是为什么人有可能会同时爱上两个人。有人会说，生物学使之成为可能，而且需要如此，但我们的良知和意识给我们讲的是不同的故事，这就会让日常生活成为难以承受之重负。他们向医生和他的妻子说再见时，男孩真想让欧拉弗尔给他拿杆枪，那样他就可以突然用子弹射穿自己的心房，让头发短得过分的绿眼睛女孩毫不留情地占据他的心。那样他会不会完整如一？是不是所有人都该做同样的事，清除两个心房中的一个，把它切除掉？

波尔蒂斯与詹斯握手告别，手掌牢牢压进他的手心，仿佛是要获得他的一部分，获得他的生命，牢牢扣住。她的手掌像是在说：与我相伴吧；也像是在说：别把我留下。詹斯回握着她的手，却没那么用力。斯泰努恩拥抱男孩，那天晚上她先要不带感情地描写雨、风、温度、海的样子，以及云层如何变化，管风琴发出什么样的声音，人们如何唱歌；而后她会写道：怎么可能不拥抱这个男孩？怎么可能不抱住他？紧紧抱住他、保护他，因为他有时就像个还不会讲话的婴儿，有时又会是我无法理解的截然不同的东西。真该死，我根本不知道这样的人是否属于这个国度。我不知道他们的出现究竟是个错误，还是对错误的更正。要记得和欧拉弗尔讨论一下这个问题。

但是男孩就那样走了，笨拙的身体夹在布里恩乔福尔和詹斯这两个巨人之间。船长满心喜悦，夏天就要到了，他会出海航行。海是他的朋友，永不背叛，完整而纯洁，不论环境是平和宁静还是有风暴死亡。唯一的缺憾是没能弄到酒。西格尔特被绑起来了，出不了门。布里恩乔福尔问起这个身材高大的商店经营者的状况，以前到处都没有酒的时候，他曾经给船长和其他老实人提供过酒。酒？西格尔特的妻子模仿着布里恩乔福尔的口吻，戏谑地重复道，表现得就像不明白他的意思，因此她至少把这个词大声说了两遍好像才理解了。哦，没有，我们很久以前就没有酒了，不过不管怎样你就要出海了，在这期间几乎不需要酒，我想过了。你说的太对了。布里恩乔福尔说，尽管他来这里只是为了买酒。他决定直接前往捕鲸站，挪威人可能有些摩闪酒，但他停了下来，他感到西格尔特的妻子就站在窗前，看着他。他想，没有酒我也能活两天，不然就太可怜了。于是他转了个方向，立刻感到自己赢得了一场胜利。他走向医生的房子，看到那里有一群人，户外的天空下还有个类似管风琴的东西，这真够奇怪的。

他们下坡往岸边走，对詹斯来说，他们走得太快了，尽管他尽量跟上，甚至试图超过男孩，但每走一步他都很痛苦。直到他走得踉踉跄跄时，男孩才意识到自己走得有多快，于是放慢脚步。他开始咳嗽，调整心脏的跳动，让它恢复正常的心跳，而不是像头古怪的小动物一样乱哆嗦。布里恩乔福尔去找人划小船把他们送到大船上，结果碰巧出现在海滩上的是她和她女儿，她们在捡贝壳，海滩上一个挪威人都看不到，她向他们走来。群山在雨中看不太清，只模模糊糊显现出轮廓，它们也在颤抖，与他胸中那头小动物的节奏一致。他不得不对抗眩晕恶心，几乎什么都听不到，什么都感觉不到，只知道他们五人同舟，却不知何故。他们三人，加上她和她女儿，划船的是奥弗海德尔。母女两人都在微笑，母亲因努力而微笑，女儿为生命而微笑。前者正和布里恩乔福尔说话，但是除了群山的不安之外，什么都不可能再听到了。男孩是最后一个登船的，他对小女孩微笑着，小女孩也对他微笑，笑得那么美丽、纯洁，脸上甚至隐隐约约露出了酒窝。男孩的眩晕消退了一些，他又听到了大海的声音，听到了大海的起伏喘息，注意到了奥弗海德尔递给詹斯一封信，对詹斯轻轻说了句什么。詹斯犹豫了一下，不，应该说是吃了一惊。这当然可以理解，被这样一个有着绿色眼睛、红色短发的人所爱，没什么愉快的，更不用说他应该只想着一个在群山和荒地之外等待他的女人。

男人是野兽。那个女人哭着对詹斯说。我能信任你吗？她问，而詹斯带着非常坚定的信念回答说：是的。但人的心脏分成两个心房，并非一体。

詹斯勉强登上大船，男孩必须小心翼翼地帮助他，这样小舟才不会倾覆，然后他跟着詹斯上了船。她说了些什么，然后看着他。由于山岭间的回响，我什么都听不到。他说。也许他没说出来，只是心里这样想了。说和想也许没什么区别。然后他又在心里或在嘴上补充了一句：群山在颤抖，空中满是它们的哀鸣。

他上了船，她快速划走了。

XIII

好风相伴，航船便如同一场音乐演奏——吱嘎作响的船体肋骨、浸透盐水的木材、迎风鼓动的船帆，以及在星星和太阳下方流转的气流，在海面上合奏出一首动听的乐曲。雨已经停了。“希望号”在航行，把斯雷图埃利留在身后。靠岸的地方，她抓着桨，划着小船靠向岸边。那双手可能是他的开始，然后是沉重的结局。人为爱而生，生活的基础是这么简单。这就是心脏会跳动的原因。有了那奇特的指南针，我们就能轻松地穿越最浓的雾。每只手中都有危险，于是我们在灿烂阳光的照耀下迷失，暴露于户外而死去。

男孩看着她和她女儿一起走向医生家，她们手牵着手，很美好。然后她们走进房子，消失在他的视线中。她想的是詹斯和漂亮的挪威人，我将忘记她。男孩对着风低语。风攫住他的话语，把它们散布在蓝色的空气中。“希望号”像伴着音乐般破浪前进。他们离开了斯雷图埃利，那人烟稀少的村庄，一些房屋上的雪已经开始在春光里融化。他走下来找詹斯。秃头厨师乔尼已经在照顾邮差了。这个乔尼活泼开朗、坦诚直爽、精力充沛，因此他很少掩饰自己的情绪，不像其他船员，他们从来不表现自我，既不知道该怎样表现，也不敢这样做，除非喝醉了。只有这时，他们结实的外表才剥离下来，出现了令人不快、不加遮掩的情绪。显然，乔尼对詹斯的情况一点都不满意，于是把詹斯带到了水手舱，在他身上裹了条毯子，还给了他一杯温暖的饮料——他调配的让人恶心的饮料。真恶心，厨师承认道，但这很有效，我奶奶用这东西把我爷爷从死神手里拽出来三次，然后每次都后悔。詹斯一饮而尽，寒冷和可怕的味道让他直打哆嗦，而后他躺下来。你冷吗？男孩问。他心中的一个心房憎恨詹斯，另一个心房则喜欢詹斯，因此他直想哭喊。他们曾一起走过地狱，走到世界的尽头，见到了生命，发现了死亡，把他们联结在一起的纽带永远不会断裂，命运把他们捆绑在一起，没人能解开这个结，不论是人还是魔鬼。我觉得我像躺在冰川的裂缝里。詹斯嘶嘶呀呀地说。他只有嘶嘶呀呀着才能把词语拼成完整的句子。你不会死的。男孩说。他的一个心房说：死是不允许的。你以为我是个傻瓜吗？詹斯说。然后两人什么都没说。船奏着音乐，他们不需要词语。你以为我是那么愚蠢的人，会死在你身边吗？在那积雪覆盖的荒野之外，在下着雨的地方，是正在等待的她。她曾问他：你回来时会做什么？她用这句话与詹斯道别，现在詹斯躺在冰冷的裂缝里，终于明白她实际上是在向他要一个开始或一个结束，她说的是不再有中间道路。吻你。当时他像傻瓜一样回答。现在陷入更深的裂隙后他才明白，他其实还可以加上一句：吻你，然后死掉。死掉，把她留下，独自一人。而在更远的地方，更大的荒野之外，他的父亲正在等待他。他疲惫的老父亲，略带阴郁的眼睛里总是充满泪水，没有预警，没有明确的原因，或许是想起一段折磨人的记忆，他的妹妹海拉天真无忧地问着那些问题：詹斯什么时候来？他为什么没来？他父亲在睡梦中呻吟，带着恐惧和焦虑呻吟，因为詹斯早就该来了。没有詹斯，他们就是迷失的穷人。这个世界对那些弱者并不公正，残酷和贪婪使之堕落。詹斯躺在冰冷的裂缝中，把咒骂的词语拼凑到一起，因为他想活下去。

巴尔特也想活下去，他想和西格瑞特去哥本哈根，他有乌黑的头发和温暖的笑声，笑得宛如六月的夜，或者说就是六月的夜——冰霜和海水尚未把一切变得冰冷的六月。现在巴尔特躺在地下，西格瑞特把他忘记带的那件防水服放到了棺材里，以防会有另一次海上航行在世界的另一边等待着他。他在冬天离开时，快乐而强健；在春天返回时，却失去了生命，一无所有。男孩已经走上甲板，自己找了个避风的地方，看着、想着，看着天空开始变得澄明，太阳开始照耀——不是白色寒冷的冬日太阳，而是黄色的春日暖阳。现在冬天正在退缩，留下了大量渐渐消融的雪。男孩望向北方，在地平线以外的某个地方，冰层绵延不断，冬天在那里退守，耐心等待短暂的夏天过去。

通往天国之弦？

人之所需少而又少，爱、幸福、吃饭，然后人就死去了。然而世界上有六千多种语言——为了理解这样简单的欲望，为什么需要有这么多种语言？为什么我们能掌握的如此之少？为什么我们一旦写下词语，词语之光就会渐渐消失？的确，身体的轻触所能讲述的，超出了世间所有的话语，但那轻触的魔力随着岁月淡去，于是我们又需要话语，它们是我们对抗时间、死亡、遗忘和不幸的武器。人在讲出第一个词之后，就成了永远在邪恶与善良、天堂与地狱之间颤动的弦线。正是话语劈凿了人与自然之间的根，它们是蛇和苹果，让我们告别野兽美好的无知状态，跃升到我们仍不理解的世界。史书上说，从前，大约在时间之初，词语和意义的差异几乎是感知不到的，然而在人的旅程中，词语会遭到耗损，词语和意义的距离渐行渐远，无论是生命还是死亡，似乎都无法再拉近这一距离。

但词语就是我们所拥有的一切。

我们，苍白的幽灵，在这里流浪了几乎整整一个世纪，人已死，身形已不可见，孤孤单单。其他死者入土为安，不再起身。这或许痛苦。我们亲吻过的嘴唇，我们抚摩过的头发，我们保护过的双手，所有这些都沉入大地，不再回来，变为空无。但我们既没有沉入大地，也没有升上天空。现在看到我们，一群苍白的、扭曲的生物，你不会觉得美好。有一段时间，绝望是我们身上唯一属于人性的东西，那时我们找到了一栋大房子里的偏僻阁楼，一个被遗忘的角落，停留在那里，徒劳地希望时间会抹掉我们，抹掉我们这些在人世间受到记忆、悔恨和自怜折磨的泡沫。我们几乎感受不到时间，尽管在外面的世界，战争与死亡肆虐，和平与尘俗登场。很多年过去了，一切静止不变。几十年过去了，有一天，一只黑猫爬进了我们栖身的那个最黑暗的角落，生下了五只小猫。黑猫有时在晚上出去寻找食物，或许是在这样的一次觅食之旅中出了事，黑猫再也没回来，也许是被撞死了，而那些还没睁开眼睛就失去了母亲的小猫，是唯一曾感觉到我们存在的活着的动物。五只小动物爬到我们身边，在恐惧、饥饿和孤独中颤抖着，希望得到温暖和安慰。然而不论是温暖还是安慰，我们都无法给予。其中一只小猫是纯黑色的，但有一只前爪像雪一样白，很像一个外国船长以前带到这里的小猫，这令人难过不安。它最后死了，死前整夜像婴儿一样哀鸣，孤单无依，不明白为什么它感觉到的这些生灵没有缓解它的孤独。我们努力了。那是一切事情中最痛苦的，然而隔在它与我们之间的是不知其名的屏障，我们无法征服，无法逾越。一只眼睛还没睁开、长着白色前爪的小黑猫死去了。正因如此，我们才从黑暗的藏身处爬了出来，爬向你们，因为我们无法安慰一只垂死的小猫。一只母猫生下小猫，然后消失了，这就是上帝的安排吗？抑或只是巧合？唯一能拯救一个人的，就是悲悯吗？悲悯是人类通往天国之弦吗？我们爬出来，爬向你们，因为这对我们很重要，因为我们渴望解脱和理解。天堂，就是一个不需要理解的地方吗？或者说对地狱的描述才是如此？可这是我们最终的尝试。一道裂缝出现在我们和你们之间，死者进入了你们的存在。被遗忘的风暴，消失的眼睛，我们向你们低声讲述那充满银光、悔憾、微笑和残酷的故事，为的是让你们记住。这是对抗遗忘的战争，希望这些故事中隐藏着能让我们摆脱束缚的话语。不仅是我们，还有你们。

生命，
那伟大的乐器，
既不圆润动听，
也没被上帝调好音

I

冰岛的夏天如此短暂，不可预期，有时就像不存在一样。这里的六月，半山腰可能还会下雪，甚至在人们的定居点也是如此。八月的夜晚，草丛中的鸟会被冻死。然而，世界上再也没有什么地方能像这里的六月一样明亮澄澈。日夜交融，一切阴影尽皆消失，子夜的天空蓝得如同永恒。是不是因为光明，夏天的时光才显得漫长无边，于是夏天似乎比日历上显示的要长得多呢？日历显示十五日时，我们可以说，今天是六月的第一百零一天。第一百零一天和光明扩展了我们的生活。

然而现在还只是五月。

沙锥鸟在牧场和沼泽里潜水，尾羽发出夏天的声音，让我们充满乐观。太阳一天天地越来越近，但山腰有雪，成堆的雪，冬天可恶的残留，地上到处都湿漉漉的，因融雪变得泥泞，峡湾底部的积雪范围迅速缩小。男孩每周都要跑到那里几次，从盖尔普特的房子出发，一路狂奔，冲到峡湾底部的雪堆。他跑这一趟没有确切的理由，他一下猛冲出去，全程不停，瞪着眼睛，吓坏了路上的马和羊，特别是羊。一个奔跑的人必定意味着把羊赶到一起，男孩一进入视线，它们就匆匆跑开。海尔加要求他，如果真觉得自己需要这样跑，就选个出门走路的人最少的时间段，或者早一些，或者晚一些。更多的时候，男孩会选择傍晚，在朗读开始之前，此时光明渐渐从大地上消退，漫长的一天将尽，疲倦降临到走兽和人身上。他跑到峡湾底部，十千米，然后跑回来，不过不是直接跑回房子，而是经过墓地，到达岸边，停留在海湾入口，坐在同一块岩石上眺望大海。尽管开始时呼吸急促，心脏怦怦乱跳，眼睛看不清什么东西，但是很快就会平息下来。那里的海岸线很和缓，退潮时露出一片黑色的沙子，男孩身后的海滩尽头挡住了村庄，他视线里唯一的房子是个歪歪扭扭的土丘，那里住着年老的米尔德利特和她的儿子西米。西米经常走出来，高兴地朝男孩挥手，仿佛生活的一切都是美好的，生存是幸福之谷。男孩会挥手回应，除此之外，他只会望着无边的大海，与此同时慢慢从跑步中恢复过来，嘴里的血腥味逐渐变淡。他的目光越过大海望向远方，他几乎一点都不恨大海了，毕竟这种恨毫无意义，就像因为冰霜而怨恨天空一样毫无意义。他看到了维特拉斯特伦，那长长的冰川，世上唯一有草地、能放牧绵羊的冰川。在那里的许多地方，雪仍然从山上延伸到海滩，虽然雪线也开始后撤，白色下面露出了绿色的草地。这里没有春天，七百年里没有过春天，冬天之后就是夏天。男孩坐在岩石上，想着他在白色海岸边接触到的那些生命。那个女孩还咳嗽吗？她会不会时常看着詹斯留下的那张纸？她和她的兄弟姐妹是不是已经用图画和文字填满了那张纸？她还咳嗽吗？最坏的事会不会已经发生了，她耐心地躺在那里，而她那害怕言语的父亲为她打好了棺材，用钉子和绝望把粗木板钉到一起，做成个盒子，把在这世界上见过的最伟大、最精妙的东西装进去？活下去。坐在岩石上的男孩说。他总是这样说，每次都要说。活下去。他对海浪说活下去，海浪对鱼低语活下去，鱼告诉海底活下去，海底对淹死的人重复着活下去。活下去。他对天空说。可天空太遥远了，听不到人类的话语。维特拉斯特伦挡在那里，看不到斯雷图埃利。我们看不到的东西通常就会慢慢消失，消散无形，或者远离平常的生活，不会触及我们的存在。然而有时候，情况恰恰相反，它根本不会消失，反而会生长，变得无法管控，这正是因为平常的生活影响不到它，因为没有任何东西能伤害它。简而言之，她的头发那么红，越过山岭仍然清晰可见。这些山脉当然不是假的，它们巍峨、肃穆，但她头发的颜色毫不费力地飘过来，来到他身边，改变了一切。改变了大地和天空，它们变得火红如血。大海、天空、云彩，如果有云，云也会变红；沙锥鸟变成空中的一滴血；西米变成了红色，站在一边高一边低的土丘一样的农场房屋旁边，挥着手；农场本身和飘过来的烟雾、男孩的手指、他对天空说的话，都变成了红色。他起来撒尿，那玩意儿通红，尿也通红。为什么一切都变得这么红？海底那溺水的男子嘟囔道。而男孩像只受伤的动物一样呻吟，盯着海港外的绒鸭，盯着那上下翻飞的鸟，直到红色开始变淡，缓缓消失，一切随之复原，只是变得更加贫乏。男孩又坐了下来，盯着那只鸟，知道自己得赶紧回家读书，科尔本肯定不耐烦了，肯定在骂他，骂他跑开。显然他觉得需要跑一跑，他太年轻了。海尔加想让船长冷静，于是为男孩辩护。什么需要，科尔本说，这只是发情，他需要给自己找个女孩，该死的跑步，该死的变态。然而，在外面的海上，离岸不远的地方，那只绒鸭很快就将呈现出正常的颜色，它已经开始叫个不停，这是人们记忆中所有绒鸭都做过的事。与人的生命相比，这不是段短暂的时间。为什么它有这么多的想法？它是不是在背诵诗篇，描述那轻松跨越死亡的永恒生命？它是不是在讲述那久远时间深处的古代智慧？我们继续迈向终结，尽管那可能根本不是终结，因为天空仍然笼罩在大地上，像黑色空间里的蓝色音符一样盘旋，此时什么都不会终结。而在我们继续迈向终结之前，是否该学习鸟类的语言，把疲惫的话语，把那些破旧的农场工具搁置一旁，开始像鸟一样啁啾、歌唱、叽叽喳喳？绒鸭的叫声传达出了哪些关于广阔生活的智慧？它是不是在不断重复几千年来一直谱写的那行诗句，它那质朴的、发自内心的生活颂歌：吃就快乐！吃就快乐？它在沉默中向食物俯冲，潜入水中，半分钟后又像软木塞一样冒出水面，快乐地大吃大嚼。它吞下食物，满足地望着从岩石上站起来离开的男孩，然后又叫了起来：吃就快乐！吃就快乐！

II

五月！

如此忙碌喧闹，似乎没有哪一天的时间长得够用，永远没有足够的人手，没有空闲的时刻，也没有沉默的地方。在高耸的山峰脚下入睡的，在光明中醒来、入睡的，是疲惫的人。到处都是叫喊和行动、欢笑和活力！几乎没有人四处徘徊，思考上帝与人的距离、伟大的目标、人存在的理由。在这样充满光明、忙忙碌碌的几个星期里，徘徊的人只会被骚动征服，被推到一边。在这里没有容纳这种事的空间，这鼓舞人心的生活、这不受束缚的工作热诚，到处推动着人的思绪。

学校关门了，所有孩子都投入到各种活动中，没时间学习丹麦语动词，更没时间学习古老的拉丁语诗歌。笼罩着村庄的空气在颤抖，这里犹如地狱。吉斯利校长，显赫家族的一位成员，在屋子里坐不住了。喧闹声一路传向老街区，传进那漂亮的小木屋，木屋地下室里住着一个平凡的腌鱼女工，她付的租金太低了，那么小的数字几乎都没法写出来，为了报答，她替吉斯利打扫卫生，偶尔给他做饭；喧闹声传进客厅，那里有数百本书、沉重的书桌，就连半癫狂的法国诗人或希腊英雄都无法让吉斯利留在家中，光明和热闹混在一起，让他走出家门，而室外迎接他的是折磨——人们的兴奋、工作、咸鱼、无尽的天空。很难相信会有人把这样的时间用在聊天上，而那些停下来舒展身体、揉着酸痛腰肢的人，几乎丝毫不想浪费时间与悠闲无事的校长闲聊，除非他选择谈论咸鱼，那些有福的或受了诅咒的咸鱼。我们以咸鱼为基础建构生活，魔鬼的这一发明让我们彻底愚蠢。就好像我在乎哪艘帆船或哪条可怜的小渔船捕的鱼最多一样。吉斯利走进世界尽头旅店时心想。他并不想与奥古斯特和玛尔塔一起坐在索多玛餐馆，那里只有水手，那些水手谈论的几乎只有鱼和女人的裤裆，只会对玛尔塔说些脏话。玛尔塔有时回答得如此粗俗下流，五月蓝色的天空都会被烧出洞。这年冬天吉斯利校长给玛尔塔送书时，玛尔塔拥抱了他三次，那些书是关于神话和人类历史的，关于一切杀戮、国王和革命。玛尔塔拥抱着吉斯利，让他有机会靠近她，感受她丰满的乳房，这让他抱得甚至更紧了。但是现在，索多玛餐馆里全都是渔民，玛尔塔没时间理睬吉斯利或历史。光明把我驱逐到世界尽头，吉斯利对旅店经营者泰特尔说，他总是尽可能微笑，从不失礼，哪怕他已经无数次听吉斯利说起光明和世界尽头。在旅店里，乡村生活的躁动可以被遗忘，在沉重的家具中间，很多事情可以被遗忘。时常有外国人坐在那里，一两个旅人，他们被驱赶到这片遭到上帝遗弃的荒凉之地，没人知道缘由。在那里还能看到在世界和我们之间航行的大帆船的船长，蒸汽船、丹麦国王的海岸警卫船的船长。这里偶尔有活泼的交谈，甚至还可能迸发出特别激昂的笑声，会让泰特尔的女儿赫尔达尽可能地与这些人保持距离。但是，在世界尽头旅店，啤酒的价格昂贵，什么都比别的地方贵，威士忌、干邑白兰地、食物，无一例外。要得到庇护和舒适，你必须付出代价。也许今年夏天会像过去的几个夏天一样。当然会一样，因为这里的生活就像地狱，周而复始，令人窒息。倘若如此，吉斯利将不得不向兄弟福里特里克寻求帮助，哪怕只是七月初，他也要向他借钱维持生活，直到天空再次开始变暗，山上和山坡的浆果变蓝。不得不在福里特里克的办公室里向他屈膝，这真是该死的耻辱，但是当日光的枪膛对准你的头时，你又能做什么呢？

III

多么希望现在是冬季，日子像受了致命伤的野兽一样拖着步子向前，黑暗浓得化不开，人们几乎无法从一栋房子走到另一栋。夜太黑，伸出手时不留意手在哪里就根本看不到自己的手，只有经过数小时的摸索才能找到手在哪里。令人愉快的正是黑暗——能身处其中进行思考的庇护所、能爬进去的洞穴、能在上面看书的床。黑暗当然是无比沉重的，会让一些东西破碎后再难复归原状。但，黑暗总归胜过光明上千倍。光明的分量太轻了，提供不了支撑。不论是思想还是梦想，都无法以光明为依靠。光芒延伸过整个天空，喧嚣犹如巨大的黑背鸥鸟，就好像活着的一切都接到了命令，必须赞美生命。那些发不出声音的人徒劳地寻找着庇护所。夏天在等待黑暗中度过。

Ⅳ

男孩从世界的尽头、从达姆斯峡湾回来时，安德雷娅正等着他。安德雷娅，培图尔的妻子、渔民小屋的管家、男孩和巴尔特的朋友。男孩经受了暴风雪、记忆和红头发、绿眼睛的摧残，头脑中还有一封信的草稿，那封信是他答应为铲雪工奥德尔写的，做出承诺后他就与詹斯踏上了史诗般的征程。奥德尔要向拉克尔求婚。拉克尔每天工作很长时间，忙着腌鱼，是全世界所有女人中最好、最了不起的，至少是冰岛最好、最了不起的。奥德尔说。他对国外所知甚少，几乎一无所知，这是真的。或许他对冰岛也所知不多，但他曾一路向南走到达里尔。这封信是生命的呼唤，简单、纯朴的生命。男孩在脑海中构想这封信的草稿时，正在“希望号”的甲板上，在五月凉爽的天气里，然而太阳悬在他头顶，实际上比人能遇到的一切东西都大。上帝之眼，这是一首诗中对太阳的指称。这称呼很合适，上帝是独眼的，这解释了很多事情。独眼者的视力不像其他人的一样好，他们缺少双眼看东西时形成的对比。

男孩对这封信的构想很满意，他迫不及待地想上岸，走到盖尔普特、海尔加和科尔本三人共处的那栋房子，拿起纸和笔。但是，詹斯还在下面的水手舱里，那个大个子此时如坠冰川裂缝，忍受着阵阵哆嗦和咳嗽带来的痛苦，有时完全无助。然而他不同意让人帮忙把他拉上甲板，他那粗壮的双腿威胁要背叛他时，他用自己的双手支撑起身体，然后他们站在了一起，看着村庄渐渐靠近，山显得越来越高，在世上投下阴影。男孩因为这封信而感到愉快，虽然此时这封信还仅仅是他血液中的词语，之后却有望完成最重要的任务，把两个人的生命结合到一起，把两个音符合并成一个和弦、合并成一个曲调的轮廓，我们可以快乐地吹口哨，这样做会让世界成为稍好些的地方。你打算做什么，直接回家吗？男孩充分享受过内心的喜悦后问詹斯。是。詹斯说。直接回家，不在路上停一停？男孩问。人在需要停时才停下来，然后又要继续前进。詹斯随着波浪笨拙地摇晃着身体，脸色苍白，灰眼睛瞪得像僵硬的球。你知道我的意思。男孩说。他们辨认出了岸上的建筑，看到了索多玛，这让他们两人想起了从那对夫妇那里借走的那条小划艇，那是一周以前，也就是一百一十二年前了。詹斯说：我们应该把那条划艇弄回来，你觉得你能做到吗？是的。男孩说。他们陷入了沉默，山越来越高。“希望号”缓缓驶进通道，岛屿和山之间的狭窄水道。索多玛周围毫无动静，然后詹斯突然站在男孩面前伸出手，大爪子一样的手，片刻之后，那只大手仍悬停在半空，就像个失误，直到男孩意识到发生了什么事，微笑着把手伸出来。他纤细的手掌瞬间消失在邮差的大手里。

詹斯走路显然很费力，把一只脚放到另一只脚前面不再是件笃定的事。首先，他们去盖尔普特的记账员尤哈恩那里领回詹斯的马——克鲁米和布莱克，詹斯一路上吐出了几句亵渎的话，就像吐出黑石子。男孩忽略了这些语句，再次问道：你打算做什么？詹斯说：我以为我已经回答了这个问题。没有。男孩说。你也问了很多问题。你还记得哈加提说了什么吗？男孩问。他说了很多东西。詹斯回答。哈加提说，假如你什么都不做，那你就背叛了所有的人。詹斯瞥了一眼男孩。我记得。詹斯对男孩说，语气几乎有些尖刻，而后他拒绝躺在盖尔普特的房子里休息，尽管他接受了吃的东西。他给身为医生和邮政局局长的西格尔特写了封简短的信，表示要辞职，字母写得又大又笨，有点像是用杆子在沙子上画出来的。拿点止咳药吧，海尔加说，我不喜欢你哆嗦成那样。我宁愿死也不吃西格尔特的药。詹斯回答。说实话，我没想到你那么蠢。海尔加说。这不是愚蠢，我只是远远未到找他要东西的程度。接下来，詹斯直起腰坐在马背上，低头看着男孩。所以，我们有的就在这里了。他抓住缰绳说道。克鲁米抬起头。男孩说：我不知道我们还有什么，当然，生命除外。詹斯什么都没说，只是一直盯着男孩，这让男孩又开口说：现在我们不再彼此为伴了，我不知道你能不能处理得了。詹斯笑了笑，骑马走开了，夜晚握着缰绳引领死亡。

夜幕降临了。

他们四人一起坐在客厅里，直到十一点。现在我们要听到一个故事了。盖尔普特说。于是这就是他们所听到的故事的一部分。我们应该很快就把你送回去再完成一段旅程。男孩停下来时科尔本说。男孩累得讲不下去了。他们已经讲到了维克，第二天晚上还会继续。不过他们在客厅里坐下之前，在他们给男孩拿东西吃之前，男孩先去了西格尔特那里，归还邮件袋，其中一个袋子装了一半，是来自斯雷图埃利的信件，大部分是有关金钱、商品和生意的干巴巴的记录，人类的世界围绕它们而转，却没得到一点帮助，它们治疗不了创伤，抚慰不了孤单和后悔。西格尔特自己收到了詹斯的辞职信。我有可能看懂这封信吗？他说，这是应该被称为手书的东西吗？然而他看懂了自己想看懂的，嘟囔着这不是正确方式之类的话，但同时也笑了，尽管笑容几不可见。他的目光越过男孩，仿佛男孩根本不存在，向一个中年女人挥了挥手。男孩则对他说：对不起，我知道现在是晚上了，但我想知道我能不能买三本书。同时他拿出一些钱作为证明，出于某种原因他感觉这样做更稳妥。

书？大脸盘的女人干巴巴地说，同时把头向后仰，仿佛觉得让男孩如此靠近是件令人讨厌的事。书？现在？这么晚了？是的。男孩说，同时本能地把钱递给她看。除了买书，你拿这钱没有别的用处？她问道，却还是抓住了男孩手中的钱。男孩向书架俯下身，他必须靠在药架子上斜侧着身子才能靠近那些书。他缓缓地温柔地抚摩书脊，嘴唇翕动着读出了那些书名。我还有其他事要做，不能浪费时间站在这里看着你，女人说，而且现在太晚了，这不正常。男孩什么都没说，只是吸入浓郁的药味，心想：单单这种气味就能在未来十年里保护我免受流感侵袭了。他最终选了三本书：《丹麦王子哈姆雷特：一个悲剧》，由马提亚斯·尤库姆松翻译，是本关于死亡和怀疑的书；荷马的《奥德赛》，据说他与写作《失乐园》时的弥尔顿一样，都是盲人，两位诗人寻找文字以替代眼睛，替代失去的光明；还有本译诗集《白天鹅：外国诗选》，由马提亚斯·尤库姆松和斯坦格里姆·索尔施泰因松翻译。书的价格略高于他弄丢的玛利亚那张预付凭证上写明的金额，不过男孩早就预料到了这一点，因此从海尔加那里拿了些钱，匆匆忙忙地向她解释了为什么需要钱，描述了玛利亚谈到书、谈到诗歌时的样子，他在她眼中看到的光彩，而他却弄丢了预付凭证。海尔加只是说那好吧，然后就让他拿走了需要的钱。这样玛利亚会得到四本书了，第四本就是盖斯特·帕尔森的短篇小说，他弟弟偶尔会被捆在离这里有点远的一栋房子的楼上。这东西有什么用啊？女人似乎随意地抓起那本诗集，问道。生活有什么用呢？男孩反问。没有人因为书失眠。女人生气地说，就好像诗歌曾在某个时候给她带来过伤害。当然，她错了，男孩抄诗抄到了后半夜，不过他仍然需要睡眠，仍然疲惫，累得要瘫倒了。凌晨三点左右，男孩熄了灯，而后立刻沉入到睡梦中，像被子弹击中的小鸟一样跌进了梦境，梦见哈加提躺在雪中，在恶劣天气里冻死了。该死的，这个大块头男人说，我只能死去，然后，所有的一切都完结了，我原本希望先和一个女人在一起，那太温暖了，比死亡温暖得多、温柔得多，可你看到我的狗了吗？没有。男孩说。就在这时，周围的一切都变得空无而荒凉。接着，草丛开始生长。低矮的小丘从地上冒出来，绿眼睛的她在草丛中漫步，眼睛瞥向一旁，仿佛对什么都不感兴趣，但另一个她也在那里，长着灰蓝色眼睛的那一个。她说：今年夏天我要去兜风，在阳光下。好的，但我只是在找哈加提的狗，男孩说，正因如此，我才在这里，没有别的原因。早上，男孩睡了个懒觉，等到他终于下楼出现在人们面前时，已经是上午八点多了。海尔加对他说：昨天晚上我们没想告诉你，觉得没必要叫醒你，不过这里有个女人想见你，她一直在等你。

V

大约就在安德雷娅抵达村庄的时候，男孩和詹斯在斯雷图埃利附近山上的暴风雪中失去了哈加提。风暴可以轻易吞下这样一个大块头，把他从大地表面抹去，留下的几乎只剩男孩和詹斯头脑中的些许印象——在那波涛汹涌的北极海之外，在那世间的群山背后，在一处饱受恶劣天气摧残的简陋小屋里留下的遗憾和记忆。然而，不管怎么说，除了记忆，一个人还会是什么呢？

安德雷娅一路寻找，找到了盖尔普特的房子。这其实不算难，但她仍对这个村庄感到很陌生。她和培图尔的店铺在另一个不同的村庄，那个村庄更小，在更南边。她走进咖啡馆，轻声要了杯咖啡，然后坐在那里，把包裹放在腿上。她先是环顾四周，像是在找什么东西，有两次她似乎就要开口向奥拉菲娅询问，却又改变了主意。接着她不再四下张望，只是坐在那里，因为面前的咖啡已经冷却了，变得冰冷。杯子里的咖啡是黑色的、静止的，仿佛注入了死亡的气息。最后她站起来。咖啡馆里也有不少人，很有生机，但她脸色灰白，甚至是苍白。她出去时撞到了两名水手，就好像她再也看不见东西了，正在失去视力。上这边来吧，其中一个说，我这里的东西可能会让你快乐。但她侧身离开，在海尔加叫住她时，她已经走到了最下面的台阶。海尔加和奥拉菲娅一直在观察安德雷娅，女人独自来这里的时候太罕见了，而且她坐在那里的样子，就好像世界已经彻底把她遗忘。如果每个人都忘了你，会让人伤心，真的伤心——你的肩膀向下耷拉，你的眼睛失去光彩，孤独开始进入你的身体杀死你的细胞——这就是安德雷娅坐着的样子。正因如此，海尔加才走了出来，走到门廊那里问道：我能帮你吗？惊惶的安德雷娅把包裹抓得更紧了，她起初说不，但是随后向海尔加打听起男孩。

学校旁边的大房子里有个房间可以给她住。盖尔普特几年前买下了房子，把它租给家庭成员；地下室的小房间没人住，它曾为不久前死于孤独和流感的一位老妇人提供栖身之所。

在男孩回来以前，安德雷娅已经回到她住的地下室了，但那当然不是家，而是个摆脱绝望的庇护所、避难所。你就先为我们工作吧。听完安德雷娅解释她是谁、她为什么来这里之后，海尔加说。她来这里，是要见男孩，要开始新的生活，如果有可能，如果存在另一种生活。我不知道我在做什么。她说。

这里有个女人想见你。海尔加与睡眼惺忪的男孩走进咖啡馆前对他说。没有顾客，只有奥拉菲娅、科尔本和安德雷娅。海尔加坐下来，随即开始与科尔本和奥拉菲娅闲聊，男孩和安德雷娅则站在咖啡馆的另一侧。不要忘了我。一个月前，安德雷娅在渔民小屋里这样对他说，并与他吻别，说了再见，而巴尔特就躺在他们身边，永远无法再得到亲吻。我收到了你的信。安德雷娅说。我离开了培图尔。安德雷娅说。但是男孩保持沉默，默默咽下羞耻。看到安德雷娅，他并不觉得高兴，反而突然变得愤怒。他真的感到内心很肮脏。她站在那里，如此窘迫，完全不像存留在他记忆中的那位女士，不像他写信的对象，她的样子如此普通、如此平凡。我做了什么呀？男孩心想，同时试图掩饰内心的渺小、肮脏。他设法这样做，可是或许无法完全掩饰，安德雷娅别过头去，仿似有人把她抛弃到一旁。然后，肮脏的念头消失了，男孩迈出了宝贵的几步，拥抱了这个女人，正是他的话语把她从贫瘠而安全的生活中拖了出来。他拥抱了这个曾给他的生活带来些许温暖、些许温柔的女人，她身上仍有渔民小屋的苦涩气味。他的双臂环抱住她，她微微颤抖。

她剪了头发。海尔加把安德雷娅的头发剪短了，像个男孩子，这让她看起来年轻了几岁。也许你没那么老。男孩凑到她身旁时说。她笑出声来。对一个人而言，几乎没什么像笑声和哭泣一样重要，它比性欲重要得多，更不用提权力，更不用提金钱，那是恶魔在我们血液中吐的口水，而那些从来不笑的人逐渐变成石头。她笑出声来，生活以其深不可测的无情在他们中间劈出的峡谷开始闭合，几近消失，但还没有彻底消失。安德雷娅在咖啡馆干两个人的工作，有时这地方肯定需要这样，有些日子里客人源源不断，水手们渴望让安德雷娅为他们端咖啡，欣赏她的敏捷，她果断、轻巧的动作，男孩子一样的头发，她那令人沉迷的温暖吸引了他们。很多人坐在那里一动不动，希望能听到她的话语，得到她的注目，而科尔本几乎变得欢呼雀跃。你应该搬到这里嫁给我。他说，住在一个地下室里有什么意义？她微笑着，尽管他看不到。她呵护着眼睛失明的老水手，他看不到她的微笑，也看不到当她闲下来时生活困住她、在她脸上留下的阴影。

我要走了。她对培图尔说。走？你哪里都别想去！我不允许你走。他说。我自己替自己做决定。她这样说时有些惊讶，不知道这样的话出自哪里，就好像实际上是别人为她说出了这些话，而培图尔的心变成了石头。你哪里都别想去，女人，你打算去哪里？你心里想什么呢？难道我们不是什么都有吗？难道我没做好需要做的一切吗？没几个人能比我捕到的鱼更多，很快我就要重建农场了，甚至有可能就在今年夏天，这你还不知道呢！不知道。我不想太早提这件事，人不该讲空话，而应动手去做。尽管如此，培图尔，我还是要走，明天一早，你在海上时，我就要走了。他们在外面的腌鱼棚里，咸鱼堆得很高，他必须踮起脚尖才能顺利地进去，不过站着做感觉太好了，非常棒，那一刻将至时他叫出了她的名字，他在试图冲刺而不失平衡的同时叫出了她的名字，两次热切地叫出了她的名字。她的眼睛有些湿润了，因为他以前从未这样做，从未在做爱时叫过她的名字，只是喘着气。现在这样说已经太迟了。他这样说，好像要让做爱更加困难，尽管已经够困难了。结束后，他立即动手把鱼堆好，似乎是为他那喋喋不休、感伤的废话而羞愧。安德雷娅仔细擦拭身体，整理衣服，然后说：结束了，我要走了。他一下就明白了她的意思，然而，在生活分崩离析时，最容易做到的就是假装什么都不明白。我们从海上回来后吃什么？你不会让我们饿肚子吧？他终于问道，听起来似乎带着几分讥嘲。古特伦可以先照顾你，我会和她讲的。古特伦？你疯了吗？要知道，她是你侄女，你的血亲。我不会让她进我的房子，我死也不想让她爹古特曼杜尔有对付我的手段。你想饿死吗？那你只能这么做了。安德雷娅无法抑制住话语中的讥讽，说道。他没回答，只是继续轻轻拍着那堆腌鱼，就像是一心一意要把它整理得更好一样。那你就要自己做饭了。听到这句话，培图尔停下了整理咸鱼堆的动作，看着安德雷娅，仿佛她最终失去了理智，也许在这个女人发神经时把她绑起来会更安全。这可怜的女孩对你做过什么？我绝对相信你和古特曼杜尔都已经忘了你们两个为什么争吵。安德雷娅说。我知道我所知道的，而且，所需要的一切只是从这里瞥一眼，让我知道——知道胜过回忆。那你明天只好自己准备吃的了，没别的办法。我看起来像什么？像个女人？你上岸后可以把鱼放在一边，古特伦会拿了鱼去煮，在你给剩下的鱼去内脏之前她就会回到自己的小屋。我要跟我的船员怎么说？你会向他们咆哮，如果我没看错你。她说。她本来没打算说这话，没打算像这样讲话，但她突然变得如此愤怒、如此激动，这让培图尔呼吸急促，失去了所有斗志。你不能就这样走啊。这是他唯一能说的。你也不能就这样生活。她的语气不再激烈，几乎就要说出亲爱的培图尔，几乎想安慰他。但是培图尔接着直起腰，讽刺地说：那你就走吧，春天还没结束你就会爬回来。现在的人是怎么了？对此她没回答，她该对此说什么呢？第二天早上她出发了，九点就到了这个村庄，但男孩不在。

男孩的眼睛并非无用，他看到了安德雷娅脸上的阴影。她靠在一旁，凝视远方，看起来几乎苍老了。离开他，男孩在信中写道，如果你愿意生活，如果你想感受生活，就离开他。他有什么权利写出这样的东西？他有什么权利把那些会改变某人生活的词汇组合到一起？他的责任是什么？开枪的人不仅要对子弹负责，也要对子弹可能造成的痛苦负责。词语的情况不也是一样吗？我应该问她，他想，我应该跟她谈谈普通事情之外的事情，不言自明的事情。当然我该和她谈谈，他在白天喃喃低语，在睡觉前自言自语，但每次有机会时他都怯懦地退缩了。安德雷娅有时看着他，好像在等他说点什么，而他什么都不知道，什么都不了解，知道的、了解的都很少，而且一看到某个人的面孔，就更是什么都不知道、不了解了。

男孩还要写封信，替奥德尔写，再次把词语组合到一起，来改变生活。他不止一次外出，去往拉克尔洗鱼的岬角。她从早到晚用钢刷仔细地冲刷、修整、洗掉血液，除掉鱼的内脏黑膜，她精力充沛地劳作，灰金色的头发从围巾下面露出来。她个子不高，长得很敦实，手臂强壮，可能已经三十岁了，却会像个女孩一样咯咯笑，而且经常咯咯笑，从不沮丧。男孩看着拉克尔，心想：生活或许并不复杂或乏味，只是我太愚蠢。五天里，他有五次假装出门办事，在雨中、在冷风里、在阳光下、在宁静中，那女子站在户外多风的天空下，站在那无遮无碍的岬角。山上还有雪，有时人们需要敲掉冻结在水桶上的冰，从清晨六点开始，在寒风中、在冻雨或雨中，整天溅泼冷水，这会扼杀大多数人的欢乐，却影响不到拉克尔。她会咯咯笑，像个小女孩一样跳来跳去让身上暖和一些。能不能买到这样明朗的性情，把它种下去，让它成长？这性情是天降的好运还是无法忍受的愚蠢？一看就知道你从来没有失去过孩子。一个女人对拉克尔说。那时拉克尔刚从孩子气的跳跃中停下来开始唱歌，天空飘着冻雨，早晨敲下来的冰块仍躺在地上，没有足够的温度让它融化。一看就知道你从未失去过孩子，你不懂那是怎么回事，不了解生活，不知道困难。然后拉克尔低下头，不再唱歌，男孩注意到她脸红了。除了打扰干活的人，你没有别的事情可做吗？出现在男孩身边的工头对男孩说。男孩走回房子，写下头脑里构思好的那封信，草草记下的几句话除外。他很快写完信，把信装进信封，带给拉克尔。她住在老街区一个黑暗的地下室里，地下室在吉斯利校长的房子里，有两个小房间。门没锁，男孩把信放了进去。于是，他又完成了这样的任务，送出词语，旨在改变一个人的生活。

VI

男孩走到楼下的厨房时，安德雷娅就坐在桌旁，疲惫的双手握着咖啡壶，从中获取温暖。咖啡的温热传导到整个手掌，这感觉真好，好极了。但是，如果你只有个咖啡杯，却没有可以握住的手，那也是够痛苦的。当然，培图尔很少与她手牵手，尤其旁边有人时，他怕被人看到，更不会牵她的手。然而有时，在沉沉暗夜，她躺在被子下面，会感到黑暗中涌来沉重的孤寂，莫名的孤寂，冷冷的孤寂，她的手会本能地寻找他的手，她的手掌会去寻找他的手掌。他或是表现得若无其事，或是轻轻回握她的手，轻得几乎察觉不到，不过毕竟是在回握，这样的“不过”可不是小事，而是相当重要的。有太多次他会一下子变得僵硬，就像是不舒服，而她会收回手。他是不是永远不会搂住她？他从来不主动，安德雷娅说，但我要求他时，他有时确实会这样做，那是在深夜，我确定每个人都睡着了，于是我会让他抱我。

海尔加：那他呢？

安德雷娅：当然不会每次都回应。有时我伸手抚摩他，而他马上就要睡着了，就会对我发脾气。不过培图尔有时会把他那沉重、温暖的手臂压在我身上，他非常强壮。

海尔加：这时感觉会很好吗？

安德雷娅：是的，很好。有时我会说，我们就这样入睡吧。依偎在他身边入睡非常舒服，要知道，他身上很暖和。但两人贴得那么近，他有时会受不了，会兴奋，直到他满足才会停下。然后他很快就睡着了，我却经常在那里躺很长时间，无法入睡。嗯，当然，这也很舒服，你知道的，但有时我还没完全准备好，有时我只想抱一抱。然后我就不得不听着艾纳尔的喘息声。

艾纳尔，那个脾气暴躁的人，黑胡子？

是。

喘息，你是说……

是的，每次我们做点什么，他似乎都会醒来，就像是守在那里警戒，等到培图尔睡着后他就开始动手，然后我就只能在他释放时听他的喘息声。那男人真是个浑蛋。

春光越是明媚，科尔本的脾气就越坏。他一直讨厌光明，他说过。正因如此，他被夺走了视线。在多数情况下，男孩下楼比科尔本早，他在海尔加和安德雷娅的耳语声中走进门，头几个早晨她们两个会本能地停下来，在那之后就不再管他了，就好像对他遮遮掩掩毫无意义。男孩吃些东西，读几页随身带下楼的书，或是阅读他从《白天鹅》中抄录的一页页的诗。他沉浸到诗歌中，但也会时不时地听到她们的聊天，并且听到了关于培图尔的话，事实上也听到了关于艾纳尔的话，听到了艾纳尔在培图尔睡着后是怎样躺在床上，一只手在被子下移动，喘着粗气。那人真是个该死的色鬼，只有畜生才能做这样的事。男孩这样想时看着自己的手，他的手就摊在桌上，犹如罪犯。

他这双手所写的那封信已经有人展读，拉克尔晚上在吉斯利家的地下室里读完了这封信，读得非常慢。她不怎么识字，花了整整一个小时才读完这两页信，然后又不得不重读了一遍，认定自己误解了信中的一切。那晚她睡得很差，去干活时红着眼，沉默不言。你怎么不开心了？有人问。因为拉克尔沉重的心情仿佛让水桶上方的灯光都暗淡了，但她什么都没说，只是击破水面的冰，开始洗鱼。

与此同时，奥德尔正和卢利一起卸货，有三艘船在多日航行后从外面遥远的世界抵达这里，在那个世界，在海洋和地平线之外，一切都在发生。这些船从船舱到甲板都装满了货物，装满了盐、煤、一袋袋谷物、一桶桶煤油，还有未加工的木头和刨平的木材，它们会用在船只、房屋、农具和棺材上；还有焦油、砂浆、威士忌、啤酒、无花果、亚麻、炉子、鞋子、各种手工皂、高温熬制的硬糖、红酒、雪茄、咖啡、巧克力等。我们赖以生活的物品实在太多了，所有这些东西都要在夜里迅速卸下船。其实那些不喜欢干这活的人可以赖在家里，有很多人渴望做这份工作，而且无须中途休息吃饭。已婚的人会从家里带来食物，妻子会放下手中的钢刷，或者从腌鱼岗位离开半个小时，赶到家里，让孩子吃饱饭，自己去找丈夫。如果孩子已经长大，但还没到做工的年纪，她们或许也会派孩子去找丈夫。女人总是不得不四处奔走，同时照管很多事情，而男人只是站在那里，靠在一旁，把食物塞进嘴里。吃饭吃得快是种美德，最有男子气的人吃得最快。食物就是要让人快速吃掉，而不是用来享受的。

卢利和奥德尔带了饭，他们两个生活在一起，没有女人。两人亲如兄弟，我们以前从未见过两个男人之间有如此深厚的友谊。卢利和奥德尔坐下来吃饭，细嚼慢咽，他们坐着的样子很奇特，就像双腿疲软的老人或外国人，但奇怪的是，工头没来找他们麻烦，虽然他有时想这样做，想得要命，一看到那两个浑蛋他就血脉偾张，实际上，他最烦躁的时候最想做的就是射杀他们两个。但是，铲雪工隶属于高一级的工人阶层，商人们贪求他们卸货时的力量，他们一起工作时亲如一人，颇有效率，从不抱怨，工作不完成就不会停下，正因如此，他们的怪癖才能得到认可。朝他们开几枪，哪怕只是朝其中一个。工头嘟囔着。他的名字是基亚尔坦，隶属于一个显赫的大家庭，尽管不是直系成员，但他与福里特里克有关系。他嚼的烟草太多，特别是在贫乏的冬季过后，在突然有了大量烟草的春天，他的嘴好像都在流血，这让他显得狂野，让工人们觉得对他多加留意才更安全，而且最好是在他张嘴发布命令之前。基亚尔坦愤怒地盯着卢利和奥德尔，他们平静地咀嚼着食物，就像该死的反刍动物。他们坐在那里，就像愚蠢低能的议员。该死的，都下地狱吧。他大声说，说完不得不转过身，免得情绪爆发。

* * *

这封信已经读完了，一天过去，又一天过去，现在是晚上。在这个季节，黄昏几乎不会降临到群山之间，但光线已经减弱，足以让水星——那受到太阳炙烤的小小星球，在天空中，在维特拉斯特伦上方，发出火光。对于那些爱得太多的人来说，情况会变得糟糕。

男孩和安德雷娅走向旧街区。他们很少说话，几乎什么都没说，头上是被太阳烧伤的水星，脚下的大地却仍带着湿润的霜。天气转暖，但并不温暖，中午的温度是七到八摄氏度，可能还会更高些，如果太阳靠得更近，气息轻轻吹过冬天留下的伤口、破碎的希望、生活的霜冻，那真是太受人欢迎了。安德雷娅和男孩从卢利和奥德尔的家走出来，朝拉克尔的家走去。

这是他们在渔民小屋中告别后第一次单独相处，那时满身结冰的巴尔特躺在鱼饵桌上，风在大海上咆哮，群山在落雪中隐去了踪影，她拥抱他、亲吻他，他在哭泣。也许他们彼此走得太近了，从这样的事件中恢复过来可能需要些时间。房子都很安静，大多数人在工作，弄干净要腌的鱼、卸货、捕鱼，那些还不到工作年龄的孩子都在外面四处探险。两人听到后花园里母鸡的声音。你写过很多封信吗？安德雷娅尽量不带感情地问，但是语气显得尖刻。男孩却感到愉快，因为信又一次存在于两人之间，不再只是沉默地留在原处。卢利快到傍晚时来咖啡馆找过男孩，他很担心，拉克尔今天显然没去上工，而昨天她的表现已经有些反常了。奥德尔垮掉了——也许那封信对她起了负面作用？也许男孩的语气过于热切了？她肯定不会误解，信写得很漂亮，奥德尔自豪地签了名。但也许信写得太热切了？或是她有其他事？男孩能不能考虑去看看她，只是看看她，怎么样？男孩的心跳加快了。他写下的文字是不是又一次让生活失去了平衡？倘若如此，再次退缩就将是懦弱和背叛。他让安德雷娅与他同行，她听到了他和卢利的大部分谈话，反正此时咖啡馆就要关门了，几乎没什么要做的事。当男孩坐在困惑的卢利对面时，安德雷娅一直站在男孩旁边，抚摩着男孩的头发。以前在渔民小屋里，她有时也会这样做，但是听到卢利说起那封信时，她把手收了回来。

现在安德雷娅问男孩是否写过很多封信。只给你写过。另外还帮奥德尔给拉克尔写过信，是他请我帮忙。男孩说，声音比他预想的更大。是这栋房子吗？她在校长吉斯利的房子前停下来，问道。是的。男孩低声说。看到吉斯利站在窗前时，他吓了一跳。这个拉克尔在地下室？是的。你们认识？不认识。你们互相交谈过吗？没有。你写了什么？你是不是告诉她质疑生活，就像在给我的信里写的一样？你是不是说，如果她不嫁给奥德尔，就会背叛生活？你是不是说，通往稳定生活和麻木的方法，是不去质疑一个人的环境？男孩转过头，手在手套里紧握成拳，而后安德雷娅轻声叹息道：还是只告诉我你在信中写了什么吧。男孩迫不及待，急促而不假思索地向安德雷娅复述了信的内容，就好像他一直在等这个机会。这封信他已熟稔于心，包括每个逗号和句号。他讲完了。你觉得你有权写这种东西吗？安德雷娅问。她的眼睛仍然盯着房子，而男孩也看着房子，此时这样做不会有任何差错。

吉斯利在十多年前搬到这里，把房子漆成了红色，偶尔还会重刷油漆。他住进了旧街区，这让他哥哥福里特里克十分恼火。之前福里特里克给在哥本哈根的吉斯利捎话，要他回来接管新成立的小学。吉斯利返乡的消息写进了《人民意愿报》，和新闻报道一起刊出的是他的照片，题为“我们学识卓著的校长”，照片上的他梳着大背头，一副高瞻远瞩的神情。六年的学习让这个人满肚子学问，肯定什么都知道。吉斯利自己喜欢强调说，他学了六年的自然科学和诗歌。有人说，他从下水沟里钻出来，从虱子出没的妓女床上爬起来，卖掉了在国外拥有的一切回到家乡，身无分文，贫穷潦倒，负债累累。福里特里克原本打算让吉斯利就住在学校楼上，但他们的母亲卡罗琳娜仍然在世，尽管多年前魔鬼就吞噬了她那无情的混账丈夫。作为一家之主，卡罗琳娜宣布说她的吉斯利如果愿意就可以给自己买栋喜欢的房子。虽然卡罗琳娜上了年纪，累弯了腰，腰从几年前就直不起来了，但是没人反对她，就连福里特里克都不会反对，而吉斯利表达谢意的方式，就是在旧街区中心购买了这栋房子。这座小屋周围是乱哄哄的人、尖叫的孩子、咯咯叫的鸡。亲爱的弟弟，你在母亲的羽翼下违抗我。福里特里克冷冷地说，冷得连话语都冻上了冰。这就是法国大革命的可怕后果。吉斯利说。他把房子漆成了红色，为所在的区域增添了活力，这也被视为有新闻价值，足以写进《人民意愿报》。很多年里，它是村里唯一刷过漆的房子，它挺立在众多黑色阴沉的房屋中间，红色犹如红宝石、绝望的呼唤、流血的心。

我想帮奥德尔。男孩终于把视线从房子上收回来，轻声说。

这很好，但你没考虑过拉克尔会如何接受。言语能影响人，你应该知道的，它们不仅是写下来的文字，还会以某种方式进入你的心，打扰到你，这并不容易承受，同时你必须若无其事地面对生活。

安德雷娅说得对。更重要的是，写下来的文字什么都不会遗忘，什么都会记得，它们可能身处遗忘和黑暗之间的某处，但只要有人朝它们望过去，它们就会开始闪耀。

你为什么要让西米送那封信给我？你为什么要写那样的信？谁给你的权利？

男孩不敢看安德雷娅，不过还是看着她，看着她嘴唇上的细纹。但她美丽的仁爱去了哪里呢？那仁爱让世界温和，让人追寻，不论是盲人还是视力正常的人。你配得上比培图尔更好的人。男孩说。谁给了你写这样的话的权利？我不知道，我只是不能不写。那不是答案。我在乎。男孩说。在乎什么？在乎你。这也不是答案。但是，我似乎能比其他人做得更好的，就只是写这些东西。我的意思是，这实际上是我在生活中唯一知道该怎么做的事，而且我关心你，你配得上比培图尔更好的人，他从未对你说过什么好听的话，这让你不快乐。人生太短暂了，没时间不幸福。我的上帝啊，孩子，你对男人和妻子之间的幸福和不幸福又知道多少？可能什么都不知道。男孩承认说。然而我亲眼见过幸福，他说，而你离开了他，你后悔吗？我已经什么都不知道了。她说。她的愤怒似乎已经消退，连同她的凶悍。

我不该寄信给你吗？

如果我没遇到你和巴尔特，生活或许会更容易。你让我困惑，然后巴尔特死了，再然后这封信到了，这让我觉得我好像很重要，而现在我站在这里，什么都不知道。

但你已经离开了他，这值得一提。

是吗？我离开了吗？我有可能离开一个人的生活吗？是不是我只是进了城？梦想对我来说有什么用呢？我结婚了，我是个女人，人们会说我失败了，那我该怎么做？我不能永远留在海尔加和盖尔普特这里，不能比你停留得更久，在某个时候我们必须做出决定，或做出某种决定。窗边那人是校长吗？

男孩抬起头，看见窗口的吉斯利。吉斯利似乎没注意到他们，而是把酒杯举到唇边。他喝醉了，男孩低声说，自从学校放假以来，他差不多一直是这个样子。酒精是他的海堤。安德雷娅说。上帝啊，我多么想念巴尔特，安德雷娅说，如果你没给我写信，生活对我来说会更轻松，不过我还是感谢你，我觉得再也没有人会给我送来这么美好的东西了。说完，他们两人朝房子走过去，敲响地下室的门，敲了两下、三下、四下。你确定她在家吗？安德雷娅问，但男孩没回答，不需要回答。有人摸索着开门，门打开了，拉克尔看着他们，看上去感觉不是太好。

天花板很矮，换成詹斯就只能弯下腰了，哈加提也一样。对那两个人的回忆让男孩喉咙哽咽，不知所措。哈加提此时躺在哪里？他那壮硕而孤独的躯体呢，他们找到他了吗？他在哪里呢？还有他那悲伤的回忆和对那条凶狗的想念，或许还有对某个爱上挪威人的女人的想念，倘若那个女人真的存在过。爱一个不存在的人，这让人受伤，是重大的不幸。还有詹斯，他还活着吗？是他骑马回到了家，还是马驮着死去的他回到了农场，给海拉和他们的父亲带去了世界末日？男孩渴望詹斯在场，那个沉默的男人，时常愠怒而不善交际。令人费解的是，生活把他们密不可分地联结到一起时，他却又不可或缺。这渴望充斥男孩的血管，那个绿眼睛的她对詹斯的看法曾让男孩感到痛苦，然而现在他已忘记了这种痛苦。她给詹斯写了封信，姑且算是封信吧，或许是爱情宣言：回来吧，我的大个子，强壮的男人，来找我。男孩靠在墙上，伸手就能轻松地触到天花板。吉斯利踩着上层的地板走来走去，男孩能感觉到吉斯利的脚步，听到他的声音飘向他们，起起落落。没有，他旁边没有人，拉克尔说，他经常和自己说话。这里真是不一般地整洁。安德雷娅说。她已经开始准备咖啡了，因为有了这种黑色饮料，一切似乎都会容易些，压在词语上的重量会减轻，化为缩小的石头堆。咖啡和湾流造就了这片土地。这座岛屿，受到火山烈焰的炙烤，被风鞭挞，几乎无法居住，但在山岩间却有梦幻般的绿色山谷。拉克尔坐在床上，关节肿胀的双手像垂死的小动物一样放在腿上。她两天两夜没睡好，吃不下东西，今天忘了去工作。实际上昨天也是如此。你忘了去上工？是的。她皱起眉，仿佛感到惊讶。房间里极其干净，无比整洁，衣服破烂、无法入睡的拉克尔似乎不属于这里，而是自己生活中的访客，她麻木地看着安德雷娅煮咖啡，拿出些面包干。安德雷娅并没有问：你为什么不回复奥德尔？你为什么坐在这里不去干活？看看你的样子，这样做是怎么回事？她没有问这些，而是说：这里真是太整洁了。她说：啊，你从哪里弄到这块桌布的，我以前从没见过这样的图案。她说：你是这个村里的人吗？她说：我是一不小心就在这里了，我真不知道自己要怎么做，要做出相关的决定太奇怪了，我的意思是，做出如何度过一生的决定。她说：我一直以为，妻子应该让丈夫骄傲，有个幸福的家庭和孩子，是的，有孩子，不去质疑不言自明的事情，不是像只不驯服的羊。她说：我会被诅咒的。好啦，咖啡准备好了。

然后她们喝起了咖啡。两个漫无目标的女人。男孩没有动。他写了两封信，正因如此，这两个女人现在才在这里，而他不属于她们的世界，会让人分心，最好不动，不引起注意。在楼上，吉斯利的脚蹭着地板走过，在男孩头顶上方四十厘米处。

我从来没误过一天工，拉克尔喝下半杯咖啡后说，我没命地工作，累得要死，总是去工作，一天都没耽误过。我能想象得到。安德雷娅说。不去干活，我就会觉得难受，不舒服，可我在这里坐了两天了，像个无赖。

真奇怪。

今天早上，我甚至不确定我想不想活下去。

谁都不该蔑视生命，生命是上帝的恩赐。

她们停下来。什么都听不到了，除了吉斯利的脚步声，仿佛他的脚拖在身后，还有他的声音，忽高忽低。那里只有他一个人。拉克尔说。但他仍要讲这么多话。他总是孤独一人。这可不太好。不好，或许不好，拉克尔说，我为他打扫卫生，通常都是他不在家时，他很有学问。我们刚从奥德尔那里来。安德雷娅说完，给拉克尔的杯子倒了更多咖啡。他状态不佳，而且这样说是轻描淡写。那么，他是出事故了？拉克尔慢慢地说。她已经坐了起来，盯着前方，仿佛期待看到有趣的东西。她的脖颈修长，下巴小得除了一个吻之外几乎什么都容不下。事故，或许可以称为事故。安德雷娅说。希望没什么危险。拉克尔说，同时目光仍在搜寻那些可能有趣的东西。嗯，按我的理解，可能是致命的。这太糟了，但人们当然必须小心。去年，波尔斯泰恩一点都不小心，发疯地干活，结果摔进了一艘英国船的货舱，里面有半货舱的煤炭。他伤得严重吗？他在教区完蛋了，他和他的家人。奥德尔没摔进英国船的货舱。那么，我只希望他不在教区完蛋。拉克尔说。她不再环顾四周，放弃了对有趣事情的追寻，或许这世上再也没什么有趣的东西可看了，或许所有这些事情都已离去，就像波尔斯泰恩的生活和运气。她嘴角轻轻抽动，毫不明显，但男孩的眼睛很好，她的双唇微微噘起，仿佛在向世界索要一个亲吻。身体依其所愿行事，这是男人的幸运和不幸。他自己没勇气来这里。安德雷娅说。他为什么要来这里？拉克尔反问。接着她突然站起身，说道：我现在最好去工作。而后又坐下来，开始啜泣。她坐在小小的餐桌旁，肩头耸动，头低垂着，抬起微攥成拳、关节肿胀的双手捂住脸，身体颤抖起来。男孩回想起他十岁或十二岁时，人们让他淹死的那五只小猫，它们还看不见东西，他把小猫从它们母亲身旁拿走，把它们从乳头上拽下来，小心地把它们放进一个帆布袋，把袋子带到溪边，一路上他紧紧抱住袋子，像是要让它们在被黑夜吞噬前保持温暖。他感到它们的颤抖，听到它们的哀泣，直到他把袋子塞进小溪，那里像春天一样寒冷。他抓着袋子不放手，直到双手都冻得发紫，冷得麻木。现在，拉克尔颤抖着啜泣，仿佛正等着命运走进来，把她放进帆布包，把她淹没。

安德雷娅：他想让我告诉你，信中每个字都是他所想的。

拉克尔：我以前从未收到过这样的信。

安德雷娅：我知道。

拉克尔：我喜欢开开心心，这让生存更加容易。

安德雷娅：快乐，是来自上帝的礼物，而且发放得很有限。

拉克尔：有人觉得在寒冷的天气里洗鱼很艰难。我们先打破表面的冰层，然后我们的手整天都泡在冷水里。有时山上有雪，或是下雨，或是下冻雨，甚至还可能刮风，但我仍会感到开心。不由自主。

安德雷娅：如果我是你就好了。

拉克尔：人们对此并不会总感到开心。

安德雷娅：谁？对什么？快乐？

主要是其中两个人，她们有时会冲我发火。拉克尔轻抚自己肿胀的手，仿佛要让自己平静下来。她们说我从来没经历过任何事情；说我独自生活，永远不需要忍受什么事情。她们有时会说我从来没挨过打，说我从来没有失去过孩子，所以才会这么开心。正因如此，我很愚蠢。敲掉一桶鱼上面的冰，以此开始新的一天时，可能要有点蠢才能感到高兴，而且此时山上有雪，山非常高，寒风刺骨，太冷了，甚至冻僵了我们的头脑。有很多次，她们也会对我说坏话，那两个人。不，不能算经常，我不能不公平，不过有时她们会说坏话。有些人没救了，安德雷娅说，别听她们的，人们当中有那么多的坏心思和恶意。这不对。拉克尔说。当然不对。安德雷娅说。我也经历过很多。拉克尔又说。

安德雷娅：不要理会那些喋喋不休的老家伙，要是她们知道你收到了那封信！

拉克尔：我父亲手很重，我从没告诉过别人。

啊，不。安德雷娅犹豫地说，她伸手去拿咖啡，把面包干给拉克尔推过去。拉克尔拿起一块，慢慢送到唇边，在张嘴咬之前停了下来，她的手落了回去，手掌盖住了面包干，护着它。我几乎可以肯定，我父亲喝醉时，是受恶魔控制的。我的兄弟们尽量早早离开了，我知道伯亚斯在加拿大温尼伯，或是在那附近的某个地方，那里生长着很多树木。伊鲁吉在海里。伊鲁吉淹死时我对父亲说，你再也找不到他了。母亲对什么都无能为力，也许事情发生时她也会感到解脱，因为总算能休息了。我父亲手非常重，他很强壮，做着他想做的事……伯亚斯让我去找他，我想去，因为我相信，看着树木长成参天大树、鸟儿站在树上，肯定有趣，但我不能背叛母亲，她死去时我不敢走，后来我准备好要走了，但父亲不许，就好像他做得到，我的意思是，他说的似乎比我强硬。但有一次，在一场严酷的冬季风暴里，他走得离房子太远了，人们很多天都没能找到他。后来我就到了这里。我卖掉了家畜，来到这里，没有设法再往远处走。无论如何，我认为美洲对我这样的人来说太大了。她一动不动地坐着，边说边搓着面包干，腿上落满了面包屑。

我亲爱的孩子。安德雷娅边说边把更多的咖啡倒进拉克尔的杯子，掸掉她腿上的面包屑。我亲爱的孩子。她轻轻地抚摩着拉克尔的脸颊，说道。她们可能年纪相仿，但她年轻多了，比我还年轻，真的。男孩想。他看着拉克尔又拿起一块面包片，掰成两半，把其中一半在咖啡里蘸了蘸。是的。她说，她的头轻轻哆嗦着，嘴唇也在哆嗦。我想。她说，但她的声音太小了，男孩和安德雷娅不禁向前倾身，好能听清楚她的话，吉斯利的脚步声和自言自语几乎淹没了拉克尔轻柔的声音：我甚至以为，他们找了个人写信取笑我，并且得到了奥德尔的认可，让他一起来戏弄我，我觉得这太可怕了，因为我完全知道奥德尔是什么样。他有时会注视我，不过很美好，会让我做梦。我不是一般愚蠢，但我认为蠢人也有梦。蠢人只是比别人更蠢而已。

那封信是我写的。男孩说。在男孩上方的屋里，吉斯利抬高了声音，跺着脚，天花板在颤抖，犹如阴沉的天空。是奥德尔请我写的信，别人都与此无关，除了卢利。信中所写的一切都是真的，我只是想说……想描述他想起你时心会如何跳动……他看着你时、梦见你时，还有……你不是住在盖尔普特家的那个男孩吗？拉克尔问道。是的。男孩回答。你的字非常漂亮，那么简单秀气的字母，却承载了那么多内容，怎么会这样呢？我不知道。男孩咕哝道，视线越过拉克尔，看着溶在她那杯咖啡里的面包屑。你的朋友不是死于一首外国诗吗？

男孩：不，他死了，是因为在这里鱼比生命重要。

可怜的孩子。拉克尔抽了抽鼻子，说道。男孩不确定她指的是他还是巴尔特。他名叫巴尔特。安德雷娅说。他忘了防水服，他的防水服就放在他正在读的书的旁边。安德雷娅说。他忘了防水服，因为他一心只想着那本书。安德雷娅说。他们头上的天花板发出回响，好像吉斯利开始跳舞了。吉斯利读了很多书。拉克尔说，她的眼睛红了。读书时，你的生命会扩展。男孩说。不仅如此，那就好像你获得了谁都无法从你身上夺走的东西，读书会让你更开心。男孩继续说。吉斯利经常不开心，拉克尔说。有一次他对我说，他所有的书都是为了带来快乐，否则他几乎不和我说话，为什么他会这样呢？他是校长，福里特里克和伯瓦尔德牧师的兄弟。

安德雷娅站起身，倒掉杯底的咖啡和溶在里面的面包渣，然后又倒出半杯咖啡，放到拉克尔面前的桌上。现在你知道了，给你送信的是奥德尔，不是晒鱼场充满恶意的长舌老妇，这是封求婚信。我听说奥德尔是个英俊的男人，人品不错。冬季他有稳定的工作。再也找不到比他更好的男人了。现在喝咖啡吧。

可你知道男人能对我们做些什么？拉克尔说道，声音大得让男孩和安德雷娅吓了一跳。拉克尔的双唇又哆嗦起来，关节肿胀的双手胡乱摸索着，仿佛在寻找可以抓住不放的东西。但是有时，这世间似乎没什么能抓得住。安德雷娅瞥了一眼男孩，就像是不认识他，就像是第一次见到他，这让男孩不太舒服。几周以前，在一座山上，在一场暴风雪中，在不太可靠的棺材的遮蔽下，詹斯曾说，一个人该怎么区分那些造成伤害的手和无害的手？是的，安德雷娅终于说，我知道他们能做些什么。独自一人也很好，拉克尔抽了抽鼻子说，有时可能会有点疲惫，会觉得孤单，但是没有人能对我做任何事情，没有人能禁止我做任何事情。我独自一人时，除了黑暗，什么都无须害怕。

VII

吉斯利校长偶尔会慢慢走下峡湾，逃离房屋和人群，逃离生活，逃离他周围嘈杂的、让他难得安宁的一切，不论那是什么。现在是夏天，绿色涌出大地。瞎子蚯蚓在地里度过一生，保持土壤的活力，保证绿色不会窒息。我们要感谢它们，为这绿意，为这无边盛放的花朵。吉斯利早早走了出去，他未必休息得很好，或许仍有宿醉，头很沉，头脑一片贫瘠，里面没有瞎子蚯蚓维持生机，那些不知疲倦地劳作、不祈求回报的蚯蚓，回报只寓于生命本身。吉斯利有根手杖，是在他上一次海外旅行中购买的，那是很多年前的德国之旅，然而现在他又能从哪里得到再出国的钱呢？这想法被深深地埋藏，如同生活的目的，但他可以长久地回想上一次旅程，不断重温。这根手杖很棒，材料来自生长在欧洲南部的光明和黑暗中的橡树。吉斯利把手杖称为海涅，那位屈从于肉体之罪的德国诗人。我们两个都一样。吉斯利对他的手杖说。有个可交谈的对象，让他感觉好了一些。他走出村庄，走进夏日的明媚，哪里都没有遮蔽，不会走进黑暗，也没有让他分心的孩子。在过去的几天里，吉斯利试图约束自己，晚上十一点后不再喝酒，因此凌晨四点走出门时感觉还好，天色明亮，世界安静，有必要早早出发，免得碰到别人，碰到那些令人不快的庸俗生物、咸鱼的仰慕者。这个国家永远没成就，他大声对自己说，对光明说，对他的手杖说，这个国家绝对不会在鱼和教育之间选择教育，也不会相信心灵的力量，这座岛屿千年的生活历程已经毁了这个国家，它信奉双手而不是心灵，信奉工作而不是思想，并且永远不会有耐心完成任何伟大的事。

他来到公墓，把手杖靠在公墓的墙上，解开大衣。走路让他感到暖和。天气平和，如此宁静，吉斯利能听到温和的海浪轻拍沙滩。那个男孩喜欢在狂奔后坐在海滩的礁石上恢复体力。这个国家，吉斯利又开口说，永远只是勉强度日，把木板拼到一起在水面漂浮；它永远不会有航行世界的船舶。和自己说话很好，和自己说话时，你永远是对的。吉斯利看着他的手杖，好像期待它的回答，但手杖很少言语。吉斯利轻声叹息，嘟囔道：我应该就此写篇文章，这会让斯库里那个浑蛋开心。他又叹了口气，坐到公墓的墙边，从短上衣里掏出本法国画册，精美的版本，二十四张衣着暴露的女人照片，这些年轻女人对着校长微笑。他凝视着她们，陷入了想象。他抬起头，好像恢复了沉着冷静。他看到有人走过，尽管现在只是凌晨四点。从来没有什么安宁和平静，他想，同时眯起眼，好看得更清楚。他不得不眯起眼，因为一切都在退步，一切都在衰减，性欲、梦想、睡眠、视力。那是一男一女，都低着头，两人中间隔了段距离，四条手臂不安地垂在他们身边。怎么，那不是校长吗？奥德尔说，拉克尔抬起头看了看。这人总是在读书。奥德尔说，拉克尔点点头。而后两人停下来，不确定接着该做什么。哦，是你们呀。吉斯利把书放回大衣下面。他站起身，伸手去摸手杖。是的。拉克尔相当平静地说。我们只是出来走一走。奥德尔带着歉意说。所以你们认识。吉斯利说。嗯。奥德尔犹豫地说，同时看了看拉克尔。拉克尔已经把手背在身后，那样子美得无法形容。有点认识，奥德尔说，只是有点。然后他自己都没意识到，就不由自主地向吉斯利鞠了个躬。不错，吉斯利点点头说，真是不错，你们要继续走吗？我要朝这边走了，他用手杖指着峡湾说。不，我想不是。奥德尔说，他的声音太大了，拉克尔摇了摇头，转过身朝村庄走回去。奥德尔又一次鞠躬，然后他们两人并肩离开，四条笨拙的手臂不安地垂在他们身边。我不擅长跟这样优秀的人讲话。奥德尔说，他的额头有点出汗了。我认为他感觉不太好。她低着头说，一缕灰金色的头发垂到眼睛上，这也让她看起来非常美丽。奥德尔轻轻叹了口气，同时拥有两只手和抚摩她的渴望，真叫人难受。他能感到，他的手触摸到她时她的惊慌，他看到她的眼睛变得暗淡惶恐，但现在她低着头，这无可否认是明智的。

村里约有三十头奶牛，早晨和傍晚，牧人会沿这条路去放牧，在城里城外，牛粪堆很大，而人脚很小。比如，拉克尔的脚就很小，如果其中一只脚踩上了昨晚留下的一堆牛粪，甚至会完全陷到里面，那不会多么有趣。

他们肯定互相厌恶。吉斯利嘟囔道。他从远处看不清他们，却注意到他们都低着头，而且中间隔了段距离。然后吉斯利走下峡湾，从村子里的牛群中穿过去。这些奶牛都躺在那里反刍，闭着温柔空洞的大眼睛，除了偶尔晃晃大脑袋驱赶苍蝇之外几乎一动不动。校长，这个来自更优秀家族的男人，渴望喝点牛奶，于是跪到一头奶牛旁边，抓起一个乳头，把温暖的奶水挤进嘴里。即使如此，那些牛也没有动。这是我如今唯一能触碰到的乳房了。吉斯利大声说。他回头看去，虽然那两人早已消失。当然，奥德尔和拉克尔无疑要去某个地方做爱，甚至可能就在校长的地下室。该死的，那可笑、笨拙的铲雪人，他得到了快乐。倘若我有钱逃离这里就好了。但我应该把拉克尔娶回来。吉斯利嘟囔着。他又开始往前走，对自己或对手杖嘟囔着：要赶快，赶在这傻瓜得到她之前，他有把除雪铲，这对他来说就够了。上帝帮帮我吧，让我有机会躺在温暖的女性身体旁，谁说人们需要爱，那是胡扯，爱情被高估了。我们有多少次听人说过爱永不止息？但爱只是昙花一现。

鸟儿醒了。两只鸻鸟跑到了吉斯利前面，在草丛中上下跳跃，唱出一两个音符，如此纯净却又令人心酸。因为夏天太短，太阳有时如此遥远，乌鸦在黑色的悬崖上等你离开，吃鸟蛋很好，吃温暖的小鸟很好。沙锥鸟在光明中飞起来，向下俯冲，把音符传遍荒野。今年夏天我总该能拜访基亚尔坦牧师，吉斯利想，可以在那里待几天，这会对我的灵魂有好处。他来到了峡湾底部，峡湾就像一把插入土地的匕首，在它之外是相当大的一片土地，荒地、田野、草场和一条多变的河流，接着是隆起的山脉。比生命更高。吉斯利走过两栋农舍时心想。一处农舍是间小屋，门只是片麻布；另一处更像样些，部分用木材建造。第一间小屋里的人醒了，吉斯利为了避开一片泥地走得离小屋太近了，他听到一个女人在哼唱。这里的峡湾底部很凉，到处都滴着露水，但吉斯利来自显赫家族，穿着很好的鞋子，与农场里的人不同，从冰霜离开大地到冰霜返回大地，那些人的脚一直是湿的。此时，一切都带着露水，不可能坐在柔软中空的地方，回头注视峡湾，思考一下永恒和生活的目的，或是再看看那本画册。他带着那本书在公墓墙边坐下之后，出现了该诅咒的肉体的冲动。人的一生就是与肉体漫长而疲惫的斗争。

吉斯利给自己找了块又大又平的岩石，把它擦干净，仔细端详书中的图片，做了他需要做的事。峡湾在这宁静的早晨平静如镜，如此安宁，一切都变得美丽。一个农夫和一条狗从小屋里冒出来，人和狗都在打哈欠、甩掉睡意、小便。女人拿着夜里的便桶走出来，看到丈夫，放下桶，轻轻走到他身后，双臂抱住他。让我来。她说。男人温柔地笑起来。她的手掌硬实，长着老茧，环绕着他的下身，指引着那道水流的方向。他们已经结婚二十多年了，生活让他们疲惫不堪，但活着仍然有趣，他们两个在农舍小屋前笑出了声。她的手开始快速移动，他的双脚张开得更多，因为这样更好。之后，他亲吻她干枯的头发，说了些只有他们两人才会觉得值得记录并保存的话，然而这话语可能比特里格维商业贸易公司的整条船队都更有价值。当然，这么说有点大言不惭。特里格维拥有很多船只，共有十九艘船，是个伟大的商业船队帝国。福里特里克拥有其中四艘船的股份，卡罗琳娜，尽管仍有很强斗志却被时间弄弯了腰的女家长，拥有其中三艘船相当可观的股份。待到时间最终完成其任务时，吉斯利校长将继承这份财产，或者至少这是校长所希望的，也是福里特里克所担心的。吉斯利想到的，是自由。福里特里克想到的，则是浪费。每个人都用自己的眼睛看待生活，因此才永远不可能谈论一种生活、一个世界。

吉斯利转身往回走。他看着峡湾，那里几近白茫茫的安宁和沉寂，空中没有一朵云，早晨的太阳冉冉升起，足以照亮群山，它们像音乐一样闪动。吉斯利走过露水和宁静，没有冲动，路过平房和丛生的草。在房中的黑暗里，人们在沉闷的空气中醒来又睡去。该死。吉斯利低声说。房子外面的狗拼命想闻一闻这个男人，或许想哄得他拍一两下头，抓抓耳朵根就更好了，那几乎和意外得到的肉一样好。但是，狗不敢走向男人，害怕那根手杖，挨打会痛。吉斯利走到刚才那对夫妇站立的地方，却不知所措。他想到很多有关生活和诗歌的非凡念头。在那些高山之下，很少有人像我们的校长这样深深地思考。他也非常了解人类，了解他们是什么样子，他们来自哪里，他们渴望什么。有时就好像他的眼睛比别人的看到的更多，他从上俯瞰，可以看到意想不到的情况下我们的生活，就连福里特里克也避免与他这位兄弟辩论，除非话题涉及分类账的法律、当权者的法律。不幸的是，思想和生活之间存在巨大的差距。可能的情况是，尽管比别人更了解生活、更理解生活，能够用动人的话语描述生活，区分因果关系，却不知道怎么过平凡的日常生活。这有点像是知道所有音符，却无法吹出简单的旋律。

然而，早晨的寂静、散步的过程、在平坦礁石上的那一刻，让吉斯利心情愉快，他决定在印刷厂停留一下，那里的经理阿斯吉尔总是有妙点子，在那里还能呼吸油墨的气息，听听印刷的声音。最年轻的印刷工坐在窗台上，脚踏印刷机，印出文字，那些祝福的话、受诅咒的话。排在今天的印刷表上的是在冰岛出生的加拿大诗人尤哈恩·玛格努斯·比亚纳松的诗歌，这些诗或许不会让谁免于忧烦，但足够优美。吉斯利微笑着，吸入清晨的青草气息，从一座小山边上绕过去，而后看到男孩以很快的速度冲过来。他瞪着眼，跑得很快，双脚好像已经脱离地面，整个人就像飘浮着。他精力无比充沛地跑过校长身旁，周围的空气仿佛都在震动。男孩跑过几米后，回头看向吉斯利的方向。那一刻，瞥了校长一眼的仿佛正是生命本身，正是这世界的青春、永恒的春天，颤动着受压抑的能量，纯粹的力量、热切和可能性。男孩跑走了，一切都寂静得令人不快，连只飞蝇的声音都听不到，更不用说更大的动物了。因为跑过去的是时间本身，它以男孩的表象从校长身边跑过去了，把他抛在身后，又老又无用，困于破碎的梦的居所。

吉斯利步履艰难地走向地势远远高于海滩的村庄，终于在草丛中找到了一个可以休息的地方，坐了下来。生活中最难承受的事就是永远无法逃避自己，逃避自己的存在，躲进一个隔间，躲进一个永不给你留下丝毫空间的世界，或许特别的梦境要排除在外，但是只要你睁开眼睛，你就会迎来你的存在，这又怎能忍受？最难承受的就是不知道怎么生活，就像知道音符却不会歌唱。吉斯利坐在柔软潮湿的草丛中，看着海鸥乘着上升的气流掠过崖面，它们知道怎么让自己滑翔，让翅膀休息；它们知道怎么活着，却从未思考过任何事情。它们在那里滑翔。太阳照着东方的山岭，海鸥在阳光下熠熠生辉，太阳照亮了它们，让人从很远的地方就能看到它们，就连吉斯利那衰弱的眼睛也能看到。他看着海鸥。然后，一片云遮住了太阳，就仿佛鸟儿体内的光熄灭了，它们消失了。但吉斯利没有消失。真是不幸，他没有消失。他坐在那里，不得不忍受自己。

VIII

你跑步？吉斯利说。

是的，我跑步。男孩说。

为什么？

我为什么跑步？

吉斯利没回答。这个有学问的人站在那里，看着那从大扇窗户流泻进来的、让他不安的阳光。男孩挠了挠头，说：我只是不能不跑。但吉斯利在看、在等。我喜欢跑。吉斯利仍在等他解释。因为这样做时我感到自由。男孩补充道。自由？吉斯利反驳说，胡说八道的废话。然后他又扭头看着窗外。写下这段话，他对着光说，宪法第十二条，引号，国王赦免人们，普遍给予缓刑，句号，引号结束。男孩写字很快，但是前门响起了敲门声，他还没来得及在句尾加上引号就起身去开门，因为海尔加没在咖啡馆。男孩走进走廊时，听到咖啡馆里的喃喃低语，这里现在有很多人，世界渴望喝啤酒，太阳照彻天空，犹如鸟鸣，两艘外国船只在头天晚上很晚的时候抵达，一艘大帆船静悄悄地沿着峡湾而下进入潟湖，谁都没有惊动，但紧随其后的是一艘突突作响的蒸汽船，是喧嚣的未来。

晚上我听见了蒸汽船的声音，所以今天可能会很忙。海尔加在早餐桌上说。事实的确如此，突突响的蒸汽船和静悄悄的帆船上有一大群船员，来自英国和丹麦的水手，他们需要消磨时间，需要喝点东西。安德雷娅看着海尔加招待这些外国人，感到有点不安和脆弱。她从渔民小屋带出了一本书，是奥拉夫松的英语课本，晚上她一个人在地下室读这本书，彻底地孤独一人。另一个读书人大概在四十万英里之外，就像春日阳光从天空中抹去的月亮。你很难抵达已经消失的地方，很难触到那些不再存在的人。你们要这本书干什么？在两个月前，当男孩和巴尔特把课本带到渔民小屋时，安德雷娅曾这样问。那样我们就能用英语说“我爱你”和“我渴望你”了。巴尔特曾这样回答。这让她的心少跳了一拍，十分愚蠢地少跳了一拍，而现在她知道怎么用英语说“我爱你”了。她每晚捧着本书坐在这里，认真记下这些词语，这个与她毫无关系的短句，而这个句子不论是用冰岛语表述还是用英语表述都与她毫无关系。她这样做当然是够蠢的。

又有人在敲门。重重的、坚定的敲门声，然而并非无礼，远非如此，敲门声述说的并不是：该死，怎么要这么长时间？立刻开门，时间宝贵！这完全不是敲门声要表达的话，这意味着敲门的人几乎不可能是福里特里克。他会带来新的威胁，尽管他称之为提供机会、合同。有权力的人使用语言的方式不同。这敲门声在说：请听听我的声音，这对我很重要。敲门声所说的，也正是男孩开门时所见到的：我走过很长的路，跨越比生活还要宽广的海洋，才来到了这栋房子，我在船上不停航行了很多天，只为了让人听到我的敲门声，我快速航行，鼓起船帆的风被称为欲望，甚至是爱。男孩打开门，迎接这样敲门的人，迎接他在四月初第一次见到的船长，那时巴尔特刚刚去世。那时男孩点头问候这个男人，而这个外国人带着某种温暖，带着友善，看着男孩。这位船长是在一天一夜前到的，头一天的大部分时间都待在房子里，他微笑着用英语和男孩打招呼，光线在他们两人身上倾泻而下，流进走廊，环绕着从楼上下来的盖尔普特，她穿了件绿色的厚毛衣，黑色头发垂到绿色毛衣上。她微笑着，笑容很淡，却仍能看得出在笑，不太齐的牙齿提醒人们想起不完美。她用英语说了些什么，船长也用英语回答，在举起双手之前把一只宽厚的手放到胸口，开朗地微笑着，样子英俊，他的蓝眼睛有某种磁性。吉斯利从客厅走进来，出现在她身后，看着他们。

盖尔普特走到男孩身边，站得离他很近，介绍吉斯利和船长这两名男子时，她选择站在那里。两个男人交谈时，盖尔普特告诉男孩：我们要去尤哈恩那里取马。她有点激动地低声说：我们要去骑马，我可能要到晚上才回来，等我回来你再朗读。我的样子怎么样？最后这几个字，这个问题，她说出来时就好像男孩的回答非常重要。你很美，男孩说，接着又加了一句，因为人应该一直说实话，外国的男人会为你开战，诗人会为你写诗。他得到了她的一个吻，嘴唇柔软，温热的气息喷到他的面颊上。我告诉过你，如果你失去纯真，你可就危险了。她在他耳边轻笑着说，有点像个小女孩。你尽量多保留一点纯真吧。她说。

有机会讲出有教养的人的语言，会是意想不到的安慰，这让你得以逃避，暂时松一口气，感到精力充沛。这位船长讲起话来几乎像个有学问的人，他当然结婚了。在这世界尽头的边缘，他与一个女人一起走向某个地方，而这个女人已经被人贴上了罪过和不道德的标签，此情此景，不知道他妻子会说些什么。看到一个穿着裤子的女人，真是新鲜事。吉斯利把咖啡杯举到唇边，手颤抖着，从前天开始他还没喝过酒，或许这就是原因吧。你跑步，他脱口而出，随即又喝了口咖啡，站在窗前望着窗外，而后迅速瞥了一眼男孩，你跑得就像是魔鬼在后面追你一样，为什么要这样跑？男孩在座位上前后晃动，好像被问到了令他不舒服的事，随后科尔本走了进来，就像吉斯利教书时他常做的那样。他坐在沙发上，拄着手杖向前倾身，等待着，倾听着，把听力好的那只耳朵转向他们。好吧。吉斯利凝视盲人船长，表情有些烦乱。片刻之后，他说：普遍给予缓刑，句号，引号结束，你记下来了吗？是的。男孩说。盖尔普特要和船长去什么地方？他们会做什么？就好像你不知道似的，男孩看着结束句子的引号，那难看的符号，心下暗想。那么，吉斯利说，国王从哪里获得赦免罪犯的巨大权力呢？你犯了罪，杀了人，偷了贵重物品，但我原谅你，他怎么能这样说呢？他从哪里得到这样的权力呢？我不知道。这不是答案，你该努力，永不放弃，努力！来自上帝？来自魔鬼？不错，吉斯利说，不错。科尔本，你对此怎么看？我不在这里，船长简短地回答，我没看见你。吉斯利再次说：不错，不错，但你能找出哪个人，哪个活着的人，比国王更有权力吗？不能，嗯，这是个需要面对的问题：如果一个国王拥有这种难以理解的力量，那他能不能赦免那些背叛他的信任的人、那些违背自己诺言的人？国王能不能赦免背叛自我的人？这就是你所说的教育吗？科尔本问，尽管他说过他不在那里。他用手杖重重敲地，上次上课的内容是希腊世界，他原本希望听吉斯利继续讲，吉斯利讲过雅典、希腊城邦、文化的帝国、思想的帝国。希腊有11.5万名奴隶，奴隶们承担了一切可以想象的任务，让希腊人可以用清晰的头脑思考，让希腊人可以不知道疲倦，永远不需要划船在爱琴海上颠簸，不会无遮无碍地死于房子之间，不必在尘土和酷热中辛苦工作，他们不会被艰辛耗尽精力，他们站在奴隶肩上接近天堂。人是残忍的。在仰视那些高高在上的人之前，我们首先应该知道他们立足于何处，支撑他们身体的是他们自己的双脚还是他人的生命。这是教育吗？这是学问吗？科尔本再次发问，这是你从哥本哈根学到的吗？你所说的肯定代表了不在这里的很多人，吉斯利回答，我认为你希望再听到希腊人的事，你想要事实，那就稍微等一等，事实就要来了。我很了解人们称之为教育的东西，知道什么是人们认为有用的，我会教这些，不会不教，我非常想教这些，而不是与此相反。但我也想特别关照一下这个男孩，他很适合这样。我回头会谈希腊人的，你可以相信我。背叛自我意味着什么？吉斯利在毫不犹豫的独白中向男孩提问。男孩想尽量跟上吉斯利的思路，同时又要避免去想盖尔普特，那个老女人无论怎么说都一点都不算老，现在她正骑在尤哈恩的马上，远离村庄。听听吧，雅尼这个冬天曾在渔民小屋里说过，那是他在《人民意愿报》上读到的——巴黎、伦敦和纽约的女士已经不会侧身骑马了，她们现在像男人一样骑马，跨在马鞍上。骑跨在马鞍上！艾纳尔激动地惊呼，接下来呢，嗯，接下来呢，这该死的世界要走向何处？

男孩闭上眼睛，仿佛要快速逃离：不敢。

吉斯利：什么，哦，什么，不敢做什么？

男孩：不敢活下去。不敢说话。不敢害怕。不去试图克服……你内心的黑暗风暴。如果什么都不做，你会背叛所有重要的人。我的意思是，即便某个重要的人离开，你仍然会活下去。不过，也许人们是否活下去并不重要。那些死了的人不该遭到背叛。我们也该为他们而活，他们不应被置于黑暗和寒冷之中，他们不应在海底被人遗忘。看看吧，吉斯利说，你是从哪本书里看到这些的？男孩低着头，没说什么，以说出重要的话为荣太渺小了。老渔民，对此你想说什么？吉斯利看着科尔本说，科尔本没有回答。不，你不在这里，当然。吉斯利轻声说。克服你内心的黑暗风暴，嗯，是的，这是宪法第十二条中写的吗？关于黑暗的风暴，是哈加提说的。哪个哈加提？是他帮詹斯和我把棺材从内斯运了出去，他是那里的农场雇工，天气很糟，他没能走完全程。吉斯利看着窗外说：能走完全程的人不多。

IX

鳕鱼整个冬天都在海洋深处畅游，远离人类的世界，尽情享受冰冷血液所能容许的欢乐，现在却平躺在那里，没了骨头，在村子的晒鱼场被人掏空内脏，成了咸鱼。目之所见，到处都是咸鱼，咸鱼的味道冲进每栋房子、每个房间，咸鱼的形状宛如天使的翅膀，覆盖了整个岬角。从高处望去，岬角就像天使的墓地。

吉斯利走出盖尔普特的房子，他的课程结束了。

背叛自我意味着什么？什么是最大的背叛、最可怕的罪行，如此令人发指，连国王都不能宽恕你？是不敢活下去。男孩回答。

可恶的小伙子。吉斯利这样想，接着他就在印刷店外遇到了他的姐夫西格尔特——本地的医生和邮政局局长，他去那里查看《母乳喂养以及使用带橡胶乳头的玻璃瓶》第二次印刷的情况，这本小册子是吉斯利依据西格尔特的处方写的，第一次印刷是在三四年前，之后拯救了众多婴儿的生命。现在他们两个站在那里，西格尔特身材匀称，衣着无可挑剔，吉斯利个子高一些，却弯腰驼背，身形笨拙，看起来反而更矮，裤子上沾满污渍。你从哪里来？医生问。地狱。校长回答。你是来看这本小册子的吗？明天就能准备好了，西格尔特说，今晚你应该和我们一起吃晚餐。国王能赦免那些背叛自我的人吗？吉斯利说。医生说：你随时都会受到欢迎，但你最好别喝醉。吉斯利耸耸肩，这可能意味着很多事情。嗯。西格尔特说。嗯，他又说，也许，是的，也许你知道这点更好——福里特里克曾提过送你出去过夏天。因为我问出了这样的问题：国王能否赦免背叛自我的人？我们家的人在街上醉醺醺地徘徊，在索多玛或盖尔普特的客厅里混过一个又一个小时，这既不好看也不合适。他要把我送到哪儿？你在埃亚峡湾有至亲。我们在巴黎不是也有亲戚吗？他们不一定是好亲戚。今天晚上过来吧，六点左右，如果你能穿得像样点。西格尔特说着，友好地拍了拍吉斯利的肩膀。吉斯利走进印刷店，最年轻的印刷工人坐在窗台上，脚踩着印刷小册子的机器。为什么我会在这里？吉斯利问印刷店的经理阿斯吉尔，他们站在阿斯吉尔的办公桌旁，桌上的东西堆得乱七八糟，校长暂时逃离了光线、天空和他姐夫。既然有了名字叫巴黎这样的地方，为什么我会在这里？

是的，为什么？然而，徒步上山，俯视遍地咸鱼或死去的天使，白茫茫一片的岬角、驶入峡湾的船只尽收眼底，确有无法否认的美妙。那些船只装载着鳕鱼和其他种类的鱼，它们开进峡湾，卸掉船上的鱼，装上补给和水，退出峡湾，有的船载重超过七十吨。在特里格维商业贸易公司的船上工作的水手超过两百名，夏天也是忙碌的季节，公司的记账员每天都要为福里特里克工作到很晚。特里格维不久就要来，离开他在哥本哈根的大房子，离开喧嚣的城市生活，来我们这里住上六到八周。他会乘坐装满商品的帆船前来，除非他不听福里特里克的建议，又买了艘蒸汽船。福里特里克更喜欢谨慎一些，慢慢迎接新的时代，但是有关特里格维和蒸汽船的消息一直在流传，供人谈论，引人遐想。多桅帆船到来又离开，福里特里克每天都要到岬角三四次，去查看公司拥有股份的晒鱼场。他一路走到船边，检查捕获的鱼，确定它们得到了妥善卸载，没有被人随意扔上岸。鱼被剖开摊平时一定不能损坏，这样盐才会更好地附着在鱼身上，生产出质量更高、更有价值的产品。福里特里克亲自检查一切，除了自己以外对谁都不信任。四处巡视之后，他坐在办公室里，会见工人和渔民，他们向他汇报，也会得到些体现善意的回报，为未来做好准备。福里特里克选出一些人给他提供消息，在晒鱼场、在出海航行的船只甲板上、在船舱里，他的眼线无处不在，谁说了什么，谁表现得怎么样，谁在偷懒，事无巨细，他都希望得知，哪件事都不小，哪件事都重要。在夏天为公司工作的人不到五百个，人员的表现必须记下来，必须尽量发挥他们的作用，严防懈怠，否则事情会变得糟糕，人们不守纪律，磨磨蹭蹭，自得自满，产品质量会下降，产品价格会下跌，公司将遭受损失，由此影响整个村子，进而影响到我们自身，一切都将黯淡，我们会难逃贫困窘迫，甚至死亡。沉重的负荷压在福里特里克肩上，他做了需要做的事。身在其位，不能迂腐地卖弄学问，不能多愁善感，这是个残忍无情的国家，自满带来失败，让步带来失败，梦想也会带来失败。不到五百个人，在海上、在陆地上，有店员、加工咸鱼的男人女人，有众多短期工人，他们来自斯奈山半岛，胡纳瓦恩县和更远的地方。他们成群结队而来，搭乘在这里靠岸的船只，摇摇晃晃地登上岸。在海上航行并不总是令人愉快，他们四下环顾，看着那些山峰，那好似尖叫般尖锐的山尖。这里几乎不存在平地。这些人惊讶地问：草地在哪里？

X

词语不是死气沉沉的岩石，不是山上遭到野兽啮咬疾风劲吹的白骨。即使最平凡的词语，也会随着时间推移变得遥远，变成一座博物馆，收藏着过往，收藏着已逝的永不复返的一切。草地，肥沃的草场，这些词让我们热泪盈眶，我们心中有什么啪的一声裂开了，就像出乎意料地看到老照片，看到久已在大地或海上消失的面孔。草地在哪里？我们记起那宁静的夏日早晨，如此安宁深邃，几乎能听到上帝的声音，但我们也记起了那湿漉漉辛劳的脚、潮湿的草、新割过的草，我们记起了无边的疲惫，我们记起了已然消逝永不回归的过去。我们如此痛苦地回忆起，我们曾活着，曾手牵着手，曾问出幼稚的问题。我们曾活着，曾有名字，有时有人唤出我们的名字，会让生命的荒漠蓬勃出葱茏的绿意。我们曾活着，却已不再活着，如今围绕我们的被称为死亡。草地在哪里？

XI

你的心仍在跳动吗？

它怎样跳动？

该死。男孩收到了一封信，信上询问了他的心跳，就像是活着本身不足以通过考验。

男孩每天早上六点醒来，伸手抓起一本书，读着诗，从梦境走入精妙的早晨，连接白昼和夜晚的早晨。做着梦，读着诗醒来，再也没有什么方式能比这样醒来更好了。然而，问题并没有消失——他该如何处理他的生活？他喜不喜欢莱恩海泽？他和詹斯从旅途中归来，那是一段一路走到世界尽头、穿过阴郁的天气、穿过生与死的旅程，在那之后他与莱恩海泽遇见过两次。第一次遇见她是在街头，她看着男孩的样子就好像他不存在，甚至比那还糟。第二次是他要走进德国烘焙店时，遇到她从里面走出来，手里拿着给她父亲福里特里克买的丹麦酥皮点心，温热的酥皮点心，实际上是他允许自己向往的唯一的奢侈品，而莱恩海泽是唯一获准购买这些点心的人。这次她屈尊表示认出了男孩：我听说你在和那个醉鬼同行时差点把自己弄死，你怎么会想在我动身去哥本哈根前死掉呢？詹斯不是醉鬼。男孩说。他感觉有些眩晕，她的双眼距离有些远，那灰色的眼睛可以冷如冰霜，冷如鳕鱼的血。在它们之间，栖留着我的命运。他想。他无法不这样想。你这件毛衣是新的。她说。是的。他说。很漂亮，她们知道怎么打扮你。肩膀上有根绒毛。莱恩海泽掸了掸他的右肩，说道。

你的心仍在跳动吗？为什么？

生活如此奇特。从男孩能记得的时候开始，教育一直是他母亲信中反复提到的承诺——他唯一接受的教育只是为坚信礼[①]做准备，此外在他十岁或十二岁时曾跟一位巡回教师学习过一个月。不过，在大海夺走他父亲时，他已能流利地阅读和书写了。他会利用一切时机写字——在冰上写字，在牛棚屋顶的烂椽木上写字，在雪地里写字。起初毫无约束，他忘记了做家务，椽子几乎无法支撑那些词语的分量。有一天早晨，人们走出农舍时几乎无法迈进雪地，因为地上写下的词语太多了。原来男孩在明亮的月光下睡不着，于是在静悄悄的深夜走出门，开始在雪地上写字。之后连续三天，他每天都要挨十二下鞭子，而且没有饭吃，目的是让他恢复理智。他挨打不是因为人们有恶意，而是非打他不可。首先，在雪地上或灰尘中写字会有霉运；其次，他这样做时会忘记做杂活。忽视自己工作的人该如何在这片土地上生存呢？如果消息传开，说你不去工作，却在雪地里写字，那以后还有谁会雇用你呢？你身上将会发生什么呢？你很快就会在这个教区完蛋，你会像狗一样挨踢。所以，迎接这十二下鞭子吧，让它们教训你。打你不是出于恶意，而是出于必要，甚至是出于关心。如今男孩每天起床，干轻松的活，每周听吉斯利讲两次课。在这个村子、这个县，甚至这个国家的这个地区，吉斯利是受教育程度最高的人，他本人就是校长。男孩每周会

① 坚信礼，一种基督教仪式，年轻人只有被施坚信礼后，才能成为教会正式教徒。——译者注

跟赫尔达上两次英语课，偶尔还会跟海尔加学算术。他在早晨醒来，用诗歌把梦与现实联系起来。在现实中他受人鼓励接受教育，这曾是那么遥不可及的事，如今成了现实，可他却在发问：我为什么活着？生活朝向何方？然后男孩收到了一封信。

你的心仍在跳动吗？

若在跳动，它怎样跳动？

心在跳动，像个溺水的人，像只没有翅膀的鸟，他到底该怎么回答这个问题呢？当然，重要的是，他收到了一封信。有个人认为值得坐下来把单词拼凑到一起，在写信的全部过程中想着你。收到一封信表明你存在，你更接近光明而非黑暗。诚然，并非每封信都是好的，有些信也许永远不该被送出，不该被打开阅读；有些信充满仇恨、指责，它们是毒药，会剥夺你的力量，它们带来黑暗和失望。

有封给你的信。安德雷娅带着几分调皮的神情说。信！他惊讶地喊出了声。谁会给他写一封信呢？他母亲给他写过十一封信，所有这些信他都留着，第十二封信从未到来过。可能是基亚尔坦牧师写来的信。他不带感情地说。而这当然荒唐，为什么基亚尔坦牧师要给他写信呢？这样一个受过教育的聪明人，大量书籍的所有者，为什么会对他的存在表现出兴趣？可能是基亚尔坦牧师写来的信。男孩说。他刚走进咖啡馆，在这之前他跟赫尔达已经上了两次英语课，单数、复数、定冠词和不定冠词，一张桌子、一些桌子，一个苹果、一些苹果。你尝过苹果的味道吗？男孩写下苹果的英语单词时问道。这种来自异域的球形水果，距离我们的日常生活就像木星距离地球一样遥远。没有。赫尔达简单地回答。她撒了谎。泰特尔有时会从常来的外国水手那里得到苹果，他们可以被称为熟人了，但是说“不”更加容易、更加安全。说“不”是保护她的堡垒。她说了“不”，这样你就无法更接近她了。没有。赫尔达说，她躲在堡垒的城墙后面看着男孩。男孩无法控制自己，开口问道：“爱”这个字，在每种语言里都有复数形式吗？爱就是爱。赫尔达说。没复数吗？是的，没复数，不过你不该把这个字写下来，它不在要学的课程中。“爱”不在课程中？不在，要学的只是“苹果”。她回答，同时低下头掩饰露出的微笑。

基亚尔坦牧师？安德雷娅问。他在维克，记得吗，詹斯和我出发的第二天晚上就住在那里，他妻子名叫安娜，几乎失明了。记得，不过，这封信大概不是他写的，是一位女士写的，或者至少有一位女士在信封上签了名。女士？他惊讶地说。嗯。哦，那可能就是维特拉斯特伦的玛利亚。他拿起信，迅速看了一眼，看到信封上的字母时吃了一惊，它们满是热情，仿佛互相碰撞到了一起。它们在战斗。他接着说。这些字母。他又加了句解释。什么？安德雷娅问。所以说她很热情，是吗？安德雷娅对男孩笑着说，而他几乎只能听到自己心脏狂跳的怦怦声。玛利亚永远不会这样写字。她很热情，当然，火在她心中燃烧，有时她会为了自己缺失的东西哭泣，却不知道缺失的是什么，于是罗恩会抱着她，他的拥抱温暖而坚定，却环绕不住地平线。不，玛利亚或许会更注意细节，她只会送出最好的东西，会把字母写得更小以节省空间，她不知道还有其他做法。男孩看着信封。是的，他说，她很热情。她的心怎样跳动？非常热切，非洲的食草动物都会因此抬起头；非常热切，空中的鸟儿都会因此偏离路线。我们可以复习一下我的英语。男孩对安德雷娅说。安德雷娅开心地笑了，笑容让男孩感到温暖，让他能在桌边坐下来，温习英语单数和复数，而不会不耐烦到发疯。他冷静地坐着，时不时靠近安德雷娅，她的气息如此温暖，与她住的地下室中微弱的霉味混在一起。她用疲惫的手指摸了两下他的脸颊，这两个人远在充满不确定性的生活海洋之中，周围是强大的水流。他呼吸着安德雷娅的气息，那封信在触到他的身体时颤抖着。

现在他坐在自己的房间里。你的心在跳动吗？

XII

你的心仍在跳动吗？若在跳动，它怎样跳动？我坐在房子的墙边，就是你们撞上的那堵墙，你和那个大个子，詹斯。天气晴朗，一切都非常湿润。哪怕只是向外看一眼，你的脚都可能会变湿。但现在阳光和暖，可以晒太阳。冰霜在大地上融化，因此地面潮湿，就像在哭泣。我此时坐在凳子上。我带了本书阅读，我本不会给你写信，这本书很厚。书的名字是《奥德赛》，很旧了。斯泰努恩说这是本经典，我觉得你知道这本书。你就是这样的人。我立刻注意到了这本书。因此，你知道的，书中写的是个想回家的人，结果却遇到了各种各样的冒险和灾难。与此同时，他妻子必须在那里等待，虽然在宫殿里有足够吃的东西，那里够温暖，没有谁被埋在雪里。可是，或许在那里生存不比别处容易，即使天气好，房子不漏，但要在不确定中等待可能不会更容易。我认为不会更容易。她必须等待，不知道他是死了还是不忠。她只是等待，镇定、耐心、忠诚，而他经历各种冒险，然后就有人写了这样一本关于他的书。无须告诉我关于女人的事。无须告诉我关于男人的事。然后我就想到要给你写封信。我猜想我已经想起你了，我肯定已经想起你了，但这未必一定意味着什么。比如说，我也想到了冰霜，它融入大地，把一切变得湿漉漉的，把我们所有人的脚都弄湿了。你的脚不会湿，你有双那么好的鞋，这里的人们还在谈论它，还有那些美国靴子，它们显然能让脚永保干爽。这里没有多少人相信它。但是，即使我想起你，也绝对没有意义。一千年前自从有人在这个国家，在冰岛这里定居以来，人们已经思考过太多事情。然而也有些人似乎从来没思考过任何事情，就是从来没有。你注意到了吗？这些人的表情让我想起了腐烂无用的干草。我准备停笔了。有时我也会想到一辆马车、一群小猫和木星，那是颗巨大的行星，却仍只是天空中的一个小光点。我有时也想到过中国的雨，我想你对此是熟悉的。我想到各种各样的事，所以即使我想起你，也没什么大不了的。我此时坐在凳子上，哦，这点我已经提到过了。雪在我上方的山上融化。你知道，这里发生的事太少了。这里的生活，只是融化的雪和冰霜。我会想到写封信，这难道不奇怪吗？不过，我说谎了。这里的生活其实不仅仅是融化的雪和冰霜。比如说，商店经理西格尔特有些时候醉得更厉害。昨天他无法自己站立。前天他太闹腾了，他妻子只好把他锁在房里。她似乎有些诀窍或其他方法，能在需要时让他留在家里。与你同行的哈加提仍未找到。医生和他妻子派了些人去内斯。那该是个什么地方啊？！那些男人说，他们到那里时没找到哈加提，但每个人都过得很好。人们可以如此愚蠢。他们可能会直直地站立，但当然他们过得不好。也许我该去那里，永远不再回来？我想知道你是否已经康复，你们两人离开时看起来不太好。你们体内仍有寒气，特别是那个大个子，詹斯。他一路回到家里。他妹妹高兴坏了。从这方面来看，她比我们好得多。你看，我已经要把这张纸写完了，没有更多空间。我也不能在这上面花更多时间了。我知道我的字写得不好，不需要你来告诉我。我的字写得和老母鸡一样又丑又烂。

XIII

我有时会想起你。踩着柔软的草丛走过村庄，感觉很好。你躺在草丛中，感觉草丛就像要拥抱你。男孩躺在草丛中，仰望天空。我有时会想起你。然后我想到要给你写封信。我猜想我已经想起你了。他在那里躺了很久，鸟儿已经习惯了，就连红脚鹬也已平静下来。但我有时也会想到一辆马车、一群小猫和木星，那是颗巨大的行星，却仍只是天空中的一个小光点。我有时也想到过中国的雨，我想你对此是熟悉的。

男孩回来时，海尔加发了火：这样消失不见是什么意思，这里有这么多事要做。男孩低声回答了一句让人听不明白的话，苍白无力，条理不清。海尔加只好说了句那好吧，随后就把他送到了咖啡馆。就好像她知道他的感受，就好像她理解他的敏感。“敏感是我最真实的梦想”，一首古老的诗中说。这是在岁月中闪耀的诗行，的确，人的本质就是敏感，在春天，在生死攸关的时刻，我们十分沮丧地感受到了这点。凤头麦鸡的歌声、那尖锐的声音，让我们想起它，这声音让我们时常感到惊奇，因此欧拉弗尔曾坐在山上，在冻雨中哭泣。他无法不哭泣，他感受到了人们最真实的梦想，同时意识到了他的梦想与他所创造的世界之间的距离。然后就到了傍晚。

傍晚，天气不好，那些能留在家里的人都留在家里，听着风吼，读着《人民意愿报》。报上说，冰岛人似乎立下了庄重的誓言要入不敷出，受商人控制，然后死于债务。商人在我们允许时统领我们的生活。人们相信这是不变的法则。因此，我们并不站在一起，每个人都为自己而活。结果，我们几乎总是用他们的鱼钩钓鱼，而不是用我们自己的鱼钩。

斯库里拥有一艘帆船的股份，他岳父是个富裕的农场主，生活在山区以南的一个富裕地区。斯库里可以用笔刺激我们，他几乎没什么可损失的，这与我们不同，我们要完全依靠商人和他们的善意。尽管如此，读这样的内容还是很有趣的：它令人激动，令人兴奋，有点像是儿童离开某个地方后说的坏话。有人给了他们理由，让他们有些颤抖，这很好。

福里特里克说，必须给狗机会让它们不时吠叫，那样它们咬人的概率就会降低。是晚上了，风非常大，大雨如注，不可能开窗，浓浓的雪茄烟雾在福里特里克的主卧室中弥漫，卧室大得和客厅差不多。屋里有六个人：福里特里克、伯瓦尔德牧师、西格尔特医生、列奥商店和贸易公司的负责人罗恩、治安官拉鲁斯，还有哈格尼，他是特里格维商店和贸易公司的首席记账人和储蓄银行的主管。银行是在三年前设立的，每周营业五天，每天一个小时。拉鲁斯开始谈论斯库里的一篇文章。这位治安官在列举其他各类文章之前说，斯库里变得越来越激进了。福里特里克只是任由他们去讲，由他们担心。斯库里变得很危险。西格尔特说，他总是坐得如此笔挺。是的。罗恩抽着雪茄，激动地说。斯库里是个坏脾气的家伙，用丹麦语说就是skadefugl。其他人听到这个词都笑了，仿佛他妻子托芙正在用他的嘴讲话。随后门被打开了，女仆带着更多的咖啡走进来，把他们的杯子重新倒满，把白兰地酒杯添满。她正年轻，动作轻盈，像水中的草。她从不抬头，他们看不清她的眼睛，那些蓝色的石头，而他们的注视也干扰不到她，他们看着她，与此同时，雪茄的红光伴随着嗞嗞声一点点向上移，她因为能离开房间而开心。一件精美的作品。拉鲁斯喃喃地说。至少如此。西格尔特表示同意。而伯瓦尔德什么都没说，他也在看着女仆，那是他的罪过。然后福里特里克挥了挥手，仿佛要把那女孩赶到一边，连同她的青春，还有他们都感受到的冲动。他说：必须允许狗吠叫，那样它们咬人的概率就会降低。但斯库里一语中的，尽管是与此相反的内容。大多数人入不敷出，正如贸易公司的账簿所证明的，有太多的人负债而死，正因如此，我们必须坚定地处理事情，否则整个社会将会与人们的账簿一样——除了债务一无所有。不要管斯库里，他不是问题。我们要担心的是盖尔普特。斯库里什么都没隐瞒，全都摆在了表面，但她鬼鬼祟祟，更加精明，引起躁动，而且是道德的败坏者，这样说毫不夸张。你记不记得，科尔本失明时她是怎样得到科尔本的股份的？她邀请他与她同住，因此得到了村里最好的一艘船的大部分股份。喂饱一个可怜的瞎子，一个有很多钱的可怜虫，不需要多少成本，等他咽了气，那些钱还能去哪里，嗯？她够聪明，利用了形势。两年前她以很低的价格获得了斯诺瑞在冰库的股份，只扔给他一小笔钱。斯诺瑞那个人，从过去到现在都不会谈条件，肯定还高兴得不得了，因为至少还得到了点钱，而她收紧了套在这可怜的浑蛋脖子上的绳索，或许现在正等着弄到他的船——“希望号”。或许在她看来，那艘船已经到手了。福里特里克补充道。特里格维看没看上斯诺瑞的公司？罗恩问。他不得不问，这是命令。福里特里克看着他，抽着烟，雨打在房子上，这是六月的一个夜晚。

虽然现在是六月初，但是山间仍然昏暗。天空阴沉。风刮了起来，咸鱼堆固定得结结实实。在这场暴风雨中，几乎没有人会外出走动。这一天在开始时还很美好，天空充满阳光，用蓝色承诺着宁静和舒适，鸟鸣声从远处就能听到，在透明静止的空气中不会有什么阻止鸟儿鸣叫。飞虫在花丛和草地上嗡嗡作响，咸鱼铺满岬角的晒鱼场，大部分山岭披上了绿色，美不胜收。在这个村子里，一切都自然而然地充满活力——叫喊、哭泣、欢笑、咒骂，还有不停干活的手。卢利和奥德尔在船舱里卸货，船长和盖尔普特去骑马了。我会爱这个国家。船长说。他们骑马爬上一片荒地，下坡进入另一个峡湾，进入一个长着青草的空旷山谷。

这里很隐蔽。盖尔普特说。他在说出他会爱这个国家之前长久地注视着她。草木转绿，在草丛里，在草叶间，在沐浴着阳光、闪耀着光彩的群山中，一切都安宁幽静。在这样的日子里，似乎鸟鸣都能治愈我们内心的伤口。他们在草地上躺了很长时间，他们发现了一小块凹地。在冰岛的夏天找到一块凹地的人不会抱怨，幸福等着他们，只要飞虫此时不来打扰他们，就是幸福。草叶轻轻摇曳，不注意几乎察觉不到，它们就像一排排德高望重的政治家。鸟的歌唱治愈了伤口。我很容易就会爱这个国家。船长说，我很容易就会爱你。男人在满足自己的欲望之前或之中，总能说出最令人难以置信的话，那些耳语、断断续续的句子、郑重的承诺，在一切都说过做完之后就会被证明是浅薄的，没什么价值。高潮到来，高潮过去，之前因激情和欲望而挺立的阴茎，在激情退去、欲望满足之后，变成悬在两腿间皱巴巴的皮肤。但是，当他说出他会爱她时，那一刻已经过去了。他们躺下来，剥掉身上所有遮挡妨碍他们的衣服，那是无拘无束的激情，是狂热，天空目睹它，草丛感受到它，山峰听到它，它惊动了附近的鸟。他们像野生动物一样，他们很漂亮，但现在激情已退。他们抽着烟，从烧瓶里啜一口酒，看着草叶、天空、山峦、小鸟，而船长说，他会爱她。

他躺在那里，头枕着她的大腿，她把他的头发向后拢，轻轻抚过他的额头、他的眼睛，那纯净的眼睛，他那坚强而美丽的脸。她抚摩着他的唇，那双唇熟知如何亲吻，如何说出那些好听的话语。我知道。她说。你会爱我吧？他说，他问，他恳求。一个恋爱中的女人毫无防御，她说：我没有那样的机会，而且，你结婚了，你爱你妻子，继续爱她吧。或许你够残酷？

不，但生活很容易就会变得残酷。他很伤心，有点像个小孩。这个身材高大的外国人、大型帆船的船长，与盖尔普特躺在蓝天下的草丛中。此时，卢利和奥德尔正在干活，卸下货物。你有没有搂过她？卢利反复问道，他只有这样逼问，才能从朋友这里得到答案，最后奥德尔回应了：他笑了。

男人能爱两个女人吗？船长问。期待如此。她说。她修长的手指停在他浓密的头发间，如果海洋隔在她们之间，也许会爱得更多。但是你不了解我，约翰，我只是一道水流，一次长途航行中的小小冒险，一场朦胧的小小冒险，在这世界的尽头，在没有人能看到我们的陡峭高山之间，这场冒险等待着你。你不会爱我，即使你了解我，每天都和我在一起。我的心脏就是这样一个器官，它在跳动，因为这就是它所知道的一切。我是一片海，约翰，海洋赋予你一段时间的自由，我为你提供冒险、一丝罪恶感，然而，如果在这样的海洋上走得太远、走得太久，除了孤寂和死亡，几乎得不到什么。

一只沙锥鸟在附近哀鸣，一只凤头麦鸡以尖锐的叫声应答。你那么不幸福吗？他轻轻地、温柔地问。你需要体验到幸福，才能理解不幸福。别这样看着我，我不需要安慰，也没有什么能给我安慰，生活或是胜利或是失败，不是以幸福或不幸福来衡量的，我要以我自己的方式获胜。没有幸福，又怎能获胜？她的约翰·安德森船长用他宽厚的双手抚摩着她的眼睛，温柔地抚摩着——男人在面对十分重要的东西时就会这样去抚摩。盖尔普特握住他的手，用她那捕猎者的牙齿轻咬他的手：我明天告诉你，也许会在你耳边小声说，不过现在有点冷了。他们抬头望着天空，蓝色已经变得暗淡，捶打福里特里克房子的暴风雨正朝这边推进。不过如果你愿意，她补充说，如果你可以再来一次，我准备好了。只要我可以爱你。

你可以爱我，但是你离开时要留下你的爱，把爱留在这山中。

爱不是可以放得下的东西。

是，这份爱是。说完，她解开衬衫扣子。她解开衬衫，他看到她闪亮的白色乳房。那乳房，他可以永无止息地注视，伴随他远征海洋，一直到英格兰。那乳房、那皮肤、那气息、那盘在他身上的长腿、那乌黑的头发——她那头发仿似石楠花和草地上流动的黑暗，还有她在他耳边吐出的沙哑的词语。只要我可以爱你。他快乐地低声说，他绝望地低声说。那只会带来不快乐和死亡。她低声回答，然后把他的头按下去，不让他看到她的脸、看到她那仰望天空的黑色眼睛。天空变得不安。天空如此遥远，有时就像是宣判了人类的孤独。

现在这片天空阴沉而不安，乌云翻卷涌动。这是夏天，然而危险的天气仍笼罩着我们。六月，有时天气如此明媚，似乎我们能径直看到存在的根本，看到远方那友好而宏阔的永恒。但在这个六月，风暴袭来了。它当然可以更好地对付我们。

风吹散海洋的平静，没紧紧固定的东西全都会被吹走：

手推车、铁锹，以及承诺——原谅我，但我不再爱你了，风把我的爱撕扯下来，把它吹走了。马站在沼地上，站在某个无遮无碍的地方，转过身背对鞭挞万物的风，让那暴戾之气从它们身上卷过。它们凝视前方，期待着再次吃到青草。雨水猛烈地砸下来，砸在盖尔普特房子客厅的大窗户上，他们四个人全都坐在客厅里，男孩在一盏昏暗的灯下，有灯光才能看清书页。光明去了哪里，谁带走了光明，谁带回了光明，这不是我们应该承受的。

男孩必须提高嗓门，才能让他们三个人都听清楚，因为所有的词语都必须传递过去，诗歌就是这个样子，这是规则，这是它该成为的样子，也是它必须成为的样子。写作是一场战争，或许作者经历的失败比胜利更多，就是这样的。吉斯利解释说。他沉浸在自己的解释中，眼中闪烁着光芒，就好像他真的活着。他读了男孩翻译的五页狄更斯的《双城记》。这是最好的时代，这是最坏的时代。这个故事写得几乎没有错误，没有失败，这就让翻译者的工作更困难也更快乐。男孩没说什么，那五页纸在他面前，一些语句被吉斯利着重标了出来。翻译，不觉疲倦的工作，痛苦、汗水、欢乐、语言间的微妙运动，就这样被校长那滔滔不绝的评论粉碎了。男孩看着这几页纸，愤怒在心中涌起。如果把这些纸卷起来，团成个大球，塞进吉斯利嘴里，深深塞进他的喉咙，那黑暗的隧道，该有多好。没必要让我的夸奖进入你的头脑，骄傲是毒药。吉斯利说，他的声音突然尖厉起来。夸奖！男孩惊叫道，接着不由自主地笑了，眼睛仍然盯着打了标记的页面。夸奖。男孩重复道。你在作品中投入了全部，投入了你的心、肺和呼吸，我把这样一部作品撕成碎片，能够得到夸奖吗？男孩惊讶地看着坐在身边的科尔本，他闭着眼睛，仿佛在睡觉，尽管他的左耳转向他们，听着每一个字。是的，吉斯利说，我说你做得相当不错，某些地方其实处理得非常好，这对一个没受过教育的人来说很不寻常，我会称之为夸奖。难道你不觉得这是我的夸奖吗，科尔本？他抬高了声音，看着船长。船长什么都没说，根本没有反应。绝对正确，吉斯利嘟囔道，你不在这里，能够像你这样消失，是何等伟大的天才啊，罕见的天才，你应该给我上上课才对。我没听到，我指的是，夸奖，男孩带着歉意说，我刚看了你标出来的所有内容，觉得不太好。是这样吗？你这样想吗？吉斯利问。是的。男孩说。那你那个微笑又是什么意思呢？吉斯利问。我只是在思考。男孩说。思考什么？什么如此有趣？嗯，男孩尴尬地说，把这几页纸塞进你喉咙会很有趣。听到男孩的话，科尔本大笑起来，或者说至少是发出了大笑的声音，就好像一条坏脾气的老狗突然出乎意料地遇到了有趣的事——不错的肉、熄灭的性欲。

男孩读了这几页，最后进行了重写，大部分依循了吉斯利的建议和修改。雨拍打着世界，拍打着房子，拍打着马匹，风撕裂了大海，就在这时他读了这几页内容。他读着，试图忘记此时大海正冲破堤坝，急流淹过大地。最糟糕的是，这狂风仿佛是在惩罚我们享用了夏日的光芒和温柔。

男孩读完这五页之后，海尔加说：这篇文章有力量。男孩用他在语言中找到的词语架起了桥梁，让他和别人都可以探寻遥远的世界，探寻生活和感觉，探寻存在于我们未知的远方的事物。吉斯利说：翻译，其重要性几乎无法描述。翻译可以丰富并拓展我们的生活，帮助我们更好地理解世界、理解我们自身。一个很少进行译介，只关注自身思想的民族，是狭隘的。如果这个民族人口众多，对其他民族就有可能不安全，因为对这个民族来说，除了自己的思想和习俗以外，大多数事物都是异己的。翻译拓宽了人们的眼界，从而拓展了世界。翻译帮你理解遥远的国家。对于自己理解的事物，人们不那么憎恨，或者不那么担心。理解可以让人们拯救自己。如果你得到理解，就连将军也无法那么轻易地杀掉你。我告诉你，仇恨和偏见是恐惧和无知。你可以把这句话写下来。

男孩这样做了，他写下这句话，然后上楼走进他的房间，修改译文。现在他已经读完了这几页。风暴冲击着房屋，雨水拍打着村庄、马、羊、大地，把六月之光变成了黄昏，而他在朗读。他读完了。海尔加说这篇文章有力量。是的，盖尔普特看着男孩说，是的，有力量。就连科尔本似乎也含糊地说了些可以被理解为夸奖的话，这个坏脾气的人仍然没让男孩进他房间去欣赏他的图书馆、他的四百本书，更不用说借书给男孩了，尽管男孩每天都在期盼这种情况会改变，但他永远不会凭空请求，一生都不会。人总有自己的骄傲。男孩坐在客厅里，感到有所成就，感到自己做了重要的事，这件事超越了深海捕鱼、挖掘泥煤，更超越了在谷仓堆放干草。现在，当天空在风暴中颤抖，在船只与死亡斗争之时，男孩感到自己好像很重要。从他父亲在十年或十二年前淹死之后，男孩听过对他的各种咒骂，他忘记了一切，什么事情都不记得了，几乎什么都注意不到，遗忘并丧失了某些东西。你在很久以前就该失去它的，农场里上了年纪的女人都说，吊在你两腿之间的那东西，如果不是那样挂着，那你在很久以前就失去它了。每个本该活着的人都死去之后，他在那个农场长大。他被人骂成白痴、傻瓜、牲口脑袋、糊涂虫、大笨蛋、奶宝宝、败家子、窝囊废、小流氓、胆小鬼、人渣和懒鬼。语言里骂人的话很丰富。骂人、羞辱人很容易，既不需要天赋也不需要智慧，更不需要勇气。有时真的让人难以置信，一个身体健全的淘气男孩、成长中的青少年和年轻人，要花费那么长时间来做某些杂活，他几乎记不住他这双手应该学会的那些东西。他会在晚上学习打结，然后夜晚过去，等他醒来时他的双手已经彻底忘了如何系一个结。兴许你只是个弱智。一名老妇人曾对他说，不过不是出于恶意，而是出于惊讶。然而现在他得到了夸奖，对于一生被骂过很多难听话的人来说，这可不是件小事。话语有影响力，它们可以沉入你的心中，让人激动，让人拥有自信。得到这样的夸奖，而且是这些女人的夸奖，男孩简直要哭了。一个星期再做五页，你能完成吗？盖尔普特问。她把酒杯举到唇边，在这一天得到了亲吻也送出了亲吻的唇。那时她焕发活力，在那荒凉的山谷中，她存在，她燃烧，惊动了鸟儿，唤起了群山的注意。能，男孩笃定、自信、快乐地说，我能做到。他的眼中充满热情，而在外面，暴风在肆虐，世界在颤抖。或许更安全的是把世界固定起来，免得它被吹到太空的黑暗中。安德雷娅躺在地下室的床上，听着风声。准确地讲，这不是她的床，是盖尔普特的，整栋房子都是。她躺在那里，无法入眠，辗转反侧，不知道应该怎样说谎，应该怎样生活。风敲打房屋，撕裂大海，那黑暗、波涛汹涌、躁动不安的大海，就连潟湖也翻腾起来，尽管平常海上起大浪时它都平静无波。安德森的船在那里令人恐惧地上下起伏，船舱里的货物已经卸空了。

卢利和奥德尔不知疲倦地工作着，与其他人一起清空船舱里的袋子和桶。他们做得很好，一刻不停地工作。干活的人很多，在山区这里往往时间紧急、生活紧迫，或者更确切地说，紧迫的是人，而非生活本身。生活只是存在着，只是在那里，就像一朵花，就像音乐，就像匕首，就像冰雪、深渊、治愈心灵的光。但是，不论生活是什么，是非凡的还是平常的，安德森的“圣路易斯号”都迫切需要离开码头。“圣路易斯号”，这名字来自名叫路易斯的人，而我们不知道为什么那位路易斯要被称为圣人，她曾遭受过什么折磨。一个人是不是必须遭受痛苦，才能配得上圣人之名？她就不能得到幸福吗？难道生活在这世间还不够困难、不够美丽、不够高尚吗？但现在紧迫的是让“圣路易斯号”离开码头，因为另一艘船正在潟湖上等待，那艘船上满载着盐，腌咸鱼需要的盐，而“圣路易斯号”需要赶紧卸货。没错，现在机会来了，男人可以展示他们的身体是由什么构成的了，他们像恶魔一样拼命干活，绝不懈怠，哪怕双手累得脱臼了，他们也会把手推回去继续干下去。工头基亚尔坦乐观其成，他非常能喊，擅长折腾手下。有时他们夜里也要干活，甚至一直干到早晨，如果有人抱怨，想回家，那很好，你可以走，但你再也不用回来了。斯库里写了些尖刻的文章反对工作懒散，他是个精力充沛的人，不会调整文风，他的句子不是匕首，而是沉重的棍棒。斯库里应该站起来看看这些恶魔，这令人鼓舞。不过，失去工作、失去宠信，这毫不令人鼓舞。于是这就成了生存之争。

你想看着你的孩子在夏天挨饿、在冬天冻死吗？不想，那就对不起了，你最好放下你的骄傲，投入工作，按照吩咐去做。“圣路易斯号”已经清空了从外国带来的一切货品：无花果、阿夸维特酒、棉花、精选刨光材、咖啡，甚至还有几箱苹果。奥德尔灵巧地偷偷打开了一个箱子，把两个苹果藏在大衣下面。现在，暴风撕裂了六月的阳光，在房屋上呼号，群山随之隆隆鸣响，奥德尔、拉克尔、卢利三人坐在奥德尔和卢利的住处，把苹果切成薄片，慢慢吃掉这种吸收了遥远世界的阳光和柔情的水果。拉克尔笑了起来。亲爱的上帝啊，当暴风疯狂撼动这座小房子时，当全世界化为无休止的一声声咆哮时，能够看到她近在咫尺的微笑，是多么愉快啊。六月本该是凤头麦鸡为我们的存在而唱出的颂歌，然而现在，这风暴的野蛮力量又从何而来呢？

他们卸完“圣路易斯号”的货物后，奥德尔在临近傍晚时过来看拉克尔。我们看到了即将发生的事，越发阴暗的云，越来越大的风，从山上时而传来的隆隆雷声，仿佛是愤怒再也压抑不住，就要爆发出来。奥德尔希望她和他们在一起，毕竟风暴将至，至少是坏天气将至，而且他也有些好东西，他和卢利想与她分享。在这样的坏天气里，没必要独处。然而，拉克尔经常一个人面对坏天气，面对冬季肆虐的暴风雪，她从不害怕，她唯一害怕的风暴来自人的内心。更准确地说，是来自男人，这更糟，无限糟糕，仅仅穿得暖和躲起来是不够的，那风暴会穿透你的心，让你充满焦虑、恐惧，让疯狂的嗡嗡声充斥你的血液。当然，拉克尔没有提起来自男人的风暴。她说：风暴只是匆匆而过的风，没什么可怕的。不过，奥德尔说：能请到你来做客就太好了。她和他一起去了，尽管她不想去、不敢去，但她的心为她做出了决定。吉斯利看着她和奥德尔离开，看到他们如何并肩走过。好啦，现在我要失去她了，他想，她会离开地下室，然后我和魔鬼之间就什么都没有了。也许我应该把地下室租给你。他对靠在门边墙上的手杖说。手杖自然没有嘴，没有眼睛，没有心，你给不给它起名字都不重要，名字不会把死亡变为生命。但他们三个人——奥德尔、拉克尔和卢利，一起吃着苹果。她微笑着，奥德尔的心多跳了很多下，而在外面的潟湖上，“圣路易斯号”正骇人地随浪摇晃。

船上的猫、老鼠和人与船一起摇晃，那只猫基本上还是只幼猫，怕老鼠，怕风暴，与约翰·安德森一起待在船长的小屋里。船骇人地摇晃，被浪抛起，潟湖辨认不清了，风在山间哀号，如果你还没听习惯，这种哀号简直会爆开你的头。船员无法入睡，索性去喝酒，抓住机会喝个大醉。伙计干杯，兄弟干杯，我们血管中都流淌过海水，因此我们是兄弟。安德森没跟他们一起喝酒，他就要在打着呼噜的猫咪身旁睡着了。风暴，风的哀号，船的摇晃，吓坏了小猫。别怕，船长轻声安慰它说，你这个小傻瓜，我们离陆地比离海近。猫只要能感觉到主人的手就无忧无虑了，主人的大拇指抚摩着它的小脑袋，它睡着了，船长微笑起来。迷人的动物，这只猫，这只还算年幼的猫，永远快乐，总在四处寻找可以玩耍的东西、移动的东西。安德森对盖尔普特讲过这只小猫，它有太多的生活乐趣，他说：你该给自己养只猫。这很难取悦乌鸦。她笑着说。他凝视着她深暗的近乎黑色的眼睛，感觉就像突然看见了那些大黑鸟。他伸出手抚摩她的脸、鼻子、眼睛、嘴唇，伸出手，仿佛要把她从孤寂中拉出来。他如此强烈地感觉到她的孤寂，以至于眼里涌出了泪水。即使现在，当船只上下摇晃，他轻轻拍打着打着呼噜的猫时，他的眼睛都还是湿润的。猫是他的小女儿给他的，当时它还没睁开眼睛，十分无助。女儿名叫奥拉维娅，刚十三岁，聪明爱笑，有些娇弱。奥拉维娅给了我那只猫。他告诉盖尔普特，他无法不说起这些，她是他最小的孩子，笑得那么美，而后，他不由自主地说出了其他孩子的名字——汤姆斯和伊芙琳，他们都离开了家。他说啊说，忘记了他与盖尔普特的协议——不要谈论他的家人。

四年前，当某种比他和盖尔普特更强大的力量把他们拉到一起时，盖尔普特对他说：我开始爱你，当你看到陆地从海上浮现时，当你看到陆地从大海深处浮现时，我开始爱你，然后你开始存在。你从哪里来，你在那里是什么人，你有什么样的生活，这在我们之间都不存在。与我在一起，你是另一个人；与我在一起，你是我的。这样做更好、更容易，但是最终没有人能对他的生活保持沉默，记忆迟早会浮出水面，这是自然规律，即使詹斯也避免不了，尽管他几乎不开口。约翰·安德森船长提起了他的孩子们，主要是奥拉维娅，接着提起了他的妻子，说出了她的名字。盖尔普特什么都没说，只是仰望天空，手指抚摩着他的头发。她没有阻止他，没有用亲吻让他沉默。亲吻是世间最温和的让人住嘴的方式，我以吻封住你的唇，因为你的话语折磨着我。盖尔普特让他说了下去，她听着，虽然感受到了伤害，但也许因为这个男人，这个外国船长，对她来说太重要了，重要得有时让她害怕。他们躺在空地上，他头枕着她的大腿，闭着眼睛，而她抬起头，天空沉入了她深暗的眼睛。

现在盖尔普特在她的大床上睡着了。

无法说服他和她一起睡觉。我相信我今晚可以忍受你和我在一起。他们走近村庄时盖尔普特说。那时搅动草叶的微风成了这场风暴，现在草都倒伏下来，完全被征服了，没有反抗的机会。但是，一旦风暴平息，它们会再次抬起头，就像什么都没发生过一样。安德森渴望与她度过夜晚，渴望在她的气息中、在她的黑发间入睡，但他无法这样做，因为风暴要来了，他不得不返回到他的船上。船摇晃得太厉害了，因此那只猫，还没长大的小猫，很愿意和他在一起，他个子这么大，声音有力而让人心安。它惊恐地喵喵叫了几次，但安德森让它平静了下来，他的大手让它平静下来，猫打着呼噜睡着了。“圣路易斯号”摇晃着，不自然地摇晃着，安德森匆忙地坐起来，忘了自己在干什么。猫被他弄醒了，抱怨起来，一只眼睛睁开了一条缝，轻声喵喵叫着。你的手在哪里？它问。安德森不假思索地伸出沉重的手臂，抚慰着它，温柔地安抚它。有些东西唤醒了他，把他从沉入的梦乡中扯了出来。他抚摩着猫，盯着前方，起初只想着盖尔普特。最简单的办法是切断与她的所有联系——目前最简单的方法，那样与这个偏远村庄的人、与他供货的商人打交道也会更方便。自从他受到盖尔普特的吸引，他们对他的态度就改变了，变得冷淡。但有时候，即使最简单、最明显的路线也被证实难以采纳。他在春天开始向北航行时，向着寒冷和光明的方向航行时，经常会想：我现在就要结束这一切了。然而一旦看到陆地出现在眼前，从那深不可测的深处涌现出来，他的欲望就变得非常强烈，他简直可以为此杀人，他的渴望强大到可以让他哭泣。有时候在冬天，我们在地中海航行时，我会想念着你的气息醒来，会呼吸困难，想你想得难以忍受。想念一个人是危险的。盖尔普特说，但她在笑，笑得如此美丽，笑得仿佛无法控制自己。船在摇晃。他迷失在自己的思想、渴望、情欲、爱情之中，所有这一切都让他放松了警惕、忘记了责任。这艘船不应该晃得这么厉害。那些该死的傻子忘记了，或者说没想过要加压舱物，没考虑到可能出现极端天气——这是夏天，在这阳光下，不会有风暴。我不喜欢这样的表情。安德森嘟囔着，像孩子一样把被子盖到猫身上，甚至带着淡淡的笑亲吻它，猫愉快地发出了长长的喵呜声。安德森坐起来，或许就在那时，男孩朝窗外望去。他无法入睡，但不关心窗外的世界，没有心情关心。他坐在那里翻译狄更斯，享受活着的感觉。盖尔普特、海尔加和吉斯利的赞美和认可在他心中像一首歌，而当血液在血管里歌唱时，人是很难睡着的。他在那里坐了四个小时，然后拉开窗帘。真乱啊。他带着惊讶喃喃地说，却几乎没注意到疯狂的天气。他忘记了天气，忘记了拍向群山的雨、咆哮的风。他看到房子间的潟湖和摇晃的“圣路易斯号”。真该死，他想。他感到一阵恶心，而后拉上窗帘，躺下来，微笑着，闭上眼睛，想起他的兄弟：他会在哪里？怎样找到他？就要入睡时，他听到了沉闷的轰隆声，群山间产生了巨大的回声，一阵可怕的风扫过世界的这个角落，这个角落就是我们的宇宙。猛烈的狂风近似于一场爆炸，群山在入睡的村庄上方回响。而后，震耳欲聋的声音过去了，几秒钟内一切都无声无息，就连雨水也停住了，水滴悬在空中，宛若数以千计的透明眼睛，仿似风暴终于在狂飙中找到了一个出口，现在停下来环顾四周，看看有没有什么明显的影响。我要睡着了，男孩想，我要在静默中睡着了，在风暴停住之后，雨滴不再是雨滴，而是透明的眼睛。这些眼睛所看到的，会告诉天空。

XIV

可怕的事故。几天后，风暴已经过去，《人民意愿报》上出现了这一标题。一切风暴，或者几乎一切风暴，都会被人遗忘，这令人难以置信。风暴肆虐时如此威风，凌驾于一切生命之上，令人恐惧。它笼罩一切，撕裂海洋，摇撼天空。在那暴力和权力的帝国，我们像老鼠爬进草丛一样爬进我们的房子。然后，风暴过去了，被人遗忘了，小草直起身，微风对呼号的风声一无所知，没有哪一场风暴能彻底粉碎日常生活，让一切重归原样。某个地方有这样的说法：草的生命如此平凡，但若没有草，什么都不存在。确实，日常生活就像草，你可以把草烧到根部，但是随着时间过去，草会再次生长，从黑暗中迸发出来，突然间花也都开了。暴风雨持续时当然会威胁到我们，会让我们伤心、恐惧，因为这是六月，光明的所在之处却被劲风撕开，被大雨摧毁。真可怕，这种天气。罗恩说，他是福里特里克旗下列奥商店和贸易公司的代理人。他们咳嗽着，这些控制着村庄的有权男人，在雪茄烟雾中喝酒，喝得比预想的还多。不论我们能不能站直，村庄的房屋都屹立在那里，然而当暴风雨将世界攥在掌中时，这些男人都只是普通人，他们也怀念光明，因此又多喝了一杯，然后放松下来，说了那些关于盖尔普特的话。不只如此，他们还谈论起她是什么样的人。女仆走进来，摸索着穿过雪茄烟雾时，他们并没有住嘴，她听到了他们说的话。她没得到满足，西格尔特说，无法定期被占有的女人会充满幻想，变得很麻烦，应该给她送几个健康男孩，这会让她有点理智。西格尔特喝醉了，西装外套起了皱，福里特里克狂热地吸了口雪茄。别那么蠢。他说，他的手指拂过女孩的臀部。她几乎要逃出去时听到罗恩说：可怕的天气，这天气。他们没回应，没说什么，只是用醉醺醺的眼睛盯着女孩。这疯狂的天气。罗恩又加了一句。伯瓦尔德牧师挣扎着不去想那个女孩，还有她臀部的动作。风暴冲击着房屋，威胁着船只，罗恩犹豫地站起来，想离开。他妻子托芙在这世界上唯一害怕的东西，就是风暴和疾病。群山像这样轰鸣回响的时候是最糟糕的，就好像群山已经受够了人类，正站在那里对着我们号叫，但谁能责怪它们呢？托芙极有可能已经拉上了所有窗帘，把自己关在最北边的卧室里，那个房间没有窗户，在避风的一侧。她正等待着他，心里又急又怕。他想立即离开，他提到了这天气如此可怕，但福里特里克对他露出了嘲弄的表情，罗恩感到脸在发烧，于是嗫嚅着说了句类似道歉的话，从雪茄烟雾中逃了出来，逃到了风暴中。知道自己很重要，能安慰比自己更强的人，能拥抱那个人，这感觉很好。在路上，有一阵子他不得不躲到一栋房子的山墙下，否则狂风会把他刮跑。他瞥了一眼潟湖，看到“圣路易斯号”在摇晃，倾斜得非常厉害。可怕的天气。他呻吟道。

可怕的天气，可怕的事故。

英国纵帆船“圣路易斯号”驶出赫尔市，载重113.47吨，船长为约翰·安德森，5月29日抵达本地，为商人玛格努斯的商店运送来自英格兰的商品。6月2日前夜，“圣路易斯号”在超强暴风中倾覆，船上人员全部失踪，共计8人。船已卸货，原定于第二天完成清理工作，并装载玛格努斯去年冬天在此储存的腌鱼。这批腌鱼本该由商人自己的船只装运，但那艘船已于去年秋天从英国起航后沉没。“圣路易斯号”停在港口另一个锚地，完全卸空了货物。船员们不够谨慎，忘记了装载压舱物。因此，在这场夏季罕见的超强暴风中发生这样的事并不令人惊讶。事故没有目击者，人们醒来时船已倾覆，躺在潟湖里，露出海面的几乎只剩龙骨。舱面水手和舵手的尸体被冲上了埃拉尔利特岸边，船长的遗体尚未找到。

打捞船只时遇到了困难，船的一根桅杆卡在海底，让船无法移动。

就是这样，桅杆卡在了海底，大海拒绝释放它的猎物。很多事情都很奇怪。当然，我们熟悉大海，我们生活在岛上，大海是我们唯一的邻居，我们唯一能相比的对象。大海是危险的，它迅速而无情地杀死每个不小心的人，杀死忘记了自我的人。它如此残忍，毫不宽容地判处了那些外国人死刑，他们忘记了给船装上压舱物过夜，或者根本没在意。他们很可能是太累了，终于卸完了船上的货物。他们太累了，船长还没回来，这让他们忘乎所以，疏忽大意。大海毫不宽容，而大海的威力竟然不受限制地影响到了潟湖，这潟湖通常极其宁静，甚至静得连我们都感到惊讶。诚然，人们会掉进潟湖失去生命，把生命留在海中，留在鱼群中，留在遗忘和沉默中。就在去年春天，玛格努斯商店的两个店员和一个记账员划着小艇进入潟湖。鲱鱼运来了，他们得到允许放下手中的工作来到户外。他们划着小艇，把鲱鱼拽出来，他们沙哑的笑声传到了岸上，接着是呼喊声，记账员失去平衡，一头扎进平静的潟湖。店员试图救他，小艇翻了，岸上的人们匆匆开船来救他们，但是太迟了。店员挂在船的龙骨上，冰冷无声，不远处是脸朝下半沉半浮的记账员，仿佛正试着阅读水底的什么东西。

眼前有艘倾覆的船，龙骨朝上，仿佛是用来切割光线的厚厚的刀，这真叫人难受，远远无法让心情振奋。与船同在的尊严消失了，航程中的自由、航行时的音乐，都消失了，海上倾覆的船受到了羞辱，它让眼睛受伤，让心灵困扰。我们第二天早上醒来时，风差不多已经停了，有关这场事故的消息迅速传开了，传播的速度惊人。海尔加和安德雷娅一起走出门廊时，安德雷娅指着潟湖那边，就好像有必要这样做，就好像需要特别指出羞辱和死亡一样。这时刚过六点，但至少有三艘小船已经到了沉船那里，停在水面起伏着，小船与沉船巨大的龙骨相比就像个洗衣桶。风差不多已经停了，但大海仍然不安，它的仇恨还没彻底化解。海尔加举起男孩给她取来的小望远镜，看到一个男人用拳头敲打船的龙骨，好像是在敲门。喂，有人在吗？有，死亡说，我总是在这里，你永远不会看到我关上门，你一直受欢迎，我的怀抱比生命更宽阔。

是他吗？男孩开口说。他们几个人都站在门廊上，他自己站在一级台阶上，给三个女人腾出空间。奥拉菲娅站在门口，海尔加拿着小望远镜，安德雷娅靠在扶手上，右手抓着左臂肘部，她的头发带着灰色的光泽，嘴唇噘了起来。她望着潟湖，眯起眼睛，以便更清楚地看到她不想看到的场面。她从地下室走出来听到无人幸存的消息时，眼前就出现了那样的场面。是他吗？男孩又一次问。安德雷娅看着他，他们的目光相遇，她如此入迷地看着男孩，看着泪水涌上双眼的男孩。男孩心里一阵发堵，一直堵到喉咙，堵住了他的话语。他不得不停下来，咽了咽口水，才能继续说下去，说出有条理的话语。安德雷娅注视他的样子让他心中窃喜，随之又感到惭愧。此时死亡就在他们眼前，就在潟湖上，船的龙骨如同切割生命的刀。有人淹死了，他们的存在就被抹去了。在大海另一边的某个地方，人们会想念他们，会哭泣，一个孩子会问起那个永远无法再回来的人。一个生命变成一段记忆，一次抚摩变成遗憾，然而他却产生了深切的、愉快的情感。他去了吗？男孩又试着开口问，他是去了船那里还是在这里过的夜？海尔加任由望远镜垂了下来，奥拉菲娅朝门廊走出了一两步，关节肿胀的双手抓住了安德雷娅的手臂，停留在那里。生活中会有深渊，哪里能有一只手臂扶住我不让我摔倒？没有。海尔加说，任由小望远镜垂了下来。敲击龙骨的男人停了下来，不再用他的拳头问候死亡，小船在大船周围摇晃起伏，犹豫不决。他去了船上，约翰。她加了一句。奥拉菲娅开始哀伤地哭泣。那个漂亮男人啊。她说。安德雷娅伸出双臂搂着她。这是我的肩膀，她的手臂在说。奥拉菲娅哭起来。她只是想哭泣，尽管她不太了解约翰·安德森船长，他在咖啡馆里喝咖啡，跟她们开玩笑，海尔加给他们翻译。他不是一般地爱笑，他讲起了他的猫，实际上，那真的还是只小猫，他优雅、幽默地讲起他的猫，只有好男人才会这样做，他的眼睛那么漂亮，然而现在他肯定已经死了，大海把他带走了。奥拉菲娅在啜泣。一向尊重约翰·安德森的海尔加神情几乎未变，她轻轻抚摩奥拉菲娅的肩膀。她知道，奥拉菲娅之所以泪流满面，多半不是为船长伤心，让她伤心的不是门廊上裂开的一道伤口，一道宽宽的伤口，而是她的生活、她的存在、她那些去了美国的孩子——那些渐渐长大、她或许永远都见不到的孙辈，他们小小的手指永远不会触碰感觉到她丰满的脸庞。她也是为布里恩乔福尔哭泣，那个拥抱了她二十多年的大个子渐渐不再把她搂进怀里，就好像她已经变得丑陋无趣。这太不公平了，令她无比痛苦。来我们这里吧，妈妈。他们的儿子奥吉写道。但她无法离开布里恩乔福尔，他酒喝得太多、太不开心了，不能把他留下来，不然很快她就有机会把他再次抱到怀里了，肯定是这样的，绝对如此，绝对如此。安德雷娅紧紧抓住她笨拙的身体，不太明白奥拉菲娅为什么哭得上气不接下气，但她了解眼泪，十分了解眼泪。是的，绝对，她抚摩着抽泣的女人的后背，轻声说，绝对。海尔加看着他们，望远镜在右手垂下来，肩膀微微耷拉下来。这不寻常，或许她也需要个可以依靠的肩膀，但不知道如何去寻找，不知道那会是什么样的肩膀。每个人都有可依靠的肩膀吗？她再次抚摩着奥拉菲娅的背影，坚定而又迅速。我的小宝贝。她说。听到她的话，奥拉菲娅哭得更厉害了。跑过去，海尔加对男孩说，去看看发生了什么事。我会去叫盖尔普特。听她这样说，奥拉菲娅的哭声减弱了。

男孩本想大步走到潟湖边，却不由自主地撒开腿跑了过去。一群人聚集在下方的码头，有人在卸货，但是活干得很慢，不时抬头看着潟湖，看着龙骨，还有绕着龙骨慢慢划行的小船。现在也到了停下来喝咖啡的时间了，晒鱼场的很多女工三五成群地站在那里观看。这艘船就好像永远固定在了那里。

移动不了，之前划船过去看的一个男人说，移动不了。男孩跑过去，气氛变了。他奔跑着闯进人们窃窃私语的地方，跑到死亡存在的地方，每个人都看着他。他辨别不出那些面孔，那些人在他面前合成了一体，变成一个盯着他的巨大身形。那些船员，肯定一个幸存的都没有吗？男孩问道。他问的是所有人，不是一个特定的人。起初没有人回答，有人继续盯着他，有人眼睛低垂，不过与两个同伴一起站在男孩身边的一个男人咳嗽着清了清喉咙，又咳了两次，开口说：是她叫你来这里问的吗？说完，他看了看同伴，像要寻求支持并得到支持。男孩什么都没说，就像什么都没听到。他只是看着男人，男人接着又说：不，我的伙计，你很可能必须为她服务了，直到下一位船长出现——她是不是因为这个才把你留下的啊？仇恨在男孩心中涌起，变成了两只拳头，但他什么都不能说。词语爆裂开来，塞在他心中。古特曼杜尔，虽然你可能比鳕鱼还蠢，站在男孩旁边的一个女人说，但你总该有点理智和品位，总该对刚淹死的男人稍微有点尊重，如果你有只狗，它都会为你感到羞耻。怎么啦？我只是开个玩笑。古特曼杜尔边说边朝他的同伴挪近了一点。男孩看着那个女人，试图用目光感谢她，她的名字是布里恩蒂斯，有过两任丈夫，都被大海夺走了，现在她独自带着三个孩子生活，不过过得出奇地好，让很多人都觉得难以理解。他们都淹死了。她轻轻地对男孩说。他们的目光相遇了，有些人永远不会遇到他们该认识的人。

XV

让我告诉你，这里的太阳能照得非常灿烂！它能把群山照得非常温暖，悬崖都会流汗，就像那些穿着防水外衣洗鱼的女工，如果有可能，她们都会想脱掉所有衣服，一件也不留。与阳光一起到来的是喧嚣。睡眠的时间被压缩到最少，生命力填充了每时每刻，就连死亡都不会来打扰我们。然而，死亡来了。人们用了二十多天才把“圣路易斯号”的位置正过来。黑色的龙骨一直在那里，就好像死神正在水中打盹儿，一眨不眨的眼睛就在水面之下，半浮半沉。舱面水手和舵手的尸体被冲上了埃拉尔利特岸边，船长的遗体尚未找到。舱面水手和舵手的尸体被带回村庄，木匠罗恩等人为他们打好了棺材，一封信已经被寄往英国，英文写得非常漂亮，治安官拉鲁斯找了摄影师凯提尔的妻子波尔安帮他写信。他们两人在英国生活了很多年，他们熟悉那片不同的天空，胜过以群山的影响为特征的天空，因此他们与众不同。由拉鲁斯和波尔安撰写、由死亡签名的这封信，正被送往赫尔市的船舶经营人那里。约翰·安德森船长的尸体仍未被找到，他无法逃离他的舱室；他躺在那里，淹没在水中，一动不动，猫在他身旁，像颗卫星。

《人民意愿报》没有提这只猫。可它还是只小猫，充满快乐和阳光。在送往赫尔的信中也没有提到它，一个字都没提，尽管船长最小的女儿带着对父亲的爱，十分仔细地挑选了这只猫。她找了很长时间才找到这只黑色的小猫，它长着一只雪白的前爪，眼睛让人一见倾心。当风暴的呼号突然变成尖叫，仿佛这个世界正在撕裂时，它的双眼充满恐惧，那时有人在房里醒来，翻了个身就又睡着了。男孩听着外面的声音，说了些关于雨滴的话，睡着了。吓坏了的猫缩成一个球，但是船长俯下身说：你跟我一起走，我不会把你丢下。于是它平静了些。这是他生命中的最后一句话，不幸一语成谶，却比想象中说出的方式更痛苦、更无情。他伸出手抱起小猫，风暴猛然吹翻了“圣路易斯号”，让一切都颠倒过来。原本朝上的东西现在变得朝下，天空成了大海，大海成了天空。而他，约翰·安德森，像个傻瓜一样浪费了宝贵的几秒钟，试图营救这个小生命。他受不了那可怜的喵喵声，那令人伤心的无助感，结果他无法逃生了。他原本也许能够自救，他是名游泳健将，不知疲倦，坚强有力。她喜欢用手指滑过他的手臂、他的胸膛，感受他的力量，对此她的手指永远不会忘记。海尔加走到楼上，把盖尔普特叫醒，告诉她这个消息。盖尔普特从睡梦中醒来，头发像夜晚的黑暗一样垂在脸上，她的声音从那黑夜的某个地方传了出来：哦，我马上就下来。有些人宁愿独自承受打击，且无法不这样做，或许是不知道其他方式，或许是不敢不这样做。从哪里涌起了人类的不幸？盖尔普特起身下床，拉开窗帘，望向黑暗的龙骨，看到死亡是一把劈开日光的黑色的刀。她在从德国买来的一张结实的小桌子旁坐了几分钟，坐在那里，微微弓着背，看着自己的手指，那些手指立即因渴望而变得麻木。

* * *

太不谨慎，没有装压舱物，可怕的事故。斯库里在《人民意愿报》中写道。他是这样写的，也是这样想的，但他还想到的是可怕的粗心大意。竟然不给船装压舱物。每个人、每件事，都需要某种平衡，船和人都一样。这些船需要物质世界中的某种沉重的东西，这很容易满足，只要做些简单的工作。然而必须有更多的耐力和牺牲，才能获得让生活平衡的力量——有些人称之为幸福，有些人称之为安全，这些词语一如既往地描述了我们内在的自我。可怕的粗心大意，因为流动的浓云已经让天空开始变得阴沉，阳光消失了，可爱的六月之光渐渐变成了黄昏之光，微风变成了大风，难道这一切还不能给久经考验的合格水手提供警示吗？斯库里想着这些，或许还大声地说了出来，但他没有这样写，因为他是个聪明人，他明白，一切都是事后看起来更清楚：在风暴过去，人们脱离危险之后，风暴及其后果更加清楚；当你能在平静中得出结论时，你就没有危险了，那时错误就会变得明显。在某种程度上确实如此，不装压舱物太不谨慎，不过当时迫切需要做的是将船从码头移开。基亚尔坦一直在以谴责和咒骂催促这些人干活，他当时在咆哮。那晚卢利和奥德尔告诉拉克尔，当时他们三个坐在一起，奥德尔的左臂放在桌上，靠近她的右臂，两人手指间的距离可能不超过五厘米，甚至只有三厘米，这个距离让手指可以互相点头，或许还能聊聊天，讲讲身体内部传递的消息。如果手指能结为朋友，那么身体的其余部分或许也会效仿。那个基亚尔坦彻底疯狂地咆哮，因为另一艘船就停在港口外，需要进港，船上是特里格维公司需要的盐。没有盐的生活会成什么样子？而且，这家公司对约翰·安德森船长怀有某种恶意，因此也讨厌他的船。这位船长只愿意与盖尔普特交往，像只该死的狗一样跟她躺在一起。基亚尔坦其实是把船赶出了码头，没有哪个船员提出反对意见，船员们都期待着度过一个宁静的晚上，在潟湖上享受夜晚和第二天的美好时光，他们自解缆起航以来还是第一次喝酒。也许斯库里知道特里格维的人很不耐烦，他们控制着这个码头的一切。他知道，如果人们可以谈起罪过，那么出现罪过的地方会比表面看到的多得多。

约翰·安德森不得不划小艇上船。划桨的人说，坏天气可能要来了。这里的一些人能用其他语言拼凑出句子，至于这些句子能不能被理解，所用的单词是不是都属于同一种语言，就是另一回事了。可以肯定的是，这个人朝天空点了点头，而天空已经不在了，被乌云遮住了，但安德森只是心不在焉地微笑着。微笑是他唯一的反应。他似乎在想着心事，虽然他的身体在小艇上，但他的思想和意识或许在远处。他自己登上了船，船上没有压舱物，这是他在风开始吹时应该注意到的东西。船员们喝了几瓶能喝的劣质酒。该死的，那是些山脉。他们喝酒时说。而他们的船长坐在或躺在他的舱室里，抚摩着一只发出呼噜声的小猫，放纵自己想念着盖尔普特以及她走动的样子，他的血液在沸腾。我们称之为渴望、爱、对生活的欲望、对幸福的渴望，但不论称之为何物，不论选择什么词语，那都是他如此心不在焉的原因，正是这一原因，他才没有意识到船的摇晃有多不正常，直到一切为时已晚，然后他淹死了。连同船上所有的人。让自己梦到激情、雀斑和眼睛，让自己做梦，而不是专心为生活奋斗，是多么危险啊。事情就是这样。你过多地想着诗歌，忘了防水服，就冻死了。你过多地想着一个女人，想着她头发的芳香、她如何抚摩你的胸膛和腹部，因此你没注意到这艘船缺少压舱物，结果船倾覆了，人们和一只猫都淹死了。这也许能让我们明白一些道理。关于梦的危险，诗歌的危险。但是……又有谁会记得那些极少或从来不曾分心、不曾在梦中迷失的人，他们的生命从不曾燃起火花，只是渐渐变得灰暗，变得灰暗苍白，几乎从不抗争，就渐渐变得单调乏味？那些早在死亡之前就已变得单调乏味、消失无形的人，又有谁会记得？那么，我们能不能追求火花，即使它有可能过早耗尽我们的生命？不过，就让我们冒一次险，真正地活着吧。

真希望我们曾这样做。

XVI

把“圣路易斯号”扶正用了整整三个星期。一艘倾覆的船是如此令人伤心，每当我们看到外面宁静的潟湖，都会感到揪心。潟湖映出了群山，映出了天空，映出了我们的存在，还有那与人如此相似的云，无根的云，转瞬即逝、瞬息万变的云。人们与海底进行了三个星期的拔河比赛。有一天晚上，盖尔普特坐在岸边看着那艘船，坐了整整一夜，就那样看着。六月北方这里的夜晚，肯定是世上最美丽的夜晚，夜空的灿烂光辉能让你快乐起来，它消除了焦虑、压力、仇恨、嫉妒，人类心中能够毁掉希望的所有因素。万物安静、透明。六月的夜晚，有些像上帝的气息，一时间，一切存在都是柔和的、静止的。一时间。生命的伤口当然不会在一夜之间愈合，需要的时间比这更久，但是夜的光辉小心地抚慰着伤口，也许会让你哭泣。盖尔普特哭了吗？清晰透明的泪水能从这样黑的眼睛里流出来吗？她整夜坐在那里。她并非一直是一个人，海尔加大约一点钟时带了条毯子过来，把毯子披在她的肩上，没有说什么，只是把毯子披在她的肩上，尽管这样做包含着很多话语。而后海尔加静静地站在那里，离她的女主人很近。语言终结之处，关系亲近之始。然后海尔加回家了。盖尔普特继续坐了一整夜，在沉默中观看和思考，不时地活动手指。她不得不这样做。它们因渴望而麻木，因缺血而苍白，或许它们会受损，需要切掉。海尔加有锋利的刀。一切皆有可能。四个小时后，大约五点钟，海尔加回来了，带来的不是切除渴望的刀，而是咖啡和干邑白兰地。她们喝得不多，只是一点点。太阳开始升高空气的温度，晒干了露水，飞虫开始嗡嗡响，我们从房屋里走出来，黑暗的龙骨切入早晨的阳光。

XVII

谢天谢地，你可以习惯一切事情，但不幸的是，你必须习惯自己。生活在继续，不会停留，似乎没有什么能阻止生活的进程，哪怕是流星雨、上帝的愤怒、自然的威胁、人类的残酷。船只来了又去。纵帆船、散发出鲸油和利润气息的挪威捕鲸船、大帆船、呜呜叫的轮船，来来往往，路过“圣路易斯号”的龙骨。“希望号”来了，满载着鱼，满甲板的鱼，的确是很小的鳕鱼，但鱼就是鱼，更何况是鳕鱼。船上的每个人都在微笑，那些老海员，他们坚韧的、饱经风霜的脸，被咸咸的海水浸渍的脸，全都笑开了花。回家就是幸福，哪怕只有一晚，在鳕鱼还没从船上卸下来时，能有机会拍拍孙子的头，拥抱一下妻子，就是幸福，虽然妻子也开始穿得像个男人。她们从很久以前就已经谈不上美丽了，双手更谈不上柔嫩，凹陷的乳房犹如不再期望飞翔的鸟，而男人自己也少了一半牙齿，但是能躺在一起，仍与三十年前一样美好，甚至可能比那时还好。尽管两个老化僵硬的身体在一起摩擦看上去可能并不美妙，但是有时，我们不应被所看到的引起注意，眼睛可能很蠢，而且无论如何，这事是谁都不准看的，我们在私下里做的事，与其他任何人都没有关系。

斯诺瑞很快就来了，一起来的是布约恩和布亚尼父子俩。卖空了一半货物的店铺关了门，他们在窗户上贴了张告示，仔细地写下了这样的话："希望号"已经到来！即将开业！他们登上船，迎接船上的人。斯诺瑞说：明天，我和小伙子们会带回来酥皮糕点，足够他们吃的，也许还会给他们带些别的好东西配糕点吃！

对斯诺瑞和那对父子来说，第二天早晨相当忙碌。食物准备好了，有鸟蛋——斯诺瑞买下了从海岸到西北地区农民手里的所有海鸟蛋，这些鸟蛋一直保存在冷库里；还有他们煮好后储存的肉、充足的水和饼干——一切条件下都能保存的饼干，坚硬，几乎没有味道。一大早，他们就把吃的带到了船上。太早了，蓝天在头顶安静地呼吸，生命像张开的臂膀一样欢迎他们。"希望号"在码头边几乎察觉不到地轻轻摇晃，得到补给，期待着回到大海的布里恩乔福尔船长也是一样。他们交谈着，船的桅杆在纯净的夏日空气中高高挺立。斯诺瑞拍了拍布里恩乔福尔船长的肩膀。船长在家里几乎没合眼，他躺在奥拉菲娅旁边，奥拉菲娅打了一阵子呼噜，放了两次屁，叹了很多声气，清晨四点左右还呜咽起来，不像是上了年纪、饱经风霜的大个子女人，却像个女孩，甚至像一只受了惊吓想念某个人的小狗。不久后，布里恩乔福尔起床了，走到船上，迎来了斯诺瑞在肩上温暖的一拍。斯诺瑞拿出个酒瓶，布里恩乔福尔喝了一大口，注意到了夏天的光明。然后，斯诺瑞和那对父子一起走向面包店。

在这阳光明媚的早晨，父亲和儿子等在外面，看着女人们把成捆的腌鱼解开，摊在列奥商店和贸易公司的晒鱼场上。他们都穿着破旧的衣服，脸上露出了一丝疲倦。身为母亲和妻子的托希尔德将近四周没起床。只是轻微的不适，她说，胃不舒服，不想动。他们站在那里，站在夏天的光明和宁静中。女人在聊天，在大笑。在这样一个早晨几乎不会感到忧郁，天空没有一丝云，父亲和儿子摆弄着磨破的袖口，斯诺瑞在买当下流行的面包，路过村庄的船只必备的面包。再来一点丹麦酥皮点心，不要太多，能让船员满意就好，他说，只要能让他们再起航时口中有甜美的味道。他笑着，不是大笑，却仍然是在笑。然而在德国面包店里，斯诺瑞的话引来的是沉默。他要买面包和点心，这平常的要求引来的却是沉默，然后一个店员的脸红了起来，另一个开口想说话，却又住了口，只是无助地看着同事。斯诺瑞立刻意识到了这一点，或许这也在他的意料之中。那么糟吗？他故意冷静地询问，然后又笑了笑。两个店员都点了点头。特里格维公司已经传出消息，说斯诺瑞无力还债，在他付清所欠的债务以前，或者更具体地说，在他一劳永逸地签字把公司移交给别人以前，谁都不能再让他赊账买东西。那个脸红的女店员咬紧了下唇，另一个店员往外面看，看到父亲和儿子紧挨着站在一起，仿佛希望在世界变黑暗时从对方身上获得力量。

斯诺瑞怀着心事站在柜台边，这是他有生以来第一次赊账时遭到拒绝，五十多年来的第一次。在他的记忆中，他一向受人信赖，从未想过不履行承诺，那样违背道德的事根本与他无关，绝对无关。正是因为可靠、冷静和谨慎，他才得到了他那个小店，那是他的工作、他的宇宙。但是现在一切都结束了。事情就这样发生了。情况起了变化，他妻子离开了，上帝带走她去为他服务，服侍上帝的人有时会背叛凡人。她离开后，一切变得更加困难，记账不易，黑暗难挨，他独自醒来，无人可以交谈。更重要的是，小公司面对大公司并不容易，与特里格维和列奥竞争很难，他们缓慢而笃定地夺走了他的客户。事情就是这样发生的，他太弱、太孤单，有太多无法应对的问题。好。斯诺瑞终于说。他用"好"这个重要的词打破了尴尬的沉默，两个女人叹了口气。好，事情就是这样，一切顺其自然，我当然应该意识到这一点，当然，而不该让你陷入这样不舒服的境地。然而我想，他从口袋里掏出一些硬币，说道，给我拿六块丹麦酥皮点心，我付现金，就像个绅士！女店员中的一个一言不发地把十块左右的点心放进袋子，另一个把硬币推了回去。斯诺瑞从袋子里拿出四块点心，把它们放在硬币旁边，微微笑道：我们按规矩办事。

父子俩从斯诺瑞的表情中看出发生了些事情，也注意到面包店给的袋子比他们期望的要小得多，但他们什么都没说，只是走向码头。斯诺瑞在冰库前停了下来，那是他在盖尔普特得到他的股份之前帮助修建的。他坐在有阳光的一边，示意父子俩坐在他旁边，然后拿出点心。他们坐在那里，面对着被咸鱼覆盖而变成白色的岬角，看着男男女女在昨夜的暴风雨过后打开成捆的咸鱼，把鱼摊开，把岬角变成天使的坟场。三个人嚼着点心，看着潟湖。人们计划今天把船正过来。斯诺瑞说。很好。当父亲的说。是的，龙骨看着不舒服。儿子说。太阴暗了。当父亲的说。就算不是黑暗吧。儿子说。父子俩吃完了他们的点心。斯诺瑞吃完他的那块点心，用手背擦了擦嘴，说：我破产了。他们都盯着龙骨。我失去了一切，斯诺瑞说，明天或后天，就会有别人拥有“希望号”和我店里剩下的东西。我不知道我会变成什么样子，他说，但我会尽力给你们找份工作。母亲的情况很不好。儿子说。她没有多少时间了。当父亲的说。我不知道。他加了一句，而后陷入了沉默。他们都陷入了沉默。然后斯诺瑞又从袋子里拿出三块点心。

XVIII

六月慢慢过去，夏季最早的船只从北方抵达，船上装着海鸟蛋。一些农场主不得不带着鸟蛋划很长时间的船，除非正赶上顺风，他们大多数人靠岸登陆的地方都离盖尔普特的房子不远，就在大街的尽头，然后他们用手推车把鸟蛋运到商人手中，一路上会把鸟蛋直接卖给生活条件较好的人家的女仆，能卖多少就卖多少。最新鲜的鸟蛋被煮了吃掉，不那么新鲜的鸟蛋会烤着吃，大多数用来做烤饼——在生活中，比加了黄油的热烤饼更好的东西不多。

男孩试着跟在卖鸟蛋的农场主身后，希望能看到内斯的比亚德尼，听到孩子们的消息，希望能有机会看到他的脸，说些关于哈加提的事，他们失去了他，那么善良的他。但是，直到六月过去仍不见比亚德尼的踪影，男孩肯定是错过了他，除非他去了斯雷图埃利，去了西格尔特那里，或许席杜尔再次把西格尔特绑住了？男孩一周要奔跑五次、六次或七次，现在他期待着早晨到来，期待着与安德雷娅和海尔加坐在一起，听她们聊天。安德雷娅现在开始用昵称叫他了，以前在渔民小屋里，如果除了巴尔特之外没人能听到她的声音，她就会用这些昵称：我的男孩、我的小虾、我的梦想家。今天我的梦想家过得怎么样？一天早晨她问。海尔加说：你为他找到了合适的词。我的梦想家过得怎么样？我梦到你是远方的公主，那里有树木、阳光和美丽的池塘；我是个勇敢的骑士，发誓我们一生为你而战。你为什么要为我而战？你如此美丽、如此善良，贵族和流氓都渴望拥有你，后者若有必要就会采取邪恶的手段。哦，如果那样，那你一定要保护我。你让我变成公主，你真是太好了，我这样平常的人，通红的手这么丑。梦不仅会告诉我们这个世界应该是什么样，男孩说，有时也会告诉我们，我们是谁。现在我们知道了，你其实是个公主，生活在一个阳光明媚的美丽国家。海尔加插嘴说：盖尔普特说的对，如果你失去了纯真，你可就危险了。

他们就这样度过了一个个平静而愉快的早晨，这是不停摇摆的生活天平上的砝码：一边是幸福，另一边是不幸，哪一边更重呢？安德雷娅经常睡得很晚，她盯着地下室的天花板，眼睛和手一样红。科尔本在黎明时起床似乎越来越困难了，他很晚才下楼，然后就像只紧握的拳头，或黑暗海洋上的一艘沉船。盖尔普特几乎每天都在村庄外面骑马，在她的脑海中，黑色的龙骨劈开了白天的光，也许她梦见了一只还没长大的猫躺在一个人身边，那个人靠她太近，淹死了。

我的梦想家过得怎么样？

我梦见你是树和阳光的公主。

我的梦想家过得怎么样？

我担心詹斯，我必须给他写信。我也想给巴尔特的未婚妻西格瑞特写信，我认为巴尔特会想让我这么做的，我永远不会忘记他，他就像我头上的天空。

我的梦想家过得怎么样？

我想念我的兄弟，他名叫艾吉尔，但我不知道他在哪里。

我的梦想家过得怎么样？

嗯，前天我遇见了莱恩海泽，那天阳光明媚，她骑在马背上，正如她说过的那样，在阳光下骑马兜风。她那样说时，我认为我应该是些什么，是马，是吹拂她面颊的风，但是时间到了，我什么都不是，几乎什么都不是，只是个站在大街上的人，不得不退到一旁给马让路，她和另外三个家境良好的女人在一起，散发着纯洁的气息，还有我们没有的一切，她们高高在上，却不会低头看我们。

男孩靠在房子的栅栏上，房前的花园里种了两棵小花楸树，他瞥了莱恩海泽一眼，仅此而已，然后就低下头，这才是他该做的。然后他想起了诗歌，或者说，似乎那些诗句像股强大的力量，在他的血液中奔流起来，那是他在吉斯利给他的一本杂志上读到的一首诗，一位美国诗人的奇怪诗句：我是身体的诗人，我是灵魂的诗人。男孩被这诗句迷住了，吉斯利却没有。太乱了，他说，缺少焦点，太松散了，只会分解成零散的碎片，不会对你有什么好处，别把时间浪费在这首诗上。然而，男孩所做的就是花费时间从美国诗人惠特曼的《草叶集》中抄下这首诗，诗集是艾纳尔·贝尼迪克松翻译的。没有押韵，一点押韵的痕迹都没有，只是有力的句子，充满不受拘束的不羁力量，还有些宏大的东西，其中包含着对更宽阔的天空、更广袤的大地的承诺。男孩站在篱笆旁，那里的两棵小树朝着光明伸开了躯干。他低下头，诗歌在他血液中奔流。你超过了其余的人吗？你是总统吗？/这算不了什么，他们每个人都不仅会赶上你，还会继续前进。我承载着过去事件的结果。在我身上栖居着未来。男孩抬起头，那些词语在他的血液里流淌，感染了他的目光，这是必然的。在我身上栖居着未来。他就那样直视着莱恩海泽。她神态自若，十足自信、骄傲、美丽，穿着装饰着白色蕾丝花边的蓝色连衣裙，头发上扎着条红色丝带。她让其他人黯然失色，绝对黯然失色。他们的目光相遇了，这不可避免。她微微张开嘴唇，好像需要更快地呼吸，他注意到她胸脯的起伏，她的乳房曾碰到他的身体，仿佛想告诉他一些事情。但是接着她就走了过去，那是最短暂的瞬间，男孩独自站在那里，喃喃地说：现在我和我强健的灵魂就站在此地。

XIX

商人斯诺瑞和“圣路易斯号”之间或许没有多大差别，这艘船终于被打捞上来，现在就在潟湖上徘徊，饱经摧残，令人怜悯。海水冲毁了船舱，那里的一切都会让人想到，船上的水手已经不见了。安德森船长——某人的情人、丈夫和父亲，在他的舱室里，和他的猫一起耐心地等待，身边是大海毁掉的文件、书籍和海图。安德森和猫被埋葬到我们的公墓里，只能说是匆匆埋葬。那只不幸的猫也在公墓中得到了一个位置，伯瓦尔德牧师对此并不知情，否则自然会加以禁止，或者会寻求自己的方式，老生常谈地在布道中讲述我们如何归于土，并从土中复活，或许会成为天使或其他美丽的东西，没有了躯体的束缚，不用再拖着沉重的肉身生活。他们把船长的大手放在小猫身上——这很好，不会那么孤独。如果没有这只小猫，约翰·安德森不会听说升入天国的事，这只猫是他女儿特意为他挑选的，因为在他出航时她总是很想念他，现在她的失落感将永世与她相伴。小猫和男人就这样一起走了，一起淹死，进入地下，也有望能一起进入永恒的疆域。永恒肯定在某处等待我们，为我们准备好了一杯咖啡、一幅美丽的景色，还有给小猫的一碗牛奶。

遭遇大难的"圣路易斯号"在潟湖上摇晃，一副可怜的景象。死亡之船，可怜但并非无利可图。英国的供应商出钱雇了木匠，对这艘船进行维修、清理和翻新，让它恢复到可以航行的状态，新雇用的船员已经上路。有人说，盖尔普特又有新的船长了。死去的情人没什么用，看得出她需要很多爱，这是真的，很清楚，没错，只要看看她的嘴角，很明显，没错，我一直说，只要有可能，她就会成为邪恶本身。你怎么知道她不会让他经常占有她，在外面的草丛里，傻子一样地占有她？有人在深思后补充说。"圣路易斯号"的修理工作正在进行，木匠让它重归原样，特里格维商店和贸易公司的助手也加入进来，他们看到，盖尔普特几乎每天都骑马沿着峡湾奔向图恩古达勒，再从那里上坡奔向其他峡湾，哪怕下着雨、刮着令人厌烦的风。他们会放下手中的工具，目光尾随着她，说出关于她的这些话。当然，她骑得很快，跨坐在马背上。他们某个人会揉着眼睛说：她的双腿已经摊开了，在干燥的天气里，她的黑发就像乌鸦翅膀一样在头上飘动。自从那场风暴让船倾覆，终结了水手和小猫的生命之后，她就很少待在家里了，差不多每天都要骑马出去。有些人遇到她会跟她打招呼，不会躲避她，却得不到任何回应。她直视前方，身体随着马的奔跑起伏，有弹性地起伏，甚至显得高贵威严。这难以否认，在“圣路易斯号”甲板上干活的那些人嘟囔说，然后又会加上一句，魔鬼给他自己弄了件好东西。

男孩从汉森的田地里把马牵出来，给它喂了一些面包，然后从罗翰恩那里拿了马鞍，快速跑回房子，几乎是一路奔驰。他很难不这样做，即使行人不得不匆忙躲避，在他背后大声咒骂。他能感觉到力量的存在并与之融为一体，这真是太奇妙了。盖尔普特走出门，对他微笑着表示谢意，她也许会靠在马身上，让男孩说几句话。在这样的时刻，就好像他能接近她，就好像他被获准成了她生活的一部分，她若不是彻底不再有戒备心，就是放松了警惕，变得脆弱。她询问大事小情，就好像大小之间没什么区别。男孩说话时，马偶尔会咬男孩一下，仿佛是要提醒他，它喜欢面包，男孩可以再多给它些面包。男孩抓挠着马的耳朵根。他说了太多事情，甚至是他从未提过的事。他鼓起勇气问起她的故乡、她以前的生活，但盖尔普特巧妙地避开了这些问题，继续提出她的问题。一次男孩背出了惠特曼的那首诗，他记得的诗句，相当长的诗。这首诗很好，她说，与众不同，谢谢你背给我听。吉斯利不喜欢这首诗，男孩说，他为此感到困扰。她骑上马，说道：吉斯利来自那种家庭。她低头看着男孩，他以前从未见过这样黑的眼睛，而他也说出了这样的话：我以前从未见过这样黑的眼睛。像冬天的夜晚？她问。是的。他说。然后他意识到自己又说了一句：它们也像时间。他自己都不太明白为什么要这样说。盖尔普特俯身摸了摸他的头发，然后骑马离开，骑得很快，冲向峡湾。她的头发像乌鸦的翅膀，她的眼睛像时间一样黑暗。几个人站在“圣路易斯号”的甲板上，对盖尔普特品头论足。

修理损坏的船舶并不困难，所需的只是熟练的手、材料和资金，而特里格维商店和贸易公司拥有这一切，或是控制着这一切。当然，它并不直接拥有木匠的手，尽管它可能会拥有，几乎可能。修理一艘船并不困难，只是要花些时间，不过很少超过几周，在这种情况下是两到三周。不幸的是，要让困窘迷惘、千疮百孔的人恢复原状可不那么容易，坦率地说，即使是最优秀的多面手也做不到，就算有好闻的木头和上好的螺丝钉也没用。是的，哪怕金钱也做不到这点，尽管拜金是世上最广泛的信仰。正因如此，我们完全可以说，斯诺瑞比“圣路易斯号”看起来更惨。毁掉他的不只是一场短暂而猛烈的春季风暴，还是时间本身，是一年年流逝的、无数沉重黑暗的时刻，是他一生中的事件：妻子、上帝、失望、孤独。他整日坐在几乎空荡荡的房子里，目光茫然，弹奏着他家中有幸拥有的风琴——但他登上“提拉号”，用了几天航行到雷克雅未克时，无法带走风琴，只能留下它面对不确定的命运。他一分钟都支撑不下去了。特里格维手下的人说。他们把斯诺瑞无力偿债的消息传播开去，下令不允许他赊购任何东西，对此很少有人敢反对。他主要欠的是特里格维商店和贸易公司的债，很多年了，时间太久了，他的大部分资金都是借的，他卖的商品得不到多少利润，甚至没有利润，他不得不为此付出高昂的代价。特里格维的记账人哈格尼说，有些人不适合做生意，因此最好在他们把别人一起拖垮前和他们脱离关系。斯诺瑞的几个最忠实的客户已经过得非常糟糕，不得不与特里格维建立新的业务关系，并且陷入负债的困境，没有真正的机会去解决问题。斯诺瑞起床很晚，状况不佳。他睡得断断续续，在他那张黏糊糊、经常湿漉漉的床上辗转反侧，在梦里用他的风琴演奏那些两百年前的乐曲，不再费心调音。他为什么要调音呢？生命，那伟大的乐器，既没有圆润动听的声音，又没有被上帝调好音。

说实话，他们是该死的混账。来自索多玛的玛尔塔说。她最近每天都会去看斯诺瑞，试着劝他吃点东西，希望他听一些来自欧洲南部的古老音乐作品。我不明白，斯诺瑞说，你为什么要把时间浪费在我身上，我知道，你有很多事可做。现在是夏天。他又说，就好像这是必须指出的一点，毕竟在外面，阳光和腌鱼的气味直冲天空。玛尔塔说：我不会让这些流氓连打都不用打就干掉你，除此之外，我还欠你很多。欠我的？他十分惊讶地问。说什么呢，你从来没欠过我什么。玛尔塔微笑着，梦幻般地盯着商人。斯诺瑞有些尴尬，一时间以为这位大大咧咧、坚定健壮的女店主可能受到了他的吸引。他笨拙地看着自己放在风琴键盘上的手。是这样吗？他说，最后他终于明白了她的意思，于是弹了一小段曲子给她听。

偶尔，海尔加会叫男孩或安德雷娅给这个垮掉了的商人送点小东西：面包、咖啡、海鸟。其他人也会拜访斯诺瑞，尽管来的人比他尚能自立时少得多。厄运来临时朋友的真面目才会显现出来。玛尔塔给他做饭，诅咒特里格维商店和贸易公司，诅咒那些消失了的朋友。他们认为自己做的都对。斯诺瑞说。不清楚他指的是公司还是朋友，也许兼而有之。他拍着玛尔塔的肩膀，以此平息她的怒气，或许也是以此感受另一个人的存在。如果我们永远没机会触碰别人，那就太惨了，就好像我们的指尖会枯萎，变得毫无生气，犹如那些木乃伊。

也许正因如此，盖尔普特才在离开前伸手弄乱了男孩的头发。她弄乱他的头发，和他说几句什么，然后策马奔向峡湾，骑进山谷，到达积雪越来越少的荒地。骑马离开，与房子外面的人一句话都不说，仿佛她什么都不在乎，因为那个外国水手，那个船长和一只小猫一起淹死了。她毫不关心生活，不关心她的生意。这是不是可以很好地说明，女人多么不适合做生意，不适合采取明确行动，不适合管理事务？这说来令人伤心。女人当然知道如何去爱，爱是华丽高尚的，她们比男人更知道如何去爱。正因如此，她们无法在深思熟虑后做出决定，比如说，她们会因为悲伤、亲吻、小孩子的咿咿呀呀而失去理智。情况就是这样，你不能改变自然规律。

特里格维商店里的店员，大胡子古纳尔，靠在柜台上，与两位忠实的客户聊起了盖尔普特，说到了关于女人的这些事情：她们更擅长付出感情，而我们男人更擅长记账、管理、做出强硬的决定，为此我们应该感恩。其他人表示同意。盖尔普特骑马融入阳光和夏日，融入平静或刮风的天气，晴天或下雨天，独自一人，带着悲伤和失落，或者任由魔鬼和小恶魔把她带走。真混账。在“圣路易斯号”上干活、尽职尽责做杂事的人说。斯诺瑞弹奏风琴，辗转反侧，无法入睡，期待来一艘船把他带走。他彻底被打败了，破产了。他似乎不太想外出，屈辱让他弯下了腰，他害怕会遇到那些可怜的苦命人，他的破产让他们最终落入了特里格维公司的魔掌；他害怕遇到“希望号”上那些水手的妻子或孩子，那艘船虽仍为他所有，但只是名义上的拥有。他重重踩着风琴踏板，不明白为什么特里格维的公司没把这艘船作为债务抵押品扣下来。也许福里特里克正等着特里格维，他会在适当的时候到来。此时，他也许正在自己的船上，在冰岛和丹麦的中途，还是那艘老式的漂亮帆船，除非他又买了一艘蒸汽船。福里特里克可能希望让特里格维得到这艘船，这个商人早就看上这艘船了，既因为它名字好听，也因为它捕鱼时运气好，这让特里格维手下的人不太高兴。斯诺瑞终于偷偷溜出家门，在那之前几个小时，盖尔普特骑马走向峡湾，她刚听到一首美国长诗：你是国王吗？这算不了什么。斯诺瑞脸色苍白，弯腰驼背，样子畏畏缩缩地来到哈格尼那里，付清了受他破产影响最严重的五个家庭的债务，这些破了产的家庭都生活在旧街区。就是这样。他没说钱是从哪里来的，不过很快就有了传言，或许是玛尔塔传出去的。玛尔塔从斯诺瑞的口中得知，那天早上，盖尔普特的记账员罗翰恩带着现金拜访了这位一败涂地的商人，提出要买“希望号”，价格当然比市场价略低，但斯诺瑞对价格并不在乎，他同意达成这笔交易，目的是解开套在那五家人脖子上的绞索，或许也是为了回击福里特里克，刺激他一下。我终究无法超脱。他带着一丝微笑对罗翰恩说。

斯诺瑞的刺激很有成效。福里特里克很不高兴地得知，“希望号”在最后关头被人从他手里夺走了，而且是被盖尔普特夺走的，她利用了斯诺瑞的绝望，以折扣价获得了这艘船。这个心肠冷酷的婊子，说不准也从魔鬼那里得到了银子。真让人痛苦，特里格维肯定会不开心。福里特里克发了脾气，一个头脑紧张不安的记账员带来了这个消息。他们谁都没提过会面的情形，所以我们不知道福里特里克有什么反应。有人说他把书桌上的东西全都扫到了地上：墨水瓶、笔、文件、档案；有人说他的尖叫声简直要把哈格尼的头都震掉了。那只是道听途说，人们的猜测而已。

但我们知道，福里特里克拿出了他去年冬天收到的一支手枪，那是一名外国船长送给他的礼物，六发式左轮手枪，他对着墙打光了所有的子弹。人们听到了枪声，尽管谁都不确定有多少声枪响，但他的确是开了枪，墙上有子弹孔，我们绝对听到了枪响。在这里的山下，枪击不是每天都发生的事。

XX

如果上帝是坦诚的，他会狠狠踢他们的屁股。

男孩带着吃的来找斯诺瑞时，这个一败涂地的商人正和玛尔塔站在他的商店的门外。特里格维的人已经通知斯诺瑞说，一个能替别人还债的男人，肯定能在别的地方找到住处。

换句话说，斯诺瑞已经被赶了出来，手里只有几本书、乐谱和儿子的照片。如果上帝是坦诚的，他会狠狠踢他们的屁股。玛尔塔对男孩说。他们要去世界尽头旅店，斯诺瑞失去了活下去的愿望，完全无动于衷，男孩看着他们走远。斯诺瑞瘦了很多，瘦成了一根琴弦，生活在上面弹奏着悲伤的歌，而玛尔塔就是生活本身，是生活的一个惊叹号。

男孩慢慢往回走，心里想着詹斯。玛尔塔问起了詹斯，问他感觉好不好。男孩回答说：他回家了，我打算今晚给他写封信。玛尔塔走向旅店，斯诺瑞跟在她身后，像一艘失事的船。听到男孩说要给詹斯写信，玛尔塔说：詹斯讲的每个字都像是不得不被人从嘴里拖出来似的，有时就好像他没有嘴，但我想念他，你可以告诉他，我昨天看到了新邮差，他没什么特别的，他几乎什么都不是。

我今晚回到房间后就会给他写信，我真的必须写信了，男孩想。他走过学校，看了一眼楼上的窗户，视线与比亚德尼相遇了。比亚德尼是油漆匠兼助理教师，手里满是特里格维公司的订单，要给公司的所有船只刷漆，并且要在特里格维抵达之前完成工作。他们短暂地对视。男孩想，能刷漆，能用刷子和色彩来描绘世界、山脉和光，这肯定能带来满足感，跟他聊聊斯雷图埃利的圣坛也许会有意思，也许可以漫不经心地顺便告诉他，自己曾和维格福斯一起看着那幅画，他会说，你记得维格福斯吧，船上的一个使徒，然后他还会说，有个女孩就跟他们在一起，那只是为了能够说出来，虽然不会提到她的绿眼睛、红头发。那么红的头发，穿山越岭都能看到，比人的生命还要浓、还要密，又怎么画得出来呢？谈这件事会很好，男孩想，或者说这些想法在他头脑中闪过，他渴望与比亚德尼聊一聊，能与一个不仅仅想着鱼和平凡事物的人交谈，这让他感到与窗前的油漆匠心意相通。男孩笑起来，举起左手打招呼，比亚德尼举起右手，一下拉上了窗帘。

我可能不该和他打招呼，男孩边想边对走在街上的一个女人微笑。那是住在贫民区的斯万蒂斯，将近四十岁，样子比住在那里的其他人年轻得多。多年前，她失去了自己的孩子，一个两岁的男孩，于是她的头脑崩溃了，她经常从早到晚在村庄周围徘徊，仿佛在寻找某些无法找到的东西，而且不管是什么天气，她身上通常只穿着件破破烂烂的连衣裙。上星期，男孩责骂并赶跑了四个十来岁的男孩，他们跟着她，嘲笑她并朝她扔石子。我的男孩啊。男孩把原本给斯诺瑞准备的食物送给她时，她抚摩着男孩的脸颊，说道。他接受了她的吻，脸颊上冰冷的吻。

男孩走近玛格努斯商店时，看到一群来自丹麦船只的水手在抽烟。水手们在靠近男孩时停下来，男孩犹豫了一下，感到焦虑。不过引起他们注意的不是男孩，而是卖鸟蛋的农场主的吆喝。他和他儿子沿着海洋大街走下来，两人一看就是一家人。他们推着装满鸟蛋和死海鸟的手推车，两人都弯着腰，这是居住在北地的人世代相传的习惯，因为斯川迪尔地区的这些男人在悬崖上寻找鸟蛋，陡峭的悬崖并非没有危险，他们身上拴着绳索下降到有鸟蛋的地方，如果岩石砸到他们头上，他们再被拽上来时就死掉了，把生命留在悬崖上，把记忆和渴望留在鸟叫声中。那个地区的住所破烂低矮，成年人在里面无法直起身子，这就给他们打上了标记，他们总是弯腰驼背，看起来就像是过于尊重生命和上帝，乃至无法挺直身子——是的，他们就那样弓着身子，走过幸福的阳光、平静的天气，走过黑暗、肆虐的风暴；他们弓着身子，但是很多人又像鞭子一样强硬。父亲和儿子带着鸟蛋而来，他们来晚了，很可能是本季最后一批卖鸟蛋的人，他们不知因为什么耽搁了，只能希望鸟蛋没变质。他们怀着希望从家乡启程，带着等在家里的人的愿望清单，要从贸易公司买点小东西。农场主在去往列奥和特里格维商店的路上，时不时地吆喝着：来买鸟蛋，上好的鸟蛋。但他知道他来迟了，商店会少付钱，这是供求规律，所以他吆喝着：来买鸟蛋，上好的鸟蛋。有时候还会加一句：新鲜的海鸟。他希望能直接出售自己的产品，口袋里能多得一点钱。新鲜的海鸟。他吆喝着，尽管看不出一只死鸟有什么新鲜的。死亡从来不是新鲜的，通常只是无情和无趣。丹麦水手叫住他们，挥手让父子俩回来，两人加快脚步，感到自己运气太好了，儿子的嘴角似乎出现了一丝微笑，虽然这种肌肉运动在父亲脸上藏得更深。他们有理由高兴——这是一大群水手，他们会用现金支付。多么幸运的一天啊！现在回家会很愉快，或许儿子正想象着他那些满怀期待的弟弟妹妹，上帝帮助我们，这可能会是难忘的一天。别那么快，男孩听到农场主声音沙哑地对充满渴望的儿子说，他也是这样做的，街上有很多石头，如果他们走得太快，绊倒在石头上，鸟蛋会从手推车里飞出去，就会变成令人痛苦的不幸了。男孩边走边停，看着发生的事。丹麦人挑选鸟蛋，农场主告诉他们怎么检查鸟蛋是否新鲜，把鸟蛋拿起来，对着太阳去看蜷曲的手指间的鸟蛋。新鲜的。他大声说。丹麦人拿出钱，太阳又黄又大，天空如此美丽。

不过后来的事实证明，他们不是这个夏天最后的鸟蛋卖家。

男孩走向盖尔普特的房子，他的避难所和庇护所。他仍在想着农场主儿子脸上的表情，无论怎样掩饰都在脸上闪耀的欣悦。他还想着斯万蒂斯的脆弱无助，完全沉浸在自己的思绪中，肩膀耷拉得比斯川迪尔地区的人都厉害。他不知不觉就走到了房子前面，差点走过了。这时，他又遇到一个卖鸟蛋的。他只是觉得有人在那里，仅此而已。但是，当他从房子边走过去时，头脑突然清醒了。他环顾四周，看到了背着一筐鸟蛋、在那里蹒跚而行的一个农场主。这个农场主孤独一人，不叫不喊。他安静地走着，直直地凝视前方。男人走过去时，男孩认出了他的背影，不过他过了一阵子才恍然大悟。这个男人出现在这个村庄里太让男孩惊讶了，就好像遇见了来自另一个世界的人。他就是内斯的比亚德尼。他从遥远的海湾而来，从北极海而来，远远地离开了他的四个孩子，他那条与冰岛事务部长同名的狗，他那卧床不起、显然不知道要如何死去的母亲。比亚德尼。男孩平静地、犹豫地叫道。但他继续摇摇晃晃地往前走，直到男孩第三次叫出他的名字，差不多是喊出他的名字，他才停下来，瞪着眼睛，好像有些迷糊。他把沉重的鸟蛋筐放在地上，慢慢转过身来。

自从他们上次见面之后，整个世界都消失了，那时他们在一座山的边上，在一具棺材前互道再见，一侧是北极海，另一侧是荒野，四周是黑暗的地平线。突然间，对哈加提如此鲜明的回忆让男孩感到震撼，他几乎崩溃了，几乎要在街头、要在明亮的日光下放声哭泣。他们之间有段距离，男孩走了几步，但是没有再走下去，而是给比亚德尼和他自己留下了空间，现在他们之间隔了三四米。夏天的太阳悬在空中，六月的光辉恒久存在，空气中弥漫着咸鱼的气味；远处传来人们干活的声音，女人在清洗晾晒咸鱼，男人在卸货，声音一路传了过来。你有鸟蛋。男孩最后开口说。他这样说是因为，人们在不敢询问已有绝对结局的事情时，会很自然地先把明显的事用语言表达出来。你难过吗？孩子们活着吗？你很想念奥斯塔吗？是的。比亚德尼以此回答了所有问题。我估计哈加提还没回来吧？男孩不再只讲明显的事。没有。比亚德尼说。一点都没有他的消息吗？没有，我们失去了他。比亚德尼什么都没说，只是盯着男孩。男孩鼓起勇气说了下去：詹斯反复吹号角，我们喊了又喊，但是没用，我们几乎听不到自己的声音，几乎看不到彼此。你妻子奥斯塔……我知道。比亚德尼说。这让男孩松了口气，尽管他不明白比亚德尼的意思，不明白他究竟知道什么。她从爆开的棺材里站出来，像方向标一样站在他上方；她一直在他头脑里，威胁他，嘲讽他，粗鲁而又残忍，对他哭泣，比亚德尼知道这一切吗？不，不会知道，不过另一个事实是，有时你不知道发生了什么，却明白一切。生活并非难以理解，只是无法解释。孩子……孩子们好吗？男孩问。他们在家。好的，在家，这不错。你带着鸟蛋要去哪里？去列奥的商店。你来得太晚了。可能。这意味着你得到的钱会更少。可能。你还要带着鸟蛋筐往返几次？我想是四次。我住在这里。男孩用拇指指着大房子，说道。比亚德尼瞥了一眼房子，然后低头看着鸟蛋。你想喝咖啡吗？男孩有些激动地说。他不想失去比亚德尼，一点都不想。咖啡，比亚德尼感叹道，为什么？我不知道，男孩承认说，但你给过我咖啡喝。那不一样。也许海尔加会愿意从你这里买鸟蛋，男孩又说，这个想法让他很高兴，她会比列奥的手下多付些钱，而且是付现金。

离海尔加那里远吗？离喝咖啡的地方呢？

我们就站在她的房门前，我说过啦。

那好吧。

好。男孩说，他就是觉得这样很好。我们进去吧。男孩说。走前门？比亚德尼停在那里，俯视着鸟蛋，问道。这更好。男孩说。怎么会呢？不然我们就会穿过咖啡馆，那里肯定有不少人。这里人太多了。比亚德尼几乎绝望地说。这是真的，男孩表示同意，不过几乎是不由自主地补充说，不过还是不够多。

海尔加买下了筐里的所有鸟蛋。这是从内斯来的比亚德尼。男孩说。从内斯来的。海尔加惊讶地重复了一遍，她甚至可能感到惊慌，但是隐藏得很好，男孩则点了点头。海尔加付了钱，出价公平而合理，不想让比亚德尼感到不安。她数出硬币，比亚德尼点头表示感谢。安德雷娅煮好了咖啡，开始冲洗鸟蛋，很高兴能有事情要做，有时家里似乎人手太多，工作太少。奥拉菲娅和奥斯劳格一起来到了咖啡店，这位四十岁的女子就要在盖尔普特这里工作三个夏天了，她是造船技工的妻子，受不了盐水和洗鱼桶的湿冷，而且她还要给九个月大的小儿子哺乳，她六岁和八岁的两个女儿每天会把他抱过来两次，她们表情倔强，因为几个男孩一路上都会跟在她们身后嘲笑喊叫：母亲当母牛，感觉怎么样？奥斯劳格把孩子们领进厨房，给他们些东西喝，女孩子们吮吸着海尔加给的硬糖，甜甜的味道让她们的表情缓和下来。如果没多少事情要做，女人们就会围在厨房的桌子旁，海尔加、安德雷娅、盖尔普特、奥拉菲娅，一起看着奥斯劳格胸前的小男孩，静静地看着，各怀各的心事。

幸运的是，男孩和比亚德尼走进来时，奥斯劳格不在厨房，她在外面的咖啡馆，和奥拉菲娅一起照顾顾客，而安德雷娅已经洗完鸟蛋，感觉不太舒服。培图尔昨晚和她在一起。

培图尔一周前第一次来到这里，悄悄走进当时几乎满员的咖啡馆，看到一个角落里有个空座位，于是轻手轻脚地走过去，双手放在膝盖上坐在那里，看着她或看着自己的腿。他怀念大海。从钓线上抬起头，看到无边无际的灰色海洋，那是多么自由啊！各种问题都变得遥远，一切都变得渺小。安德雷娅没有立刻看到培图尔，要做的事情很多，咖啡、啤酒、烈酒、面包、汤，她忙着，专注于工作，倾听着，有时面带微笑。培图尔看着她，不再想到大海。他看着她，心里有些东西在颤动，让他变得柔和，但他仍然带着坚强、严肃的表情，坚定不移。这是他应该做的，一个人什么都不该放弃，但她为什么不在他身边那样微笑呢？她经常如此，巴尔特和那个男孩在渔民小屋时她就会笑成那样，否则就不会笑。为什么？培图尔的双手在膝盖上攥紧又松开。他在咖啡馆里认出了三名水手，但假装没注意到他们。他们朝他看过来，一次、两次、三次，他们低声说着什么，但是不敢先过来和他打招呼，这个以捕鱼闻名的船长一向强硬。培图尔微微摇了摇头，似乎是要让头脑清醒些。咖啡馆里的喧闹声让他头昏脑涨，主要是外国人噼里啪啦的外国话，完全无法理解，不过说来说去，什么时候人能理解另一个人呢，哪怕他们说的是同一种语言？你把鱼从深海拽上来的时候可以理解它们；你可以理解绵羊，不论它们是在羊圈里还是在旷野中；你甚至可以理解大海。但是一个女人一会儿像条鱼，一会儿又像只蝴蝶，谁能理解她呢？培图尔看着自己粗糙的、带着疤痕的手掌，抬起头时恰好与安德雷娅四目相对，她端着四杯啤酒。你在这里。过了无数分钟之后，她有时间走到他身边时对他说道。她鼓起了勇气走过去时，把手使劲插在围裙的口袋里，像压抑尖叫声一样将它们塞进口袋。是的。培图尔稍稍直了直身子，说道。他个子很高，乍看起来不是特别强壮，但他长长的手臂拥有无穷的力量。古特伦在照顾你吗？古特曼杜尔和我一致认为这不是个好主意。什么不是个好主意？让他女儿在我的渔民小屋里度过很长时间。你的意思是你和古特曼杜尔互相说过话吗？安德雷娅问道。她太吃惊了，连放在围裙口袋里的手都停止了颤抖，那是十二年来两人第一次交谈啊！人们不需要讨论就能达成一致。培图尔说，嘴角微微有些僵硬。我找来个乡下女人。他终于说。安德雷娅静静地站在那里，双手深深地插在围裙口袋里，仿佛她根本不在乎。你终于这么做了。是艾琳博格。那就不会太整洁了。安德雷娅说着几乎大笑起来。她以她的方式努力干活，做了最重要的事情。安德雷娅什么都没说。于是，他又加了一句：她没有用胡思乱想填满头脑。这很好，培图尔，她会和你一起去腌鱼棚吗？去腌鱼棚？培图尔惊惶地喊了出来。她的身体柔软丰满，从不害羞。安德雷娅边说边笑，笑得培图尔不知所措。培图尔咽了咽唾沫，无计可施。这世界是怎么了：商人迫使人们卖鲜鱼；英国拖网渔船以蒸汽为动力拖上来一船一船的鱼，掠夺冰岛渔场，完全无视土地法，就仿佛法令不存在，他们甚至在峡湾内捕鱼，越过所有的小船；一个男人的妻子会说这样的话：世界要走向何方？身体柔软丰满，从不害羞。艾琳博格的模样在他脑海中浮现出来，她那坚定的、近乎激烈的动作，她宽宽的臀部、大大的屁股、圆圆的嘴，她从来不向任何人索取任何东西。培图尔好像突然被什么猛地击穿了，眼里冒火，刹那间坐不住了。然后，一切都结束了。培图尔不安而犹疑地看着安德雷娅，她以前从来不会这样讲话，她从没这样过，但她也从来没有离开过他，这种可能性从来没存在过。人们不会离开对方，健康的人都不会离开，他们只是死去，对此没什么可说的。培图尔看着她，想让自己愤怒，因为离开的人是她，改变的人是她，不是他。他还是他。人为什么会变？这不是背叛或软弱吗？他为什么会坐在这里，就像，就像个乞丐？他从来没做过错事。他完全是正确的！

你什么时候回来？培图尔问。他把手翻过来抓住膝盖，他有双大手。我给你拿点什么？这毕竟是家咖啡馆。我为你而来。培图尔说。我在工作。安德雷娅说。你是我妻子！培图尔，我不知道我是谁。我告诉你了，我刚说过你是谁。我需要工作。安德雷娅说。你在这房子里，我不喜欢。你不喜欢？人们都在说那个女人的坏话。他们所说的会落到他们自己头上，把我们加在一起，也只有盖尔普特一半好，她敢过自己的生活。什么东西跑到你脑袋里了？什么鬼跑到你脑袋里了？培图尔低声说，然而情绪暴躁。他们两人说话的声音很小，在一片叽里咕噜的外国话里刚好能让对方听到。我不知道。安德雷娅回答。人们不理解你。培图尔说。他们敢跟你谈论我吗？谈论，谈论，你认为一切事情都需要说出来才能得到理解吗？安德雷娅望向一边，看到了海尔加的目光，探询的目光，于是微微笑了笑，摇了摇头——她用微笑和摇头表示她会处理好。让安德雷娅欣慰的是，男孩正和赫尔达一起在房间里学英语，如果他们两个见了面，很难说培图尔会有什么反应。很高兴见到你，培图尔，替我问候雅尼和格文德尔。

培图尔站了起来。他好高啊！他戴上帽子，似乎想说点什么，却什么都没说，不敢说，不想说。你是我妻子。他这么说只是为了说点什么。两天后他又来了，坐下来，看着她，没和她说话就离开了。她想都没想就给他端上了咖啡，仿佛是出于习惯，习惯可以让生活美丽而又缺乏创意。然后他走了，踱着方步走回渔民小屋，步子迈得很大，让人知道他正走过去。他吐了口痰，使劲清了清喉咙，又吐了口痰。屋里的艾琳博格沉默下来，她低沉的声音陷入平静。也许她正在谈论培图尔和安德雷娅，因为他走进去时每个人都低下了头，而他无能为力，只能握紧背在身后的拳头。

接着他又来了第三次，就是刚过去的晚上。那晚过后，男孩带来了卖鸟蛋的农场主比亚德尼，当然男孩已经给他们讲过这些人。死去的女人，消失在暴风雪中的农场工人，与狗一起生活的孩子们。男孩与卖鸟蛋的农场主一起走进来，他曾非常深入地描述过这个人，因此安德雷娅感觉就像见过他，就像他们已经相识了。培图尔第三次来时没进咖啡馆，而是在海洋大街的角落等她，等了多久她不知道，不过他身上湿透了。下雨了，他在等她，身上湿透了，脆弱得让人感到奇怪，她感觉到了，他们说不出一个字，她看到他时放慢了脚步，然后他们默默地走在一起。不过，他们该说些什么呢？他们之间发生了一些不可理解的事情，这是不可思议的。她允许他陪她走回住处，让他进了大门，走进地下室，因为他湿透了，像是完全变了个人，可是在室内就太不一样了，不再处于户外的天空下，不再处于群山、房屋和众人中间。在地下室里，他们之间的距离太近了，要说什么就很难了，而要掩藏起手和目光就更难了，她甚至连咖啡都没法煮，尽管煮咖啡非常有助于他们交流。我只是在这里睡觉。她说，就像是在解释为什么房间这么简朴，只有一张小床、一把朴素的椅子、小镜子、洗脸盆、夜壶和两本书：一本是英文教科书，一本是男孩给她选的俄罗斯小说。墙上还有两张小画片。你需要开心些。海尔加说完，把那两张画片递给她，国外的画片，来自幻想世界的小小片段。培图尔站在那里，身上又冷又湿，在这个小房间里更显得高大笨拙，然后他犹豫地坐到小床上，心不在焉地拿起英文教科书，马上又放了下来，好像烧到了手一样。安德雷娅扭头朝别处看，假装没注意到他。之后她也在小床上坐了下来，两人相距不到一臂的距离，手放在腿上，心不在焉地休息。有人从他们上面走过，天花板吱吱作响。一个女人在厉声说话，一个小孩哭了，片刻后又笑起来，而他们就坐在那里，中间隔了不到一臂的距离，还有略长于二十年的距离。我只是在这里睡觉。她又说了一遍。是的。他说。我六点去咖啡馆工作，在那里一直待到八点钟。八点，哦。哦，八点。

那是十四个小时。

是的，十四个小时，有很多事情要做。

我们捕到了一网网的鱼。

是的。

他们想迫使我们卖鲜鱼。

是的。我知道。

他们是吝啬鬼。

是的。

我不会把艾琳博格带到腌鱼棚。培图尔说。他说得那么响亮，连自己都没想到。你不会，我没觉得你会那么做。安德雷娅淡淡地笑着说。他把右手放在她的肩膀上，他们就这样坐在那里。然后，她看着他。你在发抖。她说。没什么，只是衣服湿了。这不好。她说，然后站了起来，开始快速揉搓他的肩膀和胸部，想让他身上暖和些，然后他举起长长的手臂，紧紧抱住她，紧紧把她按到怀里，紧紧抱着她，头紧紧靠着她的胸脯，吸入她的气息、她的味道——那渗透了他的生活的熟悉味道。熟悉会让世界变得更加可靠，但她身上也有一种新的气味，全新的气味。他探询地闻着，她静静地站着，静如石头，接着他站起来，比她高大得多，而且更强壮，她知道他双臂的力量。她躺在床上，他脱下湿衣服，让人难受的湿透了的外衣，把她的内裤从海尔加给她的蓝色连衣裙下面拉出来，那衣服的料子柔软而温暖。培图尔用手抚摩衣服。真柔软。他声音沙哑地说，但安德雷娅什么都没说。他笨拙地亲吻了她的脖子，这样做让他不太习惯，然后他拉起她的裙子，压到她身上。她不假思索地分开双腿，他轻声呻吟着进入她的身体，用他那大家伙冲进去。他总会弄疼她，除非她躺的位置正合适，因此她在他身下调整体位，想让自己舒服一些，而这让他更加冲动。他抓住她的胳膊，把它们摊开，用力压着她，拼命把她压进床垫，就像把她禁锢住了，他像雷霆一样冲击着她，她则盯着天花板，一心一意去数木头的结节，把注意力全都集中在那些结节上面，仿佛她离开了自己的身体，仿佛躺在这个气喘吁吁的狂热男人下面的身体与她毫无关系，唯一有意义的就是数木头的结节。他冲着床垫发出一声叫喊时，她已经数到了十九。

安德雷娅很快就把比亚德尼的鸟蛋擦干净了，或许太快了，因为现在她没什么可做的了，现在咖啡馆里不需要第三个人干活。比亚德尼坐在桌旁喝咖啡、吃面包，他礼貌地表示不吃酥皮点心。好啦，好啦，对你有好处。海尔加边说边把糕点推了过去，比亚德尼不敢拒绝，吃了口点心，瞥了一眼安德雷娅，她迅速小心地把鸟蛋擦干净。培图尔今天不来，不，或许明天也不来；他对着床垫发出叫喊，她感到温暖的精液进入身体。十九个结节，她想。他从她身上爬起来，呼吸轻松些了。她不得不找点东西来擦身体。这精液从来没点燃过生命，我想是我的错，她想。她撩开垂到脸上的一缕乱发，注意到比亚德尼在看她，仿佛是巧合。培图尔边穿衣服边开心地说：你夏天在咖啡馆工作可能挺好的，或者说在我们停止捕鱼以前，在两个星期内。这年月人们总觉得需要时常改变，我们生活在这样特殊的时代。是的。安德雷娅说。很快就得把艾琳博格送走了，这真糟糕。培图尔又说。是的，亲爱的培图尔。安德雷娅坐在床上，已经把身体尽量擦干净了。培图尔站在她面前，如此高大。

他明天或后天会再来，并向床垫发出叫喊。他是个好人，安德雷娅想，他以他的方式做个好人，他诚实，对每个人都好，他从来没伤害过我，他一天天是怎么忍下去的呢？但他拉上来的钓线太多了，时间太久了，巴尔特就是因此才冻死的。培图尔不该这么蠢，他不该拖拽那么多的钓线，就是这样。

安德雷娅看着比亚德尼。你的孩子好吗？她问。他们在家里。比亚德尼回答。这个陌生女人知道他有孩子，这本该让他感到惊讶，但他却忘了惊讶。她那灰金色的头发刚有发白的迹象，她嘴角的样子让他想到自己，想到她，都是些愚蠢的念头，不过谁是自己想法的主人呢？安德雷娅说：我想也是这样。海尔加递给她一杯咖啡，她感激地微笑着。比亚德尼看了两个女人一眼，一个女人挺直了腰板站着，动作如此坚定，看起来近乎无情；另一个女人肩膀微垂，更温柔，皮肤更粗糙。是的，共有四个孩子。比亚德尼说完，喝了一小口温暖的咖啡，他几乎说不出更多的话，他突然感到喉咙堵得慌。希望我不会得病，他担心地想，如果雪上加霜该怎么办呢？不是没有这样的情况，他知道很多例子，有人开始咳嗽，然后那个人死了。那么孩子们会变成什么样子呢？他们会被分开，互相离得很远，但是谁会愿意收留他母亲呢？我必须回到家，他想，回到安全的地方，我在人群中太脆弱了。他喝着咖啡，听到这个叫海尔加的告诉男孩去某个地方拿手推车。你自己花半天时间一趟趟地背鸟蛋太费劲了，她说，如果能用合适的运输工具一次性运来，即使累得筋疲力尽，也值得。我自己背鸟蛋对我有好处。比亚德尼申辩说。但他没再说什么，男孩开始做准备时他也没起身，他没有精力说更多的话，而且，在这栋大房子里提出异议似乎毫无意义。他伸出手，意外地发现自己拿起了另一块糕点，是什么糕点他认不出来。他不敢把它放回到托盘上，只好吃掉它，就像完成其他不能推卸的工作，但他本能地直咧嘴。相信你的孩子会喜欢这样的点心。安德雷娅微笑着说。他报以微笑，忍不住微笑。他的自制力去了哪里呢？

男孩带着手推车回来了，十厘米深的大木板，两端都有宛如颌骨的把手，比亚德尼已经把四个孩子的名字告诉女人们了，并回答了她们的问题。这也有点奇怪，因为他一旦说出这些名字，一切似乎就不一样了。斯泰诺尔夫、萨卡里亚斯、罗恩、索拉，他在厨房里说出他们的名字，他们好像就不那么遥远了。或者是糕点让他昏了头？男孩带着手推车、带着笑意回来了。他在半路遇到了卢利和奥德尔，他们两人刚卸完一艘丹麦船的货物，那天余下的时间可以休息了。男孩和他们交谈了一分钟，这场交谈足以让笑意挂上他的唇边，当他走进房子时笑意仍在。在平淡的生活中，有些人弥足珍贵。

我不习惯讲这么多话。比亚德尼对男孩说。他们两人已经把鸟蛋装进了手推车，把它们全都摆放好，为免下面的那些鸟蛋破损，他们把失去了生命的海鸟放在鸟蛋上面。手推车装得满满的，男孩俯视着手推车，说道：肯定有五十公斤。比亚德尼则说，他不习惯讲这么多话。什么？男孩问道。他们一直在默默地干活，离开房子后一句话都没有说，这有点难熬。男孩有很多话想对比亚德尼说，但他无法这样做，来自北极海的农民似乎陷入了沉思，陷入了遥远的思绪。在那座房子里。比亚德尼解释道。你在房子里讲了很多话吗？男孩说，这不会让我惊讶，和她们一起说说话很好，她们两个，很轻松，你不用……你不用注意自己说什么。比亚德尼什么都没说，于是男孩又说：安德雷娅，是渔民小屋的管家。渔民小屋的管家。比亚德尼重复道，如同回声。他注视着远方，仿佛身在别处。是的……男孩说。但是比亚德尼打断了他，问道：那个灰头发的？嗯？她就是安德雷娅？是的，她是安德雷娅。男孩回答。是的。比亚德尼说，看起来他的思绪在其他地方。然后男孩不由自主地说：是的，她十分珍贵。他心中突然满是对安德雷娅的爱意，说到“珍贵”这个不一般的词时，他的声音有些发颤。珍贵。比亚德尼的思绪被拉了回来，重复了一遍。珍贵，他接着又说，用这个词描述一个人可真奇怪。男孩笑着说：你该多讲些话。奥斯塔以前总这样说。比亚德尼说完，匆匆弯下腰，抓住手推车的把手。

鸟蛋很重。他们沉默地走过咖啡馆，男孩领路，要与背过身去的人谈话并不容易。希望你的鸟蛋能卖个好价钱。他们走到海洋大街时男孩说。他不想再沉默地走下去，想听听比亚德尼的声音。我来得晚了，很难不折价卖出。不过仍是可以接受的价格，男孩说，这些都是不错的鸟蛋。是的，我应该能挑些东西买回去了。比亚德尼说，他发现对着男孩的后背讲话很放松。你会给孩子买东西吗？男孩毫不避讳地直接问道。可能买些葡萄干吧。比亚德尼说。该给他们买别的东西吗？让男孩意想不到的是，比亚德尼又问了这么一句。男孩朝身后说：嗯，如果真的想给他们惊喜，让他们开心，我会买些白纸和铅笔。白纸、铅笔。比亚德尼紧紧握住车把手说道，为了讨孩子开心，我有什么不能付出的？白纸，他松开手推车把手，重复道，然后又说，哦，对了，有一封给你的信。给我的？男孩问。他太惊讶了，因此停下来转过身去看比亚德尼，忘了他们之间还有手推车。他没有意识到这一点，脑海中只是回旋着那些围成了圈的信件。当然，信件在头脑中这样回旋是没必要的，一封信，哪怕是十封信，都只是信而已，是写了字的纸，尽管你对那些词语本身可能有不同看法，但是词语一旦写到纸上，就哪里都不能去了，而只是以非人的耐心等待某个人的到来，把它们从纸张的束缚中暂时释放出来。我们不该接着走吗？比亚德尼问。但男孩没有动，他扭过身体，想看清楚比亚德尼的脸。他困在原地，不想继续前进，不能继续前进。给我的信，你确定吗？当然确定。比亚德尼惊讶地、不耐烦地说。手里抓着一辆装满鸟蛋的沉重的手推车，在街道中间站这么久可不太好，太显眼了，人们很快就开始往这边看，引人注目并不好。所以，你有我的一封信。男孩这样说时，就好像得出了非比寻常、出人意料的结论。是的是的，之前我只不过没想起来。

男孩：没想起来，嗯，你几乎没想起来。

比亚德尼：我们别在这里站着了。

男孩：谁写的信？对了，你在斯雷图埃利停留过吗？

比亚德尼：为什么我要在那里停留？

我不知道。男孩承认说。他不敢提起教堂东边那个新挖出的坟墓。我的意思是，如果你没在别的地方停留，那这封信是谁写的？不是来自北极海吧？男孩试图用幽默的问话来平息自己的心跳，从北极海中得到一封信也不错！

比亚德尼没有回答，于是男孩说：所以，信不是来自北极海的。鸟蛋变得越来越重，静止不动时更会觉得东西重，你必须走动，否则你的头脑会麻木，血液也一样，生活会把你压垮，你会陷入困境。不是，比亚德尼最后说，医生和他妻子暂时给我派了个女仆，这没必要，不过对我确实有帮助。她是红头发吗？男孩大声问道。是的，这点可以肯定。

他们站在海洋大街和中央大街的交叉路口附近，人们从他们身旁走过，这两个男子推着装满鸟蛋的手推车，显然忘记了他们的任务。我们接着走吧。比亚德尼说。是她的信吗？男孩问道，脚下并没有动。不是我的信。也不是来自北极海的信。男孩喃喃自语。他们继续前进，男孩和带着一封信的男人。男孩心绪纷乱，连莱恩海泽向他问好都没注意到，莱恩海泽不得不对他打了两声招呼，第二次不得不大声喊出他的名字。他这才注意到她，否则他只会带着可笑的手推车沉重地走过去，仿佛她不存在一样。他会彻底错过她，她穿着黄色连衣裙，戴着长长的白色过肘手套，手套上嵌着蕾丝花边，手上举着把绿色的阳伞，穿着精致的闪亮夺目的靴子，优雅地走着，带着鄙夷，在尘土、牛粪以及散发着咸鱼味或鸟蛋味的人群中走过去。你有胆量向他问好吗？莱恩海泽的姨妈洛夫伊莎问道。这样说几乎是种责备，因为她们正要去找伯瓦尔德牧师的妻子古特伦一起喝茶。治安官的妻子洛夫伊莎穿着件宽松的浅色散步装，男人从远处看见她就会把帽子摘下来致敬。她比我们优秀，她们两个其实都比我们优秀，不过尘土仍然落在她们的衣服和靴子上，这表明人要完全超越所处的环境是多么困难。他从我身旁经过，怎么却没注意到我呢？莱恩海泽说。那个男孩，他什么都不是，而且他住在盖尔普特家。洛夫伊莎说。我想怎么样就怎么样。莱恩海泽说。我知道，另一个说，但别做蠢事，很快你就要去哥本哈根了，另一种生活在那里等待着你。我知道我在做什么。莱恩海泽平静地说。这正是我所害怕的。这位长者低声说道。

黄色连衣裙，闪亮夺目的黑色靴子。男孩以前从来没见过穿黄色衣服的女士，穿这件衣服的人只能是她。他们快要走到中央广场了，福里特里克的女儿莱恩海泽不怕冒昧地问候他。她，权威者的女儿，出身高贵优越，着装就像来自另一个世界的女人，而他只是个普通的搬运工。他们来到列奥的商店，放下手推车，甩着手臂。她向你问好。比亚德尼看着男孩说。我们算是认识。男孩带着歉意说，仿佛他背叛了比亚德尼，对他没有坦诚直言。那些人可不习惯问候他们之外的任何人。你认为这是真的吗？男孩迟疑地问道，比亚德尼严肃刺耳的声音吓了他一跳。是的。比亚德尼说完沉默下来，扫视着周围，绷紧了下巴。好吧。男孩要往下说，但是比亚德尼打断了他，咬牙切齿地说道：他们不会像我们这样无缘无故地向人问好，而且他们当中几乎没一个好人。你真残酷。男孩惊讶地说。不，残酷的不是我，幸运的是，我没有可以投入的精力，不过信在这里。比亚德尼说着，把手伸到外套里去找信。小伙子，他们肯定看中了你身上的什么东西。他又说了一句，接着若有所思地看着那封信，噘起嘴唇，像是把要说的话咽了回去，然后把那封信递给男孩，信上沾着他衣服的油渍，散发出他的汗味。

男孩闻了闻信封，闻到了汗味。他在阳光下找了个地方，背靠着挪威人伊莱亚斯的塔楼。这个挪威人多年来一直是某个峡湾的捕鲸站的主人，现在却住在这个村子里，陪着他的冰岛妻子，一个佃农的女儿，比他年轻三十岁，天性活泼。伊莱亚斯的遗传性抑郁症都无影无踪了——只要他在她身边。他兄弟是开枪自杀的，他父亲是上吊自杀的，他祖母游到海里淹死了，他的一个叔叔割断了自己的咽喉，另一个吞了毒药，他姨妈想在树林里上吊，不过树枝断了，她的双腿也断了，她在冷雨中无助地躺了十二个小时，然后被人救出来带回家，在家里死于肺结核。男孩从开着的窗户听到女主人的歌声，那声音让他想起阳光下的小溪。他给自己找了个不显眼的地方，比亚德尼则走进商店为他的鸟蛋谈价格，并记账买些东西和各种必需品，也希望能给孩子们买到纸和铅笔。男孩又闻了闻信封，却只闻到了干活的人身上的汗味。她想要什么？她为什么给他写信？嗯，可能她是要问詹斯的情况吧。她当然会问起詹斯，她只对他感兴趣。男孩这样想时松了口气，但并不高兴，只是茫然地目视前方。莱恩海泽为什么和他打招呼？我真希望她包裹在黄色连衣裙和靴子里的身体是赤裸的。不，这不是我希望的，或者是我希望的，或者不是，但是亲爱的上帝，奥弗海德尔的头发多么红啊！为了能看到它，闻到它的气息，在它旁边睡去并醒来，我甘愿拼命努力。男孩观察着中央广场上热热闹闹的人们，加工咸鱼的人，列奥和特里格维商店里进进出出的人，那两家商店正好面对面，还有从德国面包店里出来的人。他拿着一封信，他的名字是由红头发的她写下的，他对这封信突然丝毫不在乎了。如此自由，不在乎！我不会读信的，男孩又惊讶又高兴地想，心里觉得自己胜利了。他把信放进口袋。把信折起来，我不会朝那种生活迈出步子的，他想，或者是想着类似结果的事情；我不会让那个红头发把我判处为赤贫，然而他可能忘记了之前的结论，那封信是关于詹斯的长长的问题。

活下去！

那是男孩的母亲最后的话语。最后的呐喊。活下去，接受教育，不要让苦难扼杀你，不要让失望削弱你的力量。他会活下去，接受教育。于是他把信深深塞进口袋，站起身，想起了那件黄色连衣裙，那套到手肘上方的半透明的白色手套。他想着她如何叫出自己的名字，她实际上想大声说出来，他的名字、他的存在，曾在她的双唇上颤动，或在她的双唇间颤动，那温暖的红唇。

那些人，比亚德尼说过，那些人，说得几乎就像在吐痰。

福里特里克强迫斯诺瑞屈膝，威胁盖尔普特，莱恩海泽就要去哥本哈根了，在那里或许很容易忘记与冰岛有关的一切。即使她没有忘记他，即使她想继续说出他的名字、渴望说出他的名字，即使她出于某种不可理解的原因，想日日夜夜和他在一起，并让他进入她的世界，一个舒适、安全的世界，他会愿意去吗？他想不想在这里闲逛，作为那些人中的一员向比亚德尼致意？盖尔普特、海尔加和科尔本，这三个人会说什么？盖尔普特会怎么看待他？卢利和奥德尔会不会继续以他们欢快的方式问候他，让一切变得更加光明？吉斯利又会怎么想呢？他提起他兄弟时表情总会变得阴郁严肃，或者变得愤世嫉俗。男孩倚在房子上，观察着中央广场上人们的活动，试图忘记这封信。

要是你能帮我把这些东西搬上去就太好了。比亚德尼突然在他身旁说。男孩显然给出了肯定的回答，他握住了手推车的车把手，盯着比亚德尼的后背，和他一起离开了中央广场。现在已经快三点了，女人们匆匆走过他们身旁，如果她们的丈夫此时不在海上乘着海浪与地平线共舞，那她们就要回家给丈夫准备食物，同时自己也吃点东西。

男孩实际上读了这封信。

或者说浏览了这封信。

读了七遍。

这在他的意料之外，原本不该发生。他把手伸进了口袋。毕竟，人总要找个放手的地方，随后他就发现自己拿着这封信，在读信。

手推车很重，装满了必需品：面粉、糖、小麦、咖啡、大米。

我在推着手推车，男孩想，比亚德尼在这里，这就是说我不再靠在塔楼上了。比亚德尼放慢脚步，回过头来。我买了十张纸和四支铅笔。他说。

男孩读了这封信，两次听到伊莱亚斯在房子里笑出了声，像欢快的黑夜。他读了信，两页纸，密密麻麻写满了字。

他们没有再遇到黄色连衣裙，没有遇到湿润的、因生命而温暖的嘴唇，说出他名字的嘴唇，这是幸运的，否则她可能必须大声喊他。男孩心在远方，他盯着比亚德尼看了很长一段时间，因为他们已经停了下来，比亚德尼正在谈论关于纸的事。十张纸。他说。不是，男孩说，只有两张。不是，我买了十张。比亚德尼惊讶地说，然后男孩才明白。十张纸，四支铅笔，群山背后的四个生命，在一个小海湾里，外面是北极海。对不起，我走神了。男孩说。我看出来了。比亚德尼说。我读了这封信。男孩说。

比亚德尼：我估计你会读。

男孩：关于信，你知道吗？

比亚德尼：关于什么？

男孩：这封信。

比亚德尼：是我把信带给你的。

是的，当然。男孩说，他头脑清醒过来，笑了起来，想起了信封上男人汗水的气味，劳动者浓浓的汗水，完全不同于痛苦的汗水和欲望的汗水。

比亚德尼：她很独特。

男孩：谁？

比亚德尼：奥弗海德尔。

男孩：是的，这封信是她写的。

我知道。比亚德尼耐心地说，仿佛在对一个孩子说话。

她独特吗？

是。

你认为这很糟糕吗？

我想应该看情况再说。

什么情况？男孩问。比亚德尼思考着，他们站在原地，现在是比亚德尼转过身去看着男孩了，女人匆匆走过，间或对扶着手推车的两个男人投来一瞥，看不出他们为什么站在那里一动不动。

比亚德尼：我认为在这个国家里，独特并不好，人们因此受到惩罚。

男孩：是的，我知道，独特的人忘记了带防水服，于是冻死了。不过你买了纸，真的很好。

比亚德尼：是的，可也不合理。

男孩：不合理的只是这该死的生活。

比亚德尼：嗯。好吧，是的，我相信高估常识是危险的，它可以吞掉太多人的生命。

该有人吻你。男孩说。我很难这么想。比亚德尼回答。然后他们继续前进。黄色的连衣裙、黑色的靴子，柔顺而机敏、坚定的动作，都不见了，无处可见。然而这里的问题是：与收到来自北极海的信相比，福里特里克的疆域和黄色连衣裙该算什么？

我惧怕这里的海，它想吞噬我。吞下我，把我变成一条冰冷的鱼。我的记忆中有冰冷的鱼，它们偶尔会游过我的血液，让我寒冷。你有这样的记忆吗？这里的孩子们拿大海取笑我，以此寻开心。如果我的恐惧能帮助他们，那就很好。好吧，塞尔瓦和我，我们在这里，在你们曾在的地方，你们坠入医生家之前所在的地方。你们，你和那个大个子。你认为他有温柔的双手吗？你认为他那双手会是邪恶的吗？会造成伤害吗？你的手有没有可能是邪恶的？这与我没有任何关系。我时而会想到你，但别让这影响到你的想法。总之，你不知道我想到的其他事情是什么，不知道我会怎么想。你有多强壮呢？我问的不是你的怀抱，而是你的内心。人们以为很容易辨别谁强壮，谁不强壮。人们只是太蠢了。你知道生活可以比山更重。生活可以比北极海更危险，比北极熊更野蛮。你不知道，我只是很不幸运，只是有着红头发和极端贫穷。你如果想到我，那就太愚蠢了。你想过我吗？

他们没在房子里停留，而是直接走到船那里，把比亚德尼买的东西放到船上盖好。要渡过的是宽阔的大海，东西不能弄湿。现在过海合适。男孩对着风说，对着比亚德尼说。比亚德尼直起身，蓝天映照着世界，映在这个农场主的眼里。他向男孩伸出手。谢谢你所做的一切。他说。我希望我能做得更多。男孩说。你已经做了很多了，我带了十张纸回去。你来房子里坐一下吗？男孩问。我已经待了很久。农场主说。等一下。男孩说，他注意到奥拉菲娅正赶过来，她僵硬的双腿不可能走得比这更快了。她气喘吁吁，红着脸，这倒很适合她。她吃力地爬过陡峭的岩石下到岸边，一路伸着短粗的胳膊保持平衡，就像只再也飞不起来的悲伤的大鸟。在你走之前一定要先回房子里坐一坐。她对比亚德尼说。我想我只能留下我的祝福和我的感激之情。比亚德尼抱歉地说，他的眼睛望向西方，黑夜正从那里降临，顺风时必须好好利用顺风。奥拉菲娅什么都没说，在这里，没有人会反对关于风的说法，我们向风弯腰，已有一千多年了，但奥拉菲娅也没有表示同意，她只是站在那里，非常笨拙地等着他们，仿佛除了让比亚德尼一起回去之外她再也想不到别的事情。人们通常会按海尔加的要求去做，她从来不会无缘无故地让人留下。是这样吗？比亚德尼表示服从地说。

人们在厨房里等着他们，在准备些事情。他们一进门，男孩就感觉到了，气氛有点特别，女人们的样子有点特别。盖尔普特已经加入进来，她坐在桌旁，抽着烟，双腿交叉，一只脚晃来晃去，但她脸色暗沉，可能是因为睡眠不足。自从那艘船在潟湖上倾覆之后，睡眠就抛弃了她。比亚德尼在门口迟疑了一下。他看到了盖尔普特，立即猜到了是她，结果忘记了礼仪，只是注视着她，然后移开视线，清了清喉咙，什么都没说，或者不确定要说什么。海尔加坐在桌子尽头，安德雷娅则站在火炉旁边，看起来好像就要被枪决一样，但她挺着胸膛。她换了身衣服，她从海尔加那里借了件样式简单的棕色连衣裙，非常朴素、平凡，但穿在她身上很漂亮。有些人能比其他人更好地承受平凡，因此或许是有福的。

他得到了我。安德雷娅告诉海尔加。鸟蛋已经下了锅，厨房里就好像飘溢着比亚德尼的气息。此时比亚德尼和男孩正在岸边的船上，把鸟蛋装进手推车。一个好人。海尔加说。是的。安德雷娅摆弄着鸟蛋说道。真是可耻，这样一个男人会被剥夺幸福。安德雷娅抬起头，从海尔加嘴里说出来的这些话让她感到惊讶。她稍稍挪了挪锅，无心地说道：他得到了我。海尔加立即明白了她的意思。什么时候？昨晚。但他没来这里，我没注意到他来。没有，他在外面等我，我为他感到难过，他身上淋湿了。他和我一起走进房子，我为他感到难过，邀请他进来，而且，他是我丈夫，我不能阻止他。然后他得到了我，我什么都不敢说，虽然他弄疼了我却不自知。如果我没做好准备，他总会弄疼我，我觉得他好像把我钉在那里了，我再也起不来了。我只是躺在那里，数着天花板上的木结。但我也想起了巴尔特，这是我唯一能想到的事，我不知道为什么。他身上的味道总是很好闻，在他旁边很开心。无论如何，一切都能变得轻松。我想，为什么培图尔等了那么久才回到岸边，为什么他要拖上来那么多钓线，除了艾纳尔的钓线，他当然知道在海上没有防水服意味着什么，更不用说在离岸边那么远的地方。我想，如果忘记带防水服的不是巴尔特而是别人，培图尔还会等那么久才返航吗？我知道我不该那样想，但我确实那样想了，而且差点开口问他，但是接着他就对床垫喊了出来。巴尔特已经死了，为什么还要问呢？问题和回答都不会让死者站起来。我不能回去。她说。我不想回到他身边。她说。他不是个坏人，但我死也不愿意回到他身边。她说。然后海尔加又说了一遍：比亚德尼是个可以喜欢的人。不，我做不到。安德雷娅明白了海尔加在想什么，于是说道。我们的生活，海尔加说，是由我们想要的东西塑造的。如果你想，那你就可以。

正因如此，她们把比亚德尼叫了回来。

跟我一起走？比亚德尼诧异地重复了他听到的话。此时他坐在桌子尽头，尽可能远离海尔加和盖尔普特，看着这些女人，惊讶、困惑而又谨慎，或许也被吓到了。我们给你倒点咖啡好吗？盖尔普特抽着香烟，友好地问。好的。比亚德尼立即回答，这让他轻松，因为接受一杯咖啡比接受一个女人容易得多。盖尔普特起身给这位佃农拿来咖啡，而他并不知道，能喝到这名女子端来的咖啡是多么稀罕的事。男孩立刻捂住了眼睛，像是要尽量理解这一切，要恢复镇定。在海尔加说出安德雷娅想与比亚德尼一起走时，世界开始摇摆，这个农场主对此有何看法？比亚德尼张开嘴，但什么话都没说出来。你有四个没了母亲的孩子，海尔加说，你母亲卧床不起，夏天即将到来，还有很多事情要做，你们生活在远离一切的地方，在这样的地方很难找到不错的帮手。你不可能自己处理所有事情，你要么送走一些孩子，要么带安德雷娅回去。你今生再也不会得到比这更好的提议了。海尔加接着说，你不能这么残忍。比亚德尼没能说出任何话，只是坐在那里，双手搁在桌上，麻木了，咖啡杯空了。或许是愚蠢的提议。盖尔普特微微一哂，补充说，几乎像是觉得有趣，她把比亚德尼的杯子倒满。比亚德尼的双手活了过来，一只手拿起杯子，另一只手也跟着握住了杯子。男孩看着安德雷娅，四目相对，这很好。人有时不得不开口，因此，比亚德尼终于开口说道：我的大女儿很快就十三岁了。他说得很坚定，但他觉得眼睛盯着咖啡杯才更安全。然后他低头喝咖啡，或者说是准备喝咖啡，因为咖啡已经喝没了，他的杯子又空了。把空咖啡杯举到嘴边实在有点愚蠢，于是他匆忙补充说：她叫索拉，不过这点我肯定已经说过了。谁都没说什么，大家只是注视着他。她很勤劳。他说，就像是在解释。她还是个孩子，海尔加说，没必要让她背上负担，她承受的已经够多了，你们都是这样，即使不再有别的事情，生活也已经够艰难的了。她没在夜里哭过吗？盖尔普特出乎意料地问。比亚德尼低下头，他那两只麻木的手放在优雅的厨房桌子上。一个将近十三岁的女孩，在她认为没人能听到时对着枕头哭泣，你又怎能安慰得了她呢？然而他听到了她的哭泣，想做点什么，却只能躺在床上，无法起来迎接挑战。

安德雷娅：我习惯了吃苦。我习惯了干活。我并非不习惯和孩子在一起，尽管我自己没有孩子，但那是主的决定，不是我的决定。

她说这些时，比亚德尼任由自己大方地看着她。虽然她只说了三句话，其中两句很短，但她说得很慢，说时一直在直视着他，而他也看了回去。她的眼睛很漂亮，比亚德尼不由自主地想，她嘴角的表情不带一丝苦涩。再喝点咖啡？盖尔普特专注于给人倒咖啡的新角色，问道。不，谢谢。这个佃农轻声说，尽管他几乎不曾拒绝过这种黑色的饮料。给他点威士忌。盖尔普特告别了倒咖啡的角色，对男孩说。比亚德尼不喝酒。男孩说。那他让人讨厌吗？盖尔普特问，就好像比亚德尼不在场一样。

男孩：不讨厌，他给孩子买了十张纸，还有四支铅笔。

比亚德尼：我只是来这里卖鸟蛋和死海鸟的，再记账买几件东西。我说过会在晚上回去。

安德雷娅拍了拍头发，她的头发已经有了发白的迹象。我已经活到四十岁了，除了一次之外，从来没做过什么意料之外的事，或者不寻常的事，从来没做过挑战自我的决定。我活得像只绵羊，温顺、尽责，总是做别人期待我做的事。

除了一次？比亚德尼问道，同时趁机看着她，谁知道他会不会想象着她在那小小的卧室里，在他的孩子和母亲中间，想象着……控制人的想法很难，有时这些想法会告诉我们，我们想要却不敢承认的是什么。

是的。安德雷娅说。她迎着他的目光，仿佛想看透他的想法、惧怕、梦想，也许她看到了，孩子的无助，他们的眼睛和遗憾。是的，除了一次。比亚德尼看着她，没有问，这也不是他的事，安德雷娅什么都没再说。盖尔普特和海尔加互相看了一眼，盖尔普特又拿出一支香烟。你离开你丈夫培图尔时，她说，你表现出了勇气。那是什么时候？看到安德雷娅什么都没说，于是比亚德尼问道。五个星期前。我该受谴责。是的。那你结婚了？比亚德尼问。是的。是男孩给她写了封信。盖尔普特在一片烟雾背后说。一封信？比亚德尼问。然后安德雷娅就来这里了。盖尔普特说。为什么写一封信？比亚德尼问。为了改变世界，盖尔普特说，写作还有其他理由吗？比亚德尼低头看着自己的双手。它们勤劳，它们沉重，它们无语。我是避难者，安德雷娅说，我有生活的权利。他，你丈夫，伤害过你吗？比亚德尼问道，眼睛仍然盯着自己的双手，辛苦操劳的双手。他就差没做过这样的事了。所以说，他从来没殴打过你？农夫对着他的手问。培图尔是个体面的男人，可以信赖，但他的心是片腌鱼。也许我并不比他好，比亚德尼说，也许我的心是只死海鸟。我不这么想。安德雷娅说。比亚德尼看着男孩，仿佛他该对这一切负责。别那么愚蠢顽固，盖尔普特最后说，如果这样做不奏效，安德雷娅可以在秋天回来。人被带到这凡尘俗世，不是来独自生活的。海尔加说。比亚德尼在叹气，他想咒骂，然后他说：那是个很小的租佃农场。那里的生活很艰苦。这肯定是态度的问题吧？安德雷娅说。

比亚德尼：啊？

安德雷娅：如果你是自由的，就没什么是困难的。

比亚德尼站起来，他有手臂，两条手臂。手臂长在人们身上，是让人们可以拥抱他人的。

XXI

这世界从不美好，因此看到一个好人离开总是让人感到痛苦。第二天，当男孩坐着低头读一本古希腊人的传记时，吉斯利告诉男孩。看到一个好人离开总是会让人感到痛苦的。男孩立刻知道了吉斯利说的是安德雷娅，尽管他们没有提起关于她的事情。校长像往常一样，站在外面客厅的窗户旁边，他对着光说道：为什么她一定要离开我们呢？她只能这样做。男孩从已有两千五百年历史的名人名言中抬起头，说道。只能这样做，吉斯利重复着，我们能做什么，我们必须做什么，不可能说得出来，一个人做出决定或不做出决定，但是最终哪个决定都无关紧要，我们的生活并不是由我们掌控。

男孩认真思考那些古老的思想，集中精力，有时读得顺利，有时糟透了。收到信也不轻松。为什么她不和那个该死的挪威人一起走呢？挪威的天气更好，肯定更好，那肯定会让生活更容易。

这些纸荒唐可笑。太小了，不适合写字。写什么都没地方。我从斯泰努恩那里得到了五张纸，给了男孩子三张，另外两张给你。塞尔瓦和他们一起在外面，我从这里就能听到他们的笑声。你注视着我。你知道吗，你不该把自己的凝视浪费在没意义的东西上。我立刻看出你是绝望的，正因如此，我想着你。你甚至没有宽宽的肩膀，也没有漂亮的相貌，不过也许是我想你想了太久，没多少事可做了。母亲曾写信给我说，我应该永远不要爱上一个男人，我会开始相信他们，但是最终他们会毁掉我的生活。然而不幸的是，我的生命来自父亲和母亲两个人，因此我很看不起自己。我想你知道如何写信，这点我能从你的眼睛、你的手看出来，我看得出，它们几乎什么都不知道，也不属于任何地方。我不知道如何写信。我也认为大多数词语都是男人发明的，正因如此，我无法使用它们描述自己。我不理解它们，它们不理解我。你看懂了我在说什么吗？现在这张荒唐可笑的纸已经填满了。我是红头发，狗狗向你致以问候

这封信就是这样结束的。

没有句号。

但她在信的最下角画了条小小的笑嘻嘻的狗。真令人惊叹，她能在这么小的地方画下这条小狗，男孩的食指都可以盖住它。关于这封信，最糟糕的是她附了一缕头发，就好像他不完全明白她的头发是红色的，就好像他已经忘记了这一点。唯一明智的做法就是扔掉这缕头发，那天晚上他回到房间后就是这样做的。扔掉这缕头发，然后用了半个晚上再把它找回来。男孩打着哈欠。我是不是本该做些什么？吉斯利问日光。做些什么？男孩心神不定地问道，比如说？

嗯，我不知道，说实话，或许是提出娶她。

你，娶安德雷娅？男孩如此惊讶，忘记了那缕头发，为什么？嗯，为了不让她离开。而我独自生活，孤身一人，就是这样，独自生活的人无人可交谈。她已经结婚了。男孩说。但吉斯利似乎并没有听，他只是朝窗外望去，而男孩又沉浸到古希腊思想中。天空无云，阳光洒向山脉和人们的脸庞，照亮了盲人科尔本的眼睛，他坐在外面，靠着房子的墙壁，倾听生命之声。男孩已经答应给科尔本讲讲希腊人的故事，所以他继续阅读。而后吉斯利问起男孩正在读的内容，他们两个都心不在焉，因此吉斯利在问题讲到一半时就说：今天就这样吧。所有的女人都离开了，他又说，我在孩子、书籍、词语和威士忌中变老了。盖尔普特会怎么样？他突然发问，几乎完全转换了话题。起初男孩以为吉斯利是在问她的感受：她睡觉好不好？是否梦见一只溺水的猫和猫身边的船长？他犹豫着没回答，吉斯利却问道：你觉得她能有什么反应？反应，对什么做出反应？哦，当然是禁令了。什么禁令？男孩问。她没提到它吗，这条禁令？是的。什么禁令？吉斯利穿过房间走到书架那里，摇头说道：我觉得你是唯一不知道这件事的人。他抓起一本快被翻烂了的薄薄的书，开始阅读。什么禁令？吉斯利继续阅读时，男孩再次问道。盖尔普特被禁止在村庄的晒鱼场卸鱼。为什么？我兄弟安排的。为什么？他希望人们都听他的。但他并不拥有全部晒鱼场。你的意思是特里格维并不拥有全部的晒鱼场？没错，但福里特里克擅长让别人去做他想做的事，对此我略有所知，人们往往屈从于比他们更强大的人，不然一切会变得困难得多。

那她怎么处理帆船带来的鱼呢？

这正是问题所在。你有没有读过这个？校长拿着这本薄薄的书，问道。没有。那好，读这本书吧，为下一次课做好准备，你有五天时间。吉斯利递给他这本书，拿在手里毫无分量。重要吗，这本书？不是这本书，是那个禁令。别想那个，就读书吧，人们有必要想想咸鱼和辛苦之外的事情，否则他们还不如直接向我们开枪呢。这本书写的是什么？男孩盯着第一页问，磕磕巴巴地读着书上的丹麦语，莫非这是挪威语？我又知道什么？吉斯利说完，拿起他在去年夏天获准记账买到的英国外套。为了什么？福里特里克曾看着他这个兄弟，在沉思中开口问道。那是在福里特里克的办公室，他坐在一张又大又重的桌子旁，吉斯利站在一块柔软的地毯上，不得不像以前一样强行咽下自己的骄傲，请求他兄弟允许在他的账户上添加英国外套这么昂贵的物品。并非一切事情都有解释，亲爱的兄弟。他说。哦，是的，一切事情都有解释。福里特里克说，唯一的问题是，人们是否有能力去识别，有勇气去接受。但是吉斯利得到了这件外套，就像他预期的那样。拥有一件漂亮的优质外套是很美好的，这让人感觉很重要。可是，他在盖尔普特的客厅里穿上外套时想，人在屈膝后又能有几次毫无损失呢？在屈膝之后若要再次挺直腰杆，笔直地站立，难道不会更加困难吗？吉斯利就要扣上外套的扣子，但又决定不扣，外面阳光明媚。书里写什么可能不重要，他说，但是所有重要的书籍都一样，关心的是怎样成为一个人，这非常困难。不过跟我一起出去晒太阳吧，我们带上啤酒，去和失明的生灵喝酒吧。我们为纪念安德雷娅喝一杯吧，这位女士离开了，去了世界尽头。

XXII

每个人都想念安德雷娅。她与一个佃农一起离开了，那人有四个孩子，有个衰老的、行将就木的母亲，还有一条狗、一些牲畜和一个面朝极地海的小农场，位于世间的群山背后，屋顶是草皮。那个佃农——比亚德尼，称之为自由。我们能说什么呢？但是安德雷娅去了那里，血液中流淌着不确定性，逃离了以往的生活，去寻找新的生活，不同的生活。如果你觉得需要回来，如果你不开心，就马上回来。海尔加说。好的。安德雷娅说。但大家知道她不会很快回来，无论如何不会在秋天前回来，也许回来得比那还迟，也许永远不会回来。男孩完整地描述了那个地方，四个孩子，他们的戒备心、他们的活力，他描述了那条狗，还有那个温柔而坚定、脸上带着一丝痛苦的男人比亚德尼，他怎么读书，他父亲如何为了书跑进燃烧的房子，那些人有梦想，他们的心不是死去的海鸟，不是咸鱼，根本不是。或许安德雷娅因为梦想才与佃农比亚德尼一起乘船离开。这说明了与土壤有关的事情，也许梦想能从中生长。我过了太久没有梦想的生活，她对站在岸边的男孩说，船上已经装了个大箱子，是海尔加、盖尔普特和男孩匆匆塞满的，衣服、布料、外国饼干、葡萄干、无花果干、纸、图书。安德雷娅的抗议被忽略了，她对此没有发言权，比亚德尼则站在厨房里，脚不安地蹭着地，想离开，想在夜幕降临前回家。他感到不安，但血液中也流淌着某种他无法形容的东西，或许是音乐，让他感到微微的晕眩、焦灼，以及一点点欣悦。与一个陌生人一起航行回家，一个完整的生命，这个女人将在几个小时后躺在他近旁睡觉，他会听到她的呼吸，这可不是件小事。答应给我写长长的信。她拥抱着男孩对他说，就像他是珍贵之物，然后他们划船离开。安德雷娅和比亚德尼划了半个小时，直到起了风，他们升起棕色的船帆。我在夏天和外国渔民做些买卖，比亚德尼说，法国人、美国人。我以为你会远离一切。安德雷娅说。用力划船也不错，可以抑制住眼泪。需要努力才能改变生活。嗯，是的，但渔民需要水，捕到的鱼需要冰块保鲜，我们那里的春天很好，一个斜坡上有个不怎么融化的大雪堆，是稳定的收入来源。比亚德尼说。孩子们看到外国人来，听到他们讲话，觉得很有趣。他接着往下说，尽管说这么多话可能没必要，这会让她怎么看待他呢？可是随后，在这大海上，她对他露出了她那独特的微笑。人们说的当然对——靠一个微笑就有可能坚持很长时间，甚至几年。他们向北航行，看到山脉从海中升起，看到了煤一般黑的悬崖，看到绿色的海湾张开怀抱。深深的峡湾，一艘小船上的一个男人和一个女人，他们头上的帆就像翅膀，或自由。

男孩第二天早上开始写信，他坐在最里面的桌子上，科尔本的桌子，咖啡馆里有一小群人。一艘丹麦的运输船停在码头，一艘捕鲸船停在潟湖上，在补充给养。两艘从这个国家的北方来的纵帆船在夜间抵达，他们捕到的鱼都被特里格维公司买去了。五个丹麦人和四个挪威人坐在两张桌子旁，所有的窗户都开着，因为挪威人身上的鲸油味太臭了。男孩不时起来帮奥斯劳格和奥拉菲娅的忙，但基本是做做样子。她们可以应付。在九点之前，男孩被派了出去，给记账员尤哈恩送信，尽管晒鱼场上喧嚷热闹，但天气很平静，山间很宁静，几乎是梦幻般的宁静，仿佛世界暂时闭上了眼睛。但是随后，一艘大轮船喷着蒸汽驶入潟湖，平静就被打破了。

这艘船的船身上刻着“T. 罗恩松”：特里格维·罗恩松。那他就在这里了，特里格维本人，而且他给自己买了艘轮船，这是该公司首席记账人哈格尼和福里特里克的建议，虽然他喜欢漂亮的帆船，价格便宜，也够用，但是特里格维迈的步子比别人大，他不愿意被迫依赖风力。我们一直依赖风，一直希望能有顺风，而风只是在吹，它自有其路径。对风来说，是鸟还是船都一样。风把词语和记忆吹进各国之间的船只和远方。然而现在，特里格维购买了一艘动力十足的大轮船，不再依赖风力，这简直就像是征服了大自然的力量，甲板上高高竖立的那三根威严的旗杆，标志着风在为特里格维服务，逆风飞扬，顺风招展。

这艘船，这艘重849吨、船龄20年的船，是特里格维从苏格兰购买的，是冰岛人拥有的第一艘蒸汽动力远洋船。它的到来释放出了无限的潜力——男孩从尤哈恩那里回来时，差不多整个村庄都在颤抖。这艘大船正躺在潟湖里。“小特里格维号”，特里格维去年购买的一艘30吨级的汽船，正将那些重要人物送上岸——特里格维、他妻子、他的两个成年子女和他岳父——那是位老将军，前战争部长。

工头基亚尔坦已经把工人赶进了停在码头的两艘帆船的船舱，在他们盯着轮船看够了之后，大声咒骂着叫他们回去干活，因为现在时间到了，以魔鬼的名义，我们该把这些烂掉了的旧驳船从码头弄走，“罗恩松号”轮船需要停靠到码头，它闪亮宏伟一如未来，船上满载着盐和煤。人们在把咸鱼装到船上之前，先要用一天一夜腾空并清洗它的舱室，擦去煤灰，等到他们从船舱爬出来时，就会像地狱里的魔鬼一样黑。基亚尔坦吆喝着工人抓紧干活，只有在小汽船停靠岸边、人们上岸时才停下来，等到这些杰出人物走得够远之后，他的咒骂声又会再次响起。优雅的人在附近倾听时，人们不会大叫。现在他们一起走过村庄的街道，主要人物是特里格维和福里特里克。福里特里克穿着蓝色夹克，贴在他宽阔的胸膛上，几乎比特里格维高出一头，但不像往常那样咄咄逼人。某些人在场时，一切都会弱化。他们停下来一两次检查咸鱼，福里特里克弯腰挑出一条鱼，然后他们一起检视，把它对着阳光检查腌没腌好。如果透过鱼背能分辨出另一只手的手指，那这条鱼肯定已经晒干了，他们可以带着它航行到西班牙，朝着太阳航行，并为此得到报酬，从而生存下去，用力拉动这个国家，这座被太阳炙烤、被风横扫的海岛，进入未来。离开黑暗和死亡，进入光明和繁荣。福里特里克把一条条鱼递给特里格维，站得离他们最近的那些人感到了一股不寻常的压力。当特里格维走开时，他们松了口气，同时也觉得自豪，因为他们能如此接近这个让我们村庄保持活力的人，成千上万的人的收入完全取决于他，取决于他的智慧。特里格维将我们的辛劳和灰暗的日常生活转为黄金，支付轮船的费用，支付他在哥本哈根生活的费用，支付他的衣服、他子孙的生活所需的费用。我们得到的是他获得的回报的九分之一，情况就是这样。

男孩无法拒绝走下码头的诱惑，他想好好看看那艘船，那庞然大物，那胜利的标志。为了避开醉醺醺的水手，他绕道而行，路过学校，然后听到有人粗鲁地喊出了他的名字。他停下来，转过身，一下呆立在原地，因为他看到福里特里克正朝他冲来，脚下迈着大步，很快就把特里格维挡在视线之外，特里格维则与随行人员一起等在学校房子那里。福里特里克直奔男孩，这让一切都黯然失色，就连呼吸都变得困难，就好像氧气全都被他吸走了。男孩试着去想那诗句：现在我和我强健的灵魂就站在此地。他思索着这诗句，仿佛这是他最后的希望之线，却基本上无济于事。福里特里克眼窝深陷犹如洞穴，力量从他眼底升起。她在家里提起过你。福里特里克说。他的目光好像钻到了男孩的头里，男孩感觉头脑越来越热。莱恩海泽三次提到你，无缘无故，这我不喜欢。一个人在捕鱼季节放弃自己的职责离开一位优秀船长的渔船，一文不值。我不知道你们之间有没有发生过什么事，但我的女儿我了解，如果什么事都没发生，她不会提起你。福里特里克停顿了一下，沉思地望着他们头上的山峰。男孩松了一口气，他的头脑冷却下来，但是随后福里特里克令人不安地平静下来，再次看着他，沉着地说：如果你碰她，或者有胆量对她说话，我会烧焦你脚下的土地。我会把你的蛋切下来喂狗。她三天后就要去哥本哈根了，在那之前如果她往你那边看，你最好跑出去把自己藏起来。无用的小流氓别想靠近我女儿。

XXIII

夜幕降临在宴会上，稀稀拉拉的一群人聚在旅馆外面，好奇地看着客人到来。莱恩海泽穿着夺目的红色连衣裙，衬托出白色的脖颈、眼睛和面孔。她走进旅馆时，每个人都转过头看着她，女人看她的裙子，男人看她裙子下的身体。披在她肩上的棕色大披肩用一朵黑色的天鹅绒玫瑰固定，她的衣服紧紧包着胸部，这足以让大多数男人的眼睛失控。男人有时很容易被征服。古纳尔，留着八字胡的店员没有受到邀请，当然没有，但他还是看到了穿着裙子的她。他站在商店里，像个幽灵，像颤动的琴弦，紧盯着她。他在家里闲不住，于是去了商店，找了点事做，试图用工作让自己平静下来。去夸夸他吧。福里特里克对女儿说，然后她走到店里，身上就穿着那件衣服，那红色的衣服，红得疯狂。她走进去，古纳尔立刻从幽灵变成了颤动的琴弦。我该夸奖你。她说。她的嘴唇是红色的。是的，肯定是红色的。吉斯利靠在旅馆里的柱子上想。他没加入那些正在聊天的人，他想喝葡萄酒，但更想坐在家里，拉上窗帘，拿着一本书坐在那里，把宇宙握在掌中。吉斯利看着他的侄女带着并非全无骄傲的微笑穿过房间，这件衣服随轮船而来，是特别定制的。是最新款的，莱恩海泽对那些女士说，你们知道沃斯吗？他家有最好的款式，伦敦和巴黎的每个人都穿着他制作的裙子。莱恩海泽几乎成了全场的亮点，遮住了尊贵客人的风头，而这场宴会本是为特里格维举办的，他是我们村的领主和救世主。天气平静，傍晚时分山脉稍微变暗，大海如此平静，一些淹死的人浮出水面，像泡沫或神秘的水母一样在那里漂浮，做着他们带咸味的、苦涩的梦，而星星之间的空间是通往天堂的无形门道。

然而，在宴会上没有神秘的水母，福里特里克的妻子安娜在弹钢琴，这是她之前带到旅馆的。泰特尔和奥斯格尔德夫妻俩从来没买过像样的乐器，只有赫尔达偶尔弹给自己听的该报废的琴，这真该受到责备。安娜在大型沙龙中弹琴，墙上挂着比亚德尼画的特里格维的船只，多么壮观的舰队啊！所有这些画作都是一流的。特里格维在福里特里克、伯瓦尔德牧师和两个重要的船长的陪伴下，兴奋地看完一幅画又看另一幅画，谁都没说一句话。他们盯着画作，仔细检查是否所有细节都准确无误。一切完美，比亚德尼成功地通过了检查。就像真的站在甲板上一样。特里格维说。比亚德尼第二天早晨起床时，这句话仍在他耳边回响。那是从特里格维本人那里得到的赞美啊，他成功了——赶紧带着画具赶到下面的码头，开始画轮船，它在两三天后就要出航了。你是多么幸运的人啊！不过那一刻还没有到来，我们先让疲惫不堪的比亚德尼睡觉吧，让他期待那艘轮船尚未带走的夏季之光吧。

晚宴后，安娜坐在钢琴后面，弹着莫扎特的曲子，音乐传到地下室，传到斯诺瑞的房间，他已经带着他想带并且可以随身携带的少数东西，在那里住了下来。为什么要带上一段失败的生活的纪念品呢？斯诺瑞躺在床上，穿着破旧的丝绸睡衣，一张小桌子上摆着儿子的照片、几本书、齐膝高的一大堆乐谱，还有本乐谱放在他腿上，是肖邦的《夜曲》。但是现在，他眯起眼睛听着楼上传来的莫扎特的曲子，每当安娜没能准确弹出音调时，他的眉毛都会颤抖。赫尔达犹豫地走进来时正好看到他这样的表情，她先是轻轻敲了敲门，斯诺瑞漫不经心地回应了一声。赫尔达没参加宴会，这晚她可以休息，现在她站在斯诺瑞的房间里。她有点高，有点丑，十分悲伤。我很抱歉。她说。没关系。他说。我很抱歉。她再次说。没理由说抱歉。他说。该说，因为我这样打扰你。她的眼睛太大了，在脸上很不协调，好像它们不完全适合她的眼眶。也许她以前从来没见过在床上的男人，除了喝醉的水手，其中有些人像小恶魔一样冲动。冲动，因为他们认为她长得太难看，是容易到手的猎物，可以对她为所欲为，可以说：看看这里，宝贝，看看我这里有什么。斯诺瑞安慰地说没什么可担心的，但她第三次说了抱歉，然后他说：这是莫扎特。我知道。她说。安娜应该更放松自己的肩膀。斯诺瑞说。是的，赫尔达说，她有个音符弹得太重了。你要不要坐下来？斯诺瑞说。好的。她说，然后坐了下来。

斯诺瑞：我不知道你是个音乐专家。

赫尔达：我不是。

斯诺瑞轻轻把手放到腿上那本打开的乐谱上。这一本，是肖邦曲子的乐谱。他说。赫尔达看着乐谱说：这不是肖邦的《夜曲》吗？

斯诺瑞：天啊！

XXIV

很明显，塑造我们命运的人已经到来。特里格维在早晨从七点到八点走了很长的路，穿过村庄的街道。我们几乎不敢向他问好，也从来没有先向他问好过。但他的确会和每个人打招呼，询问孩子们叫什么名字，他的轮船停靠在下游码头。宴会结束后的早晨，一个大铁块从船上被抬到了村庄里，一人高的铁质水泵，特里格维的人直接去把水泵安放好。这是特里格维给我们的礼物。没人向他要求过，这是多么与众不同，多么大的福祉啊，就连斯库里都在《人民意愿报》上称赞他。水泵最终可以泵出洁净的水，不含盐分。到目前为止，如果谁想饮用干净的水，就只能从小溪中取水，这很费力，路相当远，特别是在冬季，整个世界被冰覆盖时，活着都不容易，更不要说挑着冷水走远路了，水溅到身上更添寒冷。感谢特里格维，他让我们摆脱了这种不便，而这个水泵立刻就被大家命名为“特里格维之泵”，它几乎毫不费力地为我们从大地深处取来了水。在工人出力把泵安装到水井上时，人们传出消息，说特里格维的房子里正有人忙着干活，要把一条电话线从商店甩出来，之后再从福里特里克的房子接出一条线，一条悬在空中、高高挂在我们头上的细线，一条把声音从一户人家传到另一户、不比小便粗的细线。有人可能会认为这是对我们的嘲弄，但这就是现代，这也将是未来的样子，不可想象的事物成为普遍现象。而且，特里格维正准备将电话线一路串联到斯朗斯利，那个小村庄距离这里二十公里远，位于一处不比刀片宽的山谷入口，那里的山又高又陡峭，冬天雪崩的轰鸣声从海上都能听到。特里格维希望在那里架设电话线，因为从斯朗斯利更容易观测天气，预测接下来几个小时内的天气状况，从而确定出海是否安全，这样的信息无疑可以挽救生命。这一创举将成为特里格维向我们抛出的救生索。

特里格维的孩子们主要待在室内，敲敲钢琴，读读小说，躺在漂亮的沙发上，给莱恩海泽讲些哥本哈根的事，而他的岳父老将军坐在屋外的墙边，凝视着岬角，那里铺满咸鱼，人们弯着腰将鱼翻转过来，免得鱼干被阳光烤焦。老人的样子令人生畏，灰白的眉毛十分浓密，蓝色的眼睛能把人看穿，他是负责腌鱼的将军。他旁边的空椅子本是为吉斯利准备的，他现在迟到了，但没关系，这个男人的蓝眼睛似乎能穿透人心看到他们的本质。正因如此，他知道吉斯利会像预期的那样到来，然后他们会用法语聊起历史上的战争、天下大事。这位老将军俯视着岬角，他看着莱恩海泽快步离开房子，一直走到海洋大街才停下，站在那里的海岸上，一心一意让血液平静下来，站在那里摇晃着，似乎不太耐烦。海水在她脚下流淌，绒鸭随着轻波起伏。莱恩海泽深深吸了口气，注意到对面的动静，于是眯起了眼睛。是的，毫无疑问，那是正在跑步的男孩，很容易看到他，没有别人像他那样奔跑，除非是要拯救自己的生命，即使如此也不会跑得那么快、那么持久。莱恩海泽看着他，她的手摊开又合上，仿佛在喘息。

* * *

男孩撒腿狂奔，如同一声尖叫。昆虫在嗡嗡叫，鸟儿唱着歌，母牛摇摆着尾巴，对青草感到满足。他跑过一间农舍，那里有一条狗被人的手杖吓到了，男孩嘴里出现了血腥味，他跑过水坑和沼泽地，懒得避开，泥水一直溅到他的膝盖。

她要怎么做？海尔加终于来到楼下时，男孩问道。这时已经七点了，晚得不正常。男孩已经为科尔本准备好了咖啡和黄油面包，他在他的黑暗世界里沉默如石头。他们前一天晚上睡得异常晚。是的，现在开始了。男孩宣布轮船到来时，盖尔普特说，虽然男孩没提到福里特里克和他的威胁。什么开始了？男孩问。盖尔普特微笑了一下，她白色的脖颈仍然柔软，尽管或许已经开始干枯、开裂，因为皮肤没有亲吻就会迅速衰老。倘若有更多像你这样的人就好了。她说，而科尔本哼了一声。你继续哼吧，你这老狗。盖尔普特仍然微笑着说。有时候就好像你什么都不懂，科尔本对男孩说，有时候你是个该死的笨蛋，把你剁碎都会是种慈悲。正因如此，他弥足珍贵。盖尔普特说。男孩不敢抬头，却再次问道：什么开始了？然后他得到了回答，从盖尔普特口中听到了吉斯利告诉过他的消息，她的帆船捕到的鱼不能在村庄的晒鱼场晾干，除非她放弃她的骄傲和堕落，把“希望号”卖给特里格维的贸易公司，同时出让她在冷库的股份，加入夏娃俱乐部，定期做弥撒，并且从速结婚。她以自己的生活方式威胁社区，完全藐视正确的价值观，迷惑了年轻女孩，让她们对自己的位置和职责充满妄想。或者用福里特里克的话来说就是：那些质疑社会规则的人损害了社会，他们与罪犯之间又有什么区别？

她会做什么？海尔加终于下楼时，男孩问。她在思考。海尔加说。她坐在桌子一端她的位置上，准备喝咖啡、吃片面包。

男孩：他们能不能……

海尔加：让她屈服？强迫她屈膝？嗯，他们并不缺乏实力或意志，问题在于，这是否符合他们的利益，或在多大程度上符合。

男孩：为什么不能不打扰我们呢？为什么不能让她按自己的意愿生活呢？

科尔本：因为他们不允许别人站着。因为这些人是恶棍，如果他们无法控制一切，他们的消化就会紊乱。这是种病。盖尔普特扰乱了他们。

男孩：他们的消化？

科尔本：最好是开枪打死他们，把他们剁成鱼饵。那样咬钩的鳕鱼肯定特别多。这些人像鳕鱼一样贪婪，要吞下所有比他们小的东西，这是他们的本性。你知道鳕鱼什么样。

男孩：我曾在一条中等个头儿的鳕鱼肚子里发现了一百五十条毛鳞鱼，还有两块石头。

科尔本：你永远无法成为能干的水手，这不可能。如果这些流氓成功地毁掉了盖尔普特，开枪打死你将是人道主义行为。先打死你，再打死我。

别念叨了，海尔加说，我们会想出些主意的。

主意——这个词有时一点用都没有。

男孩不得不停下来。他不是跑累了，而是跑得上气不接下气，不仅如此，他还需要撒尿，马上要憋不住了，他在开始跑步前忘了去解小便。狂奔之后气喘吁吁的人，撒尿需要点时间。男孩双腿叉开站着等待，闭上眼睛，除了自己血液的流动声和心跳声之外什么都听不到。他在一座小山脚下躲开了世界，闭着眼睛，听着自己血液的声音，它在述说盖尔普特的事，福里特里克昨天的威胁、恐惧和愤怒。他睁开眼睛，这是个美丽的地方，草丛、青草、庇护所。有力的、泛着白沫的热流把草冲倒，尿液的温和气味飘进鼻孔。他的心跳慢了下来，但是血液仍在激烈地奔流，因此他没听到松软草丛中的马蹄声。那匹马在出汗，莱恩海泽骑得很快，她从村里飞奔而出，表情坚定，头上没戴帽子，身上穿着浅蓝色裙子，戴着白色蕾丝手套，男人一般跨坐在深色马匹身上，就像盖尔普特一样。这是怎样的景象啊，影响太坏了。莱恩海泽不管不顾地骑在马背上，路上的人不得不赶紧跳到一边。她疯了，这帝王的女儿，有人从尘土飞扬的街上站起来，看着她跨在马鞍上骑马离开，头发自由地飘动，仿似正在奔向战场。男孩低着头，却感到气氛不对，或许也听到了马的声音。此时那匹马微微颤抖，莱恩海泽从马背上跳下来，黑色的靴子踩在草地上。两人之间的距离不超过三四米。她凝视着男孩，在骑马狂奔之后脸色红润，头发披在肩上。她什么都没说，只是凝视着他。站在他面前凝视，看了个清清楚楚。他终于撒完最后一滴尿，却僵住了，呆立在原地。他就像往常一样把那东西彻底抖干净，免得那几滴尿滴落到裤子里。他不止一次因为这种小心谨慎的做法遭人嘲笑，就连巴尔特都为此摇头，因此男孩撒尿时通常是一个人，独自走开，撒完尿后抖干净，直到一点尿液都不剩。但现在他却被人看了个够。而且是个女人。是那个吮吸一块糖之后把糖塞在他嘴里的女孩，她赤身裸体进入他的梦，让他不得不溜进地下室去清洗黏糊糊的内裤；后来她吻了他，她的嘴唇温暖而湿润。他记得所有这一切。他奔涌的血液记得这一切，一部分血液流进了阴茎，它有点膨胀，几乎不算膨胀，只有一点点，却并非无法察觉。

男孩犹豫了多久？

她看了多久？

血液有独立的意志、独立的记忆，它的记忆让他动弹不得，把他变成纯粹的感官动物，只记得她的舌头、她的吻、她挺实的乳房。他清楚地看到她衬衫下面乳房的轮廓，这让他很不自在，或许那衣服是衬衫吧，要不然就是罩衣，他说不清。他也回忆起福里特里克昨天的话，话语中的暴力冷酷如铁，意在令人屈服，意在毁灭、恐吓，同时却激起了愤怒、固执、烧灼心灵的恨，炽热到危险程度的恨。血液有自己的意志。男孩站在那山脚下，刚刚撒完尿，裤子还没提上去，莱恩海泽在旁边看着他，他的血液继续回忆，继续让他动弹不得，把这一刻变成了无限。奥弗海德尔曾在他昏睡期间吻过他，她曾正对着他坐在教堂里，他回忆起她大腿的温暖，他们坐得那么近，而那两条狗蹲在棺材下面交媾，场景不美，令人伤心，而这就是生命本身，是它不可阻挡的力量，血液记得这点，一部分血液流入他的阴茎，而阴茎变得更硬了。然后事情发生了。

男孩设法约束血液的盲目意志，他准备把他挺起一半的阴茎塞回内裤，让它躲起来，避免更多的尴尬，但为时已晚。莱恩海泽来到他身边，跳到他身上。

她两步迈到他身旁，两大步，她的右手揽过他的后脖颈，抓住了他的一撮头发，一只靴子从后面扫过男孩的腿。他突然发现自己躺在地上，躺在草里，不可思议地脆弱、惊讶，或许还感到害怕，这也是因为他的裤子褪了下来，让他失去了太多。她和他一起跌倒了，或是让自己跌倒了，他们都躺在柔软多汁的草丛中，马开始吃草，用强壮的牙齿把草磨碎。莱恩海泽盯着男孩，眼神如此坚决、如此炽热，男孩几乎受不了与之对视。她咬住右手的手套，把它扯下来，说道：我要在两天后去哥本哈根，我跟着你骑马过来的，我看见你在跑步。我在你身后骑马，像个男人一样跨在马背上，因为没有人告诉我该做什么。我跨在马背上，我裙子下没穿短裤，因为我要做我想做的、需要做的，我就要离开，再回来时一切都会不同。你有时看着我的方式让我生恨，就好像你害怕这一切，就好像你什么都无能为力，却又好像你知道一切，或者知道些其他人毫无头绪的东西。可你什么都不知道，我要带走我想带走的，我要走了，我要走了……说到这里她的声音就像是断开了，说不出更多的词语。她扭过头往旁边看，仿佛不确定要做什么，然后她看到了他那个器官，硬硬的，微微颤抖，有点可笑。

这样是不对的。男孩坐起来说。莱恩海泽呼吸急促，仿佛喘不过气；呼吸急促，仿佛受到了惊吓，但她的手指快速解开了衬衫扣子。这我不管。她说。这话与其说是对男孩讲的，不如说是对她自己讲的。她有力的手臂把男孩推回草地，或者说是撞回草地。她在四月说过，今年夏天她要乘着阳光而去。现在是夏天，在金色的阳光下，她骑马而来，坐在男孩身上，跨在他身上，拉起她的裙子。男孩看到她的黑色靴子，看到她裸露的双腿，却没有一直向上看。她闭上了眼睛，手向下移动，仿佛在回想着什么，手摸索着，紧紧抓住他的阴茎，然后小心地坐了上去，仿佛坐到了某种脆弱的东西上——她犹豫了。她继续紧紧抱住他，闭着眼睛，深深地呼吸着。他静静躺着，感觉到她的柔软、湿润，用全部意识感受她。莱恩海泽的乳房紧贴着他的胸口，耳朵贴在他的肩膀上，头发把他的脸盖住了一半。他吸入她的体香，纯正而浓郁，略微刺痛，令人陶醉的芬芳。如果你碰她，或者有胆量对她说话，我会烧焦你脚下的土地。我会把你的蛋切下来喂狗。我没对她说话，男孩想。滚吧，福里特里克，带着你的暴力下地狱吧。我觉得，我并不愿待在这里。但我确实想要她。

莱恩海泽把手放在他头顶边的草地上，用力呼吸，深深呼吸，然后让身体沉下去，他从来没想到这竟然如此美妙。她让自己沉下去，完全接纳他，他滑入了温暖湿润的地方，但很快就受到了阻挡。她直起身子，满身是汗，一绺头发沾在额头上，上唇紧绷着。他又看到了她赤裸的胸膛，她的胸部半遮半掩，她睁开眼睛，眼神迷离，接着又凝聚起目光，看起来似乎就要生气了。她往上抬了抬身子，然后又重重坐了下去，接着某种东西撕裂了，他听到她压抑的尖叫，她身体内的某种东西撕裂了，她的小拳头使劲捶打了三四次他的胸口。然后她仰起头，小心翼翼地抬起身，带着犹豫坐了下去，但那层阻隔消失了，犹豫也消失了。她动了起来，而他望着远方，血液在血管里咆哮，但他仍然看向一边，看到了草叶之间的天空，看到了那匹马，听到它把草嚼碎的声音，而草叶几乎没有移动。男孩听到莱恩海泽的喘息声，那声音不可能是他发出的。他的血狂热地流过他的身体，他感觉到了，感觉到了那股热流，仿佛他就要爆炸了。

然后，她离开了他的身体。

很突然。

男孩几乎没注意到，他在看那匹马，而且刚刚想到了木星，那六亿公里之外的行星。但是她已经不在他身上了，而是趴在他旁边，头发从脸上垂下来。她盯着地面，仿佛陷入了沉思。然后，她站起来，扣上衬衫纽扣。他看到她的脸，很难说让我们流泪的是什么样的痛苦，究竟是生活的痛，还是身体的痛。

XXV

第二天早上，男孩被送上了旅程。另一次旅程。

走过荒野和山岭。下到峡湾。就好像这样的事他经历得还不够多。

当然，现在是夏天了，这将是平静的旅程，只是路有点远而已。离开很好，好得不一般，独自一人走上荒野，走上山岭。人在山间的空气中可以思考得更清楚，可以从不同的角度观察生活，或者因为山里的空气，或者因为远离人与定居点。男孩要去送一封信，写信人是盖尔普特，收信人是个商人，住在邻近峡湾的一个有三百人的村庄里。男孩非常了解这个村庄，他正在走向他父亲溺水后他被人养大的地方。他要送出那封信，等待一份书面答复。他能在一天后到达那里，但是必须过一夜。他不再像以前那样孤身上路，不过现在陪伴他的不是很难跟得上的詹斯，詹斯将会收到男孩的信：你还活着吗，你这浑蛋？四肢是否完好无损？没有我在身边，你怎么消磨时间？不，这次他身边的人不是詹斯，而是曾当过商人的斯诺瑞。他如今一无所成，住在旅店的地下室里，脸色苍白，瘦成了皮包骨。几乎无法说他们是一起旅行，因为每个人都在他自己的世界里，带着自己的记忆、自己的不确定性。旅店老板奥斯格尔德走到盖尔普特的家，询问能不能借用男孩两天，让他陪斯诺瑞去南方的一个村庄。这位昔日的商人不擅长走路，不习惯这样的旅行，他会失去方向，但他也不想听人劝他骑马。他当年一路骑马赶到雷克雅未克，结果却发现他妻子艾尔蒂斯对上帝的爱胜过对他的爱，从那以后他就再也不想跨上马背了。无论如何，斯诺瑞都想去南方的那个村庄看看风琴，如果风琴状况还好就给旅店买下来。没有音乐就是不行，没有音乐我们比鱼好不了多少。旅店老板又补充说，我们绝不能失去像斯诺瑞这样的人。不是说我会为此失眠，海尔加说，但是福里特里克看到斯诺瑞在附近也会有点烦。奥斯格尔德说：音乐比福里特里克与特里格维的商店和贸易公司重要。

让男孩陪同是没有问题的，事实上这是非常偶然的巧合，因为已经制订好的计划正是把男孩派到那个村庄。现在斯诺瑞和男孩已经走到了图恩古达勒，他们很少肩并肩走，两人之间通常有几十米的距离。男孩忘记了自己，忘记了斯诺瑞，忘记了这次旅行的目的，忘记了他的任务。旅行太妙了，感受地面在抬高，让脚自己思考。都一样，他觉得不舒服。

她已经骑马走了。起初她蹲伏在那里，手脚着地，仿佛瘫倒了，仿佛陷入了沉思。然后她站起来，看着男孩，一绺头发贴在前额上，坚强的眼睛里有几不可见的水汽。他们两个人看着对方，除了马把草拽起来的声音之外什么都听不到。她伸手拿起手套，站起来，抚平了衣服，扣好罩衣，或者那衣服应该叫衬衫，他搞不清楚。她的手拂过他的头发，美丽而冷漠，冷漠可以美丽多久？然后她就消失了。骑马迅速离开，快速消失。他则成了空洞的东西，隐藏在坑中，在坟墓中。但是接着他发现了一条流过草丛的清澈的小溪。他想洗洗脸，在脸上泼点冷水——他觉得头脑昏昏沉沉，或者说，就好像他的头被塞住了一样——他想洗洗下身，洗掉他在莱恩海泽突然伴着一声压抑的叫喊抬起身子时看到的血迹。或许是因为血，或许是因为莱恩海泽趴在那里，似乎在哭泣或咒骂，他的阴茎一下子缩了回去，变软了。男孩跪在溪边，把裤子一直拽到脚面，要好好洗一洗身体。血液已经凝结了，成了固体，几乎成块，有点血腥味。他想起她体内那东西撕裂时的情形，她是怎样倒抽一口凉气，怎样凝视着半空，好像他不在那里。他没把身体洗干净，反而四肢着地蹲下来，开始呕吐。溪流接受了他的绝望、恐惧、愤怒、羞耻，就像接受了任意一片将被输送到大海的草叶。

有没有可能忘记草丛中的一切，比现实生活更加接近天空？白昼把鸟儿放飞到荒野上方，它们是天与地之间的音符，草丛都是睡着的狗，溪流的音乐纯净如银。在这样的日子里，荒原就像一片永恒的天堂。男孩和斯诺瑞早上五点左右出发，从低地走出去，走进美好的空气和草丛里。有很长一段时间，他们没必要回忆，没必要拥有意识。男孩忘记了昨天，忘记了不确定性，忘记了暴力，也忘记了斯诺瑞，走到高高的荒原才醒悟过来，停下脚步，回头看去，看到了远处的黑点，然后躺在了洒满阳光的草地上。那些草比他的生活更暗也更明亮，他看着天上飘动的云朵，身上又有了活力。男孩把注意力集中在云朵上，好像希望它们可以把他一起带走。云朵飘过渔民小屋，五个人站在那里的岸边，处理完了他们捕到的鱼，而第六个人正是培图尔，他走进盖尔普特的咖啡馆，步履轻快。他们一到岸边培图尔就立刻出发了，让其他人处理捕到的鱼，给自己留点时间吞下些由艾琳博格准备的食物。她见到他如此匆忙，心里有些生气。有急事。这是他大踏步走向村庄之前唯一留给他们的解释。培图尔要去哪里？留下的人清洗捕到的鱼时，艾琳博格问过这个问题。她看着雅尼，雅尼耸了耸肩。人们总有事要照管。这就是他所说的，但艾纳尔擤了一下鼻子，把手指轮流放在每个鼻孔上，用力喷气弄干净每个鼻孔。他当然是去见安德雷娅了。他说。闭嘴。雅尼说。你是什么意思？艾琳博格眼睛紧盯着艾纳尔，问道。正如我所说的。艾纳尔回答道。

艾琳博格：你是什么意思，安德雷娅没离开他吗？

这更有了让培图尔占有她的理由，艾纳尔声音激动地说，让她被狠狠占有一下对她有好处。她读了那么多书，那么虚伪狂妄，把脑子搞坏了！

雅尼：闭嘴，你这个流氓。

其他人停下了手里的工作，大个子格文德尔，还有替代男孩和巴尔特的两个打短工的渔民。

人们可以说想说的话，艾琳博格声明，艾纳尔说的没错，无论如何，什么样的女人才能离开像培图尔这样的男人？我只是问问，那是什么样的女人？

什么样的女人？什么样的生活？培图尔走进咖啡馆，走得气喘吁吁。咖啡馆里面很嘈杂，他环顾房间，认出了几个人，但懒得和他们打招呼，只是不耐烦地寻找着安德雷娅。他打算对她说：告诉他们，你需要离开半个小时左右。他在过去的几个晚上一直难以入睡，他们在地下室度过的时光一直萦绕在他的脑海里。他注意到了安德雷娅身上的另一种气息，她穿着件新衣服，她与以前不同，但还是她。他昨天晚上用了很久才睡着，一醒来就又开始想着她了。他在夏日夜晚的光线下起床时完全勃起了。艾琳博格醒着，可能看到了，但那没什么，她可以看，他的尺寸没什么好羞愧的。培图尔用长长的手臂搂住了奥拉菲娅的肩膀。安德雷娅在哪里？他问。她转过头来看着他，说了声：哦。

几分钟后，培图尔走出了村庄。

奥拉菲娅去找海尔加，海尔加告诉培图尔跟着她，领他走进房子，走进令他不舒服的典雅客厅，客厅里站着这位盖尔普特，他们告诉他，安德雷娅已经走了。大概是这样的情况吧，他迷迷糊糊从他们那里收到一张折叠的纸，上面有几句话，是安德雷娅匆匆写下的，就像是在逃跑：亲爱的培图尔，我已经离开了。你不是个坏人，但我们在一起的生活结束了。我无法想象回到你身边，如果我这样做了，我会开始恨你，也恨自己。生活太短暂了，没时间留给仇恨。希望你能找到比我更好的人。你可以扔掉我所有的东西。

这些话语中有某种意义。他迅速读完，努力集中注意力。匆匆读完，团成一团，想扔到一边，但又不敢。她去了哪里？他问。没写在字条上吗？盖尔普特问。没有。这是有理由的。听到这里，他离开了，像条可怜的狗。然而，安德雷娅是他妻子。她无权做得如此……不自然。他可以去找行政官，把她带回来，这是他的权利。然而他溜走了，现在他走得飞快，匆匆逃离。他会遭到嘲笑，他竟让他们这样对待他，竟成为这样一个毫无价值的可怜虫。人们会说是他无法满足她。

该死的。为什么他没提出要求？至少应该让他和那该死的男孩说一句话。就是那男孩和巴尔特让安德雷娅如此困惑。巴尔特死了，但情况不仅毫无好转，还恰恰相反。他应该提出见一见那个男孩，然后好好打他一顿！

然而，在山下的村庄里提出见一见上了荒原的人，是没什么用的。

斯诺瑞和男孩已经吃了他们带的一些食物，男孩躺在草丛中，洒满阳光的青草间。昔日的商人说：我完全不习惯这样。他挥了一下手，意思是指这些草丛和山峰，还有纯净如银的溪流。他们喝了些玻璃瓶里的冷咖啡，男孩吃了海尔加准备的午餐，斯诺瑞吃了赫尔达准备的午餐。是她亲自用手将面包放在一起，这就是为什么面包如此好吃。生活失败的破产者斯诺瑞暗想。斯诺瑞咬着面包，想着她那双手，周围的景色很美。阳光，蓝色天空下的一切都无比美好，特别是在男孩教会他避开一块块潮湿的地面之后，他的脚、他的袜子都得以保持干燥。一切都很好，这片土地和这一天就像莫扎特那欢乐而动人的旋律。他们走进一个宽阔的、深深的峡湾，里面有无数山谷。有时他们肩并着肩，斯诺瑞给男孩讲起莫扎特的故事，在草丛中绊了三次脚，也被男孩扶住了三次，因此没摔倒。男孩听着斯诺瑞的讲述，欣赏着那些话语，还有当文字的力量太弱时斯诺瑞吹口哨吹出的旋律。

时间过去了，男孩和斯诺瑞从峡湾往上走到另一片荒原，他们沉默地走着，想着各自的烦恼、伤口和意想不到的快乐。莱恩海泽可能会在明天或后天坐轮船离开，轮船还会带走大量海鱼。她要离开了，这很好，现在男孩十分清晰地看到了这一点，与此同时他走在草丛中，绕过有积水的草皮，在斯诺瑞踩进水坑时把他拽出来。他想着她，让她穿透他的身体。他的血液里还留存着什么呢？

令他惊讶的是，他没有感到愤怒，更没有恶意。没有。是遗憾吗？也许有些羞耻？

他站在荒原的边缘，低头看着那村庄所在的另一个峡湾，他要找的商人就在那里，盖尔普特写的信就在他口袋里。他听到斯诺瑞气喘吁吁，他落在了后面。现在不远了。男孩说。不远。斯诺瑞喘着气说。有一段时间，他们就那样盯着峡湾，他们头上的天空犹如鸟儿蓝色的翅膀。我以为生活结束了，斯诺瑞说，但是生活或许还从未开始。

男孩：我对生活的了解并不多。

斯诺瑞：一个人可能不需要对生活有太多了解，人们只需走进生活，并且在生活来临时知道如何迎接它。

XXVI

男孩和斯诺瑞在下坡时看到了横跨峡湾的村庄，但它很快又从视野中消失了，峡湾深邃迂回。不可能少于四个小时。男孩说。什么？斯诺瑞喊道，同时试图在斜坡上站稳脚，他的思绪完全集中在旅店的地下室。头天晚上他就惊呼道：天啊。因为他意识到赫尔达不止会识谱，她只看到乐谱的一小部分就认出了肖邦的《夜曲》。如果我们绕过峡湾走，至少需要四个小时，或许五个小时。要到晚上了，斯诺瑞说，很快就要到夜里了。我们如果划船过去，应该能在一个小时后到。男孩说。那就让我们找一艘船。一败涂地的商人说。这就是他们做的，他们开始找船。他们从荒原向下穿过斜坡，在他们靠近岸边时，一种特定的恶臭向他们袭来。该死的挪威人。男孩说。他们向右转，沿着峡湾走过去，离开位于一处小海角上的捕鲸站，那是突出到峡湾里的一处海岸，他们看到靠近岸边的高高的精炼厂，沉重的链条从中伸出来，如同怪物的手臂，作用是将鲸鱼尸体拖入建筑物。他们有两次需要绕过腐烂的鲸鱼肉，鲸鱼内脏散发出阵阵恶臭，到处都是蛆虫，他们走了差不多半个小时，才远得闻不到精炼厂的气味和喧嚣。他们周围安静下来，只有海浪的哗哗声，贝壳在脚下碎裂的噼啪声。海岸之上是荒野。他们在沙滩上看到了一座陈旧的渔民小屋，只有一层，海滩上有条小船。我们需要一直划船过去吗？斯诺瑞抬眼看着宽阔的峡湾，眺望峡湾另一边的村庄。海上那里有强风，男孩说，我们可以升起帆。他们费力地穿过春天留下的一大堆贝壳，走向小屋，显然是小屋里的渔民在清干净贻贝肉后把贝壳铲到了门外。斯诺瑞敲门时，男孩皱着眉头想，肯定都臭了。

一张睡得肿胀的脸出现了，既好奇又恼火。睡眠受到干扰是很糟糕的，休息多么宝贵啊！划船送你们过峡湾，我们为什么要这样做？那张脸的主人说。一切皆有原因。斯诺瑞小心翼翼地在贝壳堆上站稳，冷静地说。被打倒也痛快。那张脸看着男孩说，同时彻底醒了过来。我非常怀疑这点。斯诺瑞说。

那张脸：怀疑什么？

斯诺瑞：被打倒也痛快。

为什么我们不能有安宁的睡眠？小屋内传出了呼喊的声音，我们不能再休息了吗？另一个低沉的声音咒骂起来。外面这里有两个傻瓜，想让我们用船把他们送到村里。那张脸朝房里喊道。跟我们有什么关系？第一个声音喊道，告诉他们，别扯淡，快滚蛋！我们会付钱。斯诺瑞说，他可能是个不称职的商人，但仍知道这个有魔力的词，并且拿出了一些钱。那张脸先看了看钱，又看了看男孩，接着又看了看钱，然后说：等等吧，先闭嘴。

五分钟后，那张脸变成了矮个子男人，灰金色的头发油腻腻的，眼睛对他们匆匆一瞥。矮个子，但肩膀凝聚着力量。他和男孩一眨眼就把船推到海里，同时斯诺瑞举起双手，不知道该怎么办。不过矮个子男人伸出手时，斯诺瑞的双手很快就被赋予了某种角色。付款。那男人说。男孩无声地坐在男人旁边，两人划着船，斯诺瑞坐在船尾，付款后他就再没一点用处了。他盯着群山，盯着一只鸟潜入水中去找吃的。寻找的绝不是幸福，斯诺瑞想，不是幸福。他们已经来到峡湾离岸很远的地方，那个脾气乖戾的男人升起帆，借着风力航行。他掌舵，嚼着烟草，吐出红色的唾沫，仿佛生命正随着血液流失。你们从哪里来？他的语气里似乎带着鄙视，我是不是该认识你们中的某一个？问得好。斯诺瑞说。他看着村庄越来越近，房屋越来越清晰，然后解释说：他叫斯诺瑞，是个破了产的商人，要去村庄给世界尽头旅店看看风琴。风琴啊，男人惊愕地说，这算什么差事？！过了几秒钟后，他又往嘴里塞了片烟草，津津有味地嚼起来，然后对男孩说：我真想不到你是个潦倒的商人。我不是。男孩说。但对你必须有个称呼呀。没什么好说的。男孩回答，并说出了自己的名字。男人继续咀嚼着烟草，一条红线顺着嘴角淌下来，他用手背迅速擦了一下，将一些汁液抹到了左脸颊上。你有没有可能是与那些夫人和那个瞎子住在一起的人？我没和什么夫人住在一起，而是和女人住在一起。反正她们都有阴道。男人说。男孩什么都没说，只是低头看着自己的脚，于是男人又加了一句：你的朋友因为一首诗冻死了！他们的眼神在瞬间交会，男孩感到一阵刺痛，然后刺痛消失了。你很出名。掌舵的人最后说道。那请问你的名字叫什么？斯诺瑞彬彬有礼地问道。我？我叫什么名字？呵呵，我的名字就是屎袋巨子。矮个子男人简短地说了一句，在接下来的航行中再也没开口。他们终于踏上了村庄下方的海岸，而后互相道别，他只说了句旅店是绿门的那一家，然后就划船离开了。

我们有空房，十个房间中还有一个房间，这里要忙的事很多。旅店里的男人说。他又高又瘦，弯腰驼背，就像是身体不能应付这样的身高，结果下身被压垮了。三个房间里住着捕捞比目鱼的美国纵帆船上的病人，两个病人得了流感，快不行了；另一个在打斗后受了很重的伤。那些人拿着大砍刀。高个子男人直接冲着男孩说。男人的口臭太重了，男孩不得不屏住呼吸。这个口臭男指了指楼上，男孩和斯诺瑞听到了一声呻吟，就像是他用手指操控的一样。我只希望他能再坚持几天，这些美国人出的钱真不少，不过你们两个必须有一个睡地板，我猜你不会高级到不能睡地板吧？不会。男孩说。他当然没那么高级，然后他们开始办正事。斯诺瑞试风琴，男孩把信带给商人。他的任务与权力和金钱有关，这当然更糟，因为正如诗文所说：地狱有两极，一极叫金钱，另一极叫权力。他们在外面站了几分钟，凝视着峡湾里的三艘美国纵帆船，漂亮的船，而且干净，即使从远处也能清楚地看出来。然后天开始下雨。天空其实仍然是蓝色的，但乌云正在聚集。男孩下意识地看着斯诺瑞的鞋，他的脚要变湿了。斯诺瑞听着雨点落在头上，过了一会儿说：你要去见商人了。没错。男孩对着雨说，对着船驶回的方向说。他以前是不是在哪里见过这个嚼烟草的人？克里斯蒂安人不坏，斯诺瑞说，但也不是多好，生活对他而言不是盈利就是亏损。

商店所在的房子够大，有上下两层和很深的地下室。商店内外很整洁，地面扫得很干净，但是雨水渐渐把屋外的坚硬地面变成了泥，人们会把泥随着鞋子带进来。男孩走进商店声明有事找商人。要见商人，店员中的一位说道，谁不想见商人呀？他想不想见你就是另一回事了。他为什么要见你？男孩说自己从盖尔普特那里来，来送一封信。于是店员的态度从毫无兴趣变为好奇，同时伴着一丝怀疑。商人的办公室在楼上，是角落里一个有三扇窗户的大房间。透过窗户可以看到美国纵帆船在峡湾里摇晃，一条挪威捕鲸船拖着一条鲸鱼驶向捕鲸站。盖尔普特叫你来的吗？商人用混杂了丹麦语的冰岛语问男孩。是的。男孩说。商人读信时男孩就站在那里，没人给他拿椅子坐。信不长，只有一页多一点，然而商人用了很长时间读信，边读边发出啧啧声，最后他放下信，点了支雪茄，转动椅子看着外面，椅子被他压得吱吱作响。在商人站起来之前，男孩并没有注意到商人的体形，他的大肚子鼓得就像怀了孕，脖子粗壮，肩膀耸起，背上像是胡乱堆着一堆肉。男孩忍不住凝视着。长大后你会成为什么样的人？我们有时问这个村里的男孩。没必要问女孩，她们没机会成为什么人。我会长胖，那些眼光最远、最高的男孩回答。她想让我回信。商人说。他望着窗外，一艘小船正划向一艘大帆船。是的。男孩说。

你知道信的内容吗？

知道。

该死的。

是的。

她不该跟福里特里克作对，真愚蠢。

不。男孩说，声音或许太大了，但他内心激荡，或许是因为商人说话的语气，或许是因为他抽雪茄的样子。那根雪茄现在从商人嘴上拿了下来。什么？他问道。

这不愚蠢，我们应该高高站立，否则就无法生存。

克里斯蒂安凝视着大海，嘟囔了句听不清的话。明天你会拿到回信。说完，他挥手让男孩离开。

窗户上响起了拍打声，男孩醒了。深夜，确定无疑。外面仍在下雨，浓密的雨遮住了天空。裹着毯子睡在地上很冷。斯诺瑞在床上轻轻打着鼾，他早早就休息了，风琴让他很满意。“希望号”应该会在这里停泊，厨师乔尼摔断了胳膊，布里恩乔福尔说他改天会把风琴和斯诺瑞一起带回去，全然不理这位一败涂地的商人的反对。他知道“希望号”应该去为盖尔普特捕鱼，而不是把一台风琴从一个峡湾运到另一个峡湾，不过不用走回去就太好了，斯诺瑞的腿彻底累垮了，明天就会变得僵硬酸痛。你和我们一起走吧。斯诺瑞那天晚上打着哈欠，口齿不清地说，说完他就睡着了。男孩读了会儿书，而后躺在床上，却怎么也睡不着。他听着雨声，感觉雨水和生命就像血液一样汹涌地流过他的意识。最终雨声让他睡着了，他陷入混乱的梦境，现在又被轻拍窗户的手惊醒了。

站在外面的是来自渔民小屋的那个家伙——屎袋巨子。他示意男孩跟他出来，并把一根手指放到唇边，表示男孩应该悄悄走出去。男孩就这样轻轻走到前门，接着吓了一跳，因为他看到了高个子男人的那双眼睛。男人坐在椅子上，静静地看着男孩。男孩起初想说点什么，解释他为什么要偷偷摸摸地走进雨夜，尽管他自己也不知道为什么，但这个高高瘦瘦的男人似乎什么都不想听，与昨天的样子完全不同。人们在白天是一个样，在晚上又是另一个样，因此男孩什么都没说，尽管他的确打了个手势，想解释些什么，但根本没解释。迎接他的是雨和夜晚的宁静，嚼烟草的男人悄悄走向岸边，示意男孩跟着他。什么事？男孩问，但男人用目光示意他别作声。岸上有条船。什么事？男孩又开口问。但高个子男人说：我需要和你谈谈，我们要把船划进峡湾。然后他开始准备把船推到水里。男孩的头脑突然清醒过来，仿佛是雾气散去，记忆浮现出来。你是艾吉尔。他犹豫地说。男人什么都没说，只是慢慢直起身，仿佛害怕身体会断了。男孩有些结巴地继续说道：我们是兄弟，我是说，你是我的兄弟！是的。艾吉尔终于说。他们把船划进峡湾。雨夜，天色昏暗。一切都安静而平和。

那寓于存在中的开放性伤口

悲伤，因为未曾好好生活；因为死去却无法逃脱；因为无法不再相信我们口中的上帝、宽恕、希望，那超越所有距离之物。悲伤，因为在这个不完美的世界中，对于一个人来说，逃避真相所需的努力要少于直面真相。因为日常生活中琐碎的烦心事就能让人忘记，在这个世界的其他地方，有人被砍下双手，幼童遭到强奸，生命遭到玷污。悲伤，因为活着的人并不比我们这些死者过得更好，你们没有进行足够的抗争，有时不够便利，或者时间紧迫，因此几乎不曾抗争；因为你们怎么能忽视眼睛里的良知，仍过着自己的生活，并称之为幸福。真担心你们有一天醒来时会像我们一样，我们这些困于生与死之间的扭曲的影子。悲伤，因为你们是多么草率地大嚼来自地狱的浆果，并让地狱的毒药渗入血液。偏见、贪婪、残酷、暴力、自私。

一颗果实中包含的五个词，一条根上长出的五个词。

这就是我们讲述这些故事的原因。

然而，要建起通往上帝之桥或通往死亡对面的疆域之桥，要激励你们并唤醒你们，不仅应该依靠这些故事，还应该有我们的呼吸、我们的心跳、我们血液的轰鸣，有我们的恐惧、内疚、微笑和对幸福的渴望。所有这些，我们都用力将它们抛进了不完美的世界。

现在，我们将结束这一过程，我们的死亡和对生命的渴望，我们将使之结束。就让我们跟随男孩吧，那寓于存在中的开放性伤口。

只要你爱我，
这个被上帝抛弃的世界就可栖居

I

航行之船如悦耳之曲。“希望号”破浪前进。峡湾内的水面几乎平静如镜，但是在雨中航行到海上时就起了浪。上帝帮帮我们，雨下得多么大啊！这艘船从山脉前驶过，山脉突然就到了尽头，仿佛土地沉入了海中，而后船绕过两个峡湾，进入德鲁普海域。“希望号”的船舱里没有多少鱼。乔尼愚蠢地摔断了手臂，他们不得不暂时放弃捕鱼，在乔尼疼得龇牙咧嘴的同时，他们拽回了钓线。这个男人一直无法掩饰他的痛苦或情绪，也无法准备像样的食物，但船员们希望他的胳膊状况能有所好转。风琴被牢牢地固定在鱼的中间，斯诺瑞激动得不能自已，整个旅程都坐在那里弹琴，让巴赫的音乐在这艘幸运之船上飞扬。男孩任凭雨水淋在身上，听着落在前额的雨滴，听着甲板上流淌的音乐。船员们在水手舱里潮湿的铺位上或坐或躺，看着前面发愣。音乐让他们回忆，让他们心中充满无法理解的渴望，让他们既忧郁又快乐。艺术是危险的，它能激发人们梦想更美好、更公平、更绚丽的生活；它能引起不安，威胁到日常的生活。

男孩不在意身上被打湿。温度不低，即使不算温暖。不过，长时间不穿防护服，湿淋淋地站在甲板上，是很危险的。你想生病吗，小伙子？布里恩乔福尔走出来和男孩站在一起，胳膊笨拙地搂着男孩的肩膀。船长身上有酒味。在村里弄到酒喝太容易了，酒几乎是在村里等着他。不想，男孩说，我这就下去，马上。这样说时，他没看船长，而是凝视着雨中陆地的方向，凝视着密雨中渔民小屋的方向。布里恩乔福尔在男孩旁边站了一会儿，没什么原因，简直就像是在等待什么一样，然后男孩听见他回到舱内。

男孩之前在他兄弟身上闻到了相似的酒精气味。他们划船离开岸边，进入昏冥的雨中。划进峡湾，直到不再感觉到土地。这很好。艾吉尔放下船桨，挪到旁边的水手坐板上。大海如此平静，男孩可以看到雨滴沉入水中。艾吉尔递给他一件防水服，接着递给他一个酒瓶。喝点吧，他说，这摩闪酒好极了。男孩穿上防水服，却对酒瓶摇了摇头，他们离开岸边后还没有说过一句话。艾吉尔盯着他的兄弟，片刻之后对着雨水骂道：你这么懦弱，连酒都不喝？我只是不想喝酒。为什么不？我不知道。男孩说。是不是和贵妇人住在一起喝酒不太好？我什么都喝。男孩说着，固执地坐直了身子。哦，那就喝吧！盖尔普特不是夫人。别那么敏感，她不是天使，人们说她跟那些取悦她的人在一起很快活。她，盖尔普特是……但是艾吉尔打断了男孩，说道：不过不用生气，你仍然可以和我一起喝酒，我们不会每天都见面的，你知道，我们兄弟俩！我不想喝酒，我可以不再去看雨滴下沉。艾吉尔把酒瓶举到嘴边，却在喝酒前停了下来，放下酒瓶，盯着他的兄弟，望着雨，骂了一句。他们就坐在那里。船几乎没有移动，他们之间只有雨，还有很多个年份，或许超过了可以让人容忍的范围。他们什么都没说，绒鸭发出叫声，那是寂寞和寂静混在一起的独特声音。在很久很久以前，他们曾一起躺在父母的床上，他们两个，还有莉莉亚和他们的母亲。那是世界的最后一夜，第二天早上，整个家庭就被拆散了。男孩醒过来时，艾吉尔的手指正抓着他的头发，正是那同样的手指，现在紧握着船上的酒瓶，布满茧子，伤痕累累。是同样的手指吗？一个人的变化会不会太大，乃至于差不多死去、衰亡，变成空无，或者说得好听些，变成完全不同的人？

你没有认出我。艾吉尔说着笑了起来，或是傻笑，然后又将酒瓶举到唇边。男孩移开了视线，就好像他正在失去对那最后一夜的记忆。那记忆他一直珍藏着，就像一种安慰、一种痛苦的喜悦。我记得的太少了，他说，我甚至不确定父亲是多少年前溺水的，是十年还是……十几年？是十三年！我记得一切。艾吉尔几乎带着责备说，你一把我们叫醒，我就知道是你，立刻就知道了！男孩说：我不记得那些事情，但我记得我的感受。他本想接着说我记得你的手指抓着我的头发，却决定不说这个。我记得一切。艾吉尔又说了一遍，这次更为平静，他看着雨水，喝了口酒。他听说过巴尔特的故事，防水服的故事，两种不同的版本，听说在那之后，有个人爬过一座山谷，走过一片荒原，带着一本书，是一本诗集。他立刻就知道那是他兄弟。我立刻就知道了，我一直知道你就和母亲一样，也和父亲一样，总是胡扯那些该死的诗歌，你那该死的梦想，你知道他们的结局！无论如何，你总是和妈妈一模一样，一直挂在她身上，她几乎从不让你走开一步。你必须小心这些胡说八道。什么胡说八道？男孩看着兄弟，问。该死的书，该死的诗歌。该死的胡话会让你变得软弱，你会被人铲倒，一个男人不该屈服，一点都不该。我们绝不能屈服于什么？所有这一切，散发着恶臭的一切，你必须坚强，这是谁都能理解的唯一的事。不。男孩轻轻地说，并低下头，隐藏自己的眼睛。你不想喝酒，太糟糕了。他的兄弟说。你在你长大的地方挨过打吗？有足够的食物吗？如果有人找你麻烦，就告诉我，我会对付那个浑蛋。我活了下来，我从没弯过腰，我知道这混账生活是什么方式。

II

“希望号”在德鲁普海域航行。男孩浑身湿透了，彻底淋湿了，巴赫的音乐从船舱里飘出来，在甲板上回荡。男孩的脸上满是雨水，不是泪水，然而如果能哭一场，能甩掉这重负、这伤口、这绝望，该有多好啊！他终于找到了自己的兄弟，结果却只是立刻失去了他。他们在岸上互道再见，黎明在雨中来临，尽管天色还没大亮——雨滴似乎把白昼之光搅成了一片昏冥。我和小伙子很快要去村庄搬酒了，艾吉尔说，我们在你们那里拿啤酒肯定能得到折扣吧，你肯定有关系！男孩只是耸了耸肩。艾吉尔说：我们想让小朋友们放放风，他们整个冬天要渴死了，你不能对鳕鱼做什么。这里的夫人们谁都不看，只看那些该死的美国佬，只有他们才能适合她们的引导。我们要一起做点什么，我野心勃勃的兄弟！然后小船和他一起消失在雨中。男孩在岸边站了很长时间，雨点噼噼啪啪打在他身上。现在他站在"希望号"的甲板上，雨点依然打在他身上。商人写给盖尔普特的回信就在下面船舱中的包裹里。他不能、不会、不敢帮助她，男孩知道这点，不需要拆开封印读信就知道这点。那么现在能怎么办呢？什么样的路在等着盖尔普特呢？会不会一切都将毁掉，那他又会成什么样子呢？他的教育怎么办呢？"希望号"在雨中慢慢爬行。莱恩海泽捶打了他的胸膛，他曾在她体内，她做了，然后让他躺在那里，他呕吐了。"你的心脏怎样跳动？"另一个女人曾在信中问过他。她想着一个挪威人，想着詹斯，他们都是又高又壮，就像布里恩乔福尔一样。布里恩乔福尔在雨中走了出来，走向船舷，笨重地翻了过去，消失在海里。

特里格维的轮船走了。它正驶向哥本哈根，在宽阔的天空下、在公海上航行，船上满载着咸鱼，还有莱恩海泽，她曾打算在阳光下骑马兜风，那时男孩还算个重要的人，他不知道有多重要，但是现在他知道了。他曾梦想过她，荒唐的梦，不无背叛。正是她的家人要不公平地对待盖尔普特，要让她屈膝，至少要伤害她。内斯的比亚德尼说过他们是“那些人”，那腔调表明，与莱恩海泽有关系的人都不会再愿意和他打招呼。然而他无法憎恨她双眸间的模样，她表情中的冷漠，或许他永远无法忘记她在推倒他并征服他时是如何颤抖的。他无法恨她，但也永远无法爱她，不论爱意味着什么。

大海如此平静，男孩从码头走向房子时，“希望号”几乎动都不动。布里恩乔福尔投身于其中的大海。

起初男孩只是呆呆地看着。看着船长走向船舷边缘，越过船边投到海里，就像只羽翼未丰的小鸟。布里恩乔福尔之前站在那里，被他的生活、他的记忆压倒了，然后他就消失了，只剩下雨水拍打着甲板。这样似乎过了很长时间。然而不会超过三秒钟，尽管那时间很长，并不比生命短多少。男孩瞪大眼睛，然后跳了起来，喊了起来，喊出了关于溺水和死亡的事，船员们像亵渎神灵一样从水手舱里冲出来，让船转了个很大的、无比缓慢的圈，喊着他们船长的名字，祈祷、咒骂。斯诺瑞停止弹琴，走上甲板，看着连接天空和大海的雨，心想：这是我的错，是我的错。布里恩乔福尔被捞了起来，就像海里久远的残骸。淹死的人看到他的腿摇晃着悬在那里，于是互相表示，又有个人加入我们了。但事实并非如此：布里恩乔福尔甩动双臂保持漂浮状态，在大海里终结生命令人吃惊，但他也犹豫不定，毕竟，为什么还要抗争呢？沉下去不是更好、更光荣吗？沉下去，找到和平，摆脱一切，逃避生活。然后他听到男人们的叫声，听到他们喊着他的名字，那些叫喊的声音让他保持漂浮状态，直到他们设法将他救上船。该死的你在想什么啊？他们惊呼着，站在甲板上俯视着他，满怀愤怒。只因为他们对他活着的事实感到高兴，才没有把他痛揍一顿。我不知道。布里恩乔福尔说，他在水手舱里冷得直打哆嗦。男孩走上岸，带着口袋里的信。外面几乎没有人到处走，雨中的晒鱼场看起来很荒凉，咸鱼被堆到了一起，盖上了挡雨的东西。

男孩走向房子，穿过村庄。她走了，很好，那艘大船把她带走了，这样对他很好，仿佛他自由了，尽管他不知道得到的是什么自由。但他感觉不太好。你们兄弟俩能不能去看对方？你们千万不要忽视这点。你们千万不要让世界把你们分开！他母亲曾在信中写道。

然而这就是所发生的。他们没有去看对方，兄弟俩孤独地留在世上，写过两封信，然后就什么都没有了。艾吉尔搬到另一个地区，然后又搬了一次。世界把他们分开了，群山阻隔，他们之间的距离越来越远，等到他们终于相遇时，是斯诺瑞重重敲开肮脏的渔民小屋的门，艾吉尔开了门，此时一切都已太迟。他们在峡湾中的船上漂荡时，男孩谈起了莉莉亚，他们的妹妹。你记不记得，她每次醒来是多么快乐，她看到我们时笑成了什么样？艾吉尔嗤之以鼻，说道：这就是你声称记得的那些事情！我记得我的感受。男孩抑制住心头突然涌上的一阵怒火，说道。他们都死了，艾吉尔说，他们都走了，再也不会回来，记得又有什么好处呢？不会有丝毫帮助，记得那些只会让你变得软弱。你太软弱了，我立刻就看出来了，除非你朝掌心吐唾沫，拿出男人的样子，否则你就会被铲倒。好吧，除非你能一直待在那个夫人的翅膀底下，我不得不说这真是个好工作，你就在那里接着打滚吧。艾吉尔说着，朝船边吐了口红色的唾沫。

III

盖尔普特在客厅打开信件时，外面仍在下雨。他们都在客厅里，海尔加、科尔本，还有浑身湿透的男孩，他说他乘坐“希望号”回来的。乔尼摔断了胳膊，是的，斯诺瑞决定带上风琴，对风琴很满意，一路都在弹奏，风琴很漂亮。我在甲板上听着雨声和巴赫的曲子，至少他说他是在弹奏巴赫的曲子，有时乐声好像盖过了雨声。我们航行期间斯诺瑞一直在弹琴，直到布里恩乔福尔跳过船舷边缘，或者说是从船舷边缘摔了下去。不，他没淹死，还算幸运，他似乎也不知道为何要在海中结束生命。是的，他喝醉了。盖尔普特说，他无法应付酒精。

海尔加：以及所有这些不幸。

盖尔普特：以及所有这些弱点。

你觉得克里斯蒂安怎么样？盖尔普特读过这封信后问。她的手搁在椅子扶手上，信在手中摇摆。他很胖，男孩说，我不知道人能吃成这样。他的店里挂着些牌子，上面全都刻着“时间就是金钱”。正因如此，他过得很好，盖尔普特说，那样想的人会成功。我相信你知道他的答案是什么了。

男孩：我没看过这封信。

盖尔普特：你看过这个人，你应该知道答案。

你事先就知道答案了？男孩惊讶地说，好像得到了意想不到的结论。两封信我都能写出来。她说。那你为什么还让我跑这一趟？

在山间走走对你有好处，接触一下这样的人对你有好处。旅行不错吧？

是的。男孩说，但是说得很无力。

海尔加：发生什么事了？

希望你碰到了个女孩子。科尔本用手杖轻敲地面，说道。然后男孩讲了出来，说他遇到了他兄弟，与此同时似乎也失去了他，因此他才在雨中站在甲板上，因此他看到了布里恩乔福尔消失在大海中。盖尔普特说：一个人的不幸，有时是另一个人的救赎。既然你知道那封信毫无用处，为什么还要给克里斯蒂安送信呢？他受我吸引。盖尔普特说。那个胖家伙？男孩一声惊呼。克里斯蒂安胃口很好。她微笑着说，仿佛是在谈论某件有趣的事。要不然就是太贪婪。她又加了一句。他是个无赖，科尔本沙哑地说，一个结了婚的恶棍，一直把他妻子关在华丽的哥本哈根。他给我写过几封信，盖尔普特说，而且他的信毫不遮掩。我提醒一下他那些大话，或许是想折磨一下这个可怜的家伙，我相信他永远没胆量反抗特里格维和福里特里克。他提出要为我征服世界，我实在忍不住想戏弄他一下。说大话与做大事相距甚远。展示这一距离的机会并不常有。有时我觉得，我们都受到了小人说出的大话的控制。

我们？我们指谁？科尔本问。他转过头，仿佛徒劳地渴望让眼睛注视着什么。

海尔加：对克里斯蒂安当然不能期望什么吧？

盖尔普特：不能。但他说，我有美丽的眼睛、美丽的嘴唇，他经常躺在床上想着我，难以入眠。不过我认为，与此有关的不是我的眼睛，而是我身体的其他部位。

海尔加：似乎我们无法靠他的失眠把鱼晒干。

科尔本：还有他那该死的情欲。流氓、无赖。

你需要安排与福里特里克，还有特里格维的会面。海尔加说，语气坚决，又透着些温柔。我猜想我需要加入牧师妻子古特伦主持的女性俱乐部了，盖尔普特带着淡淡的笑意说，我还要养成习惯，像个精致女人一样喝茶，不能像渔民一样灌咖啡。邀请他们来这里吧，科尔本说，等到他们那擦干抹净的屁股都坐好后，我会赤身裸体走下楼，用不干净的东西好好刺痛一下他们的感官。那你就能摆脱他们了。为什么要赤身裸体？盖尔普特热切地问。你不懂吗？看到一个赤身裸体的老男人、一个盲人无赖，是件可怕的事，太恐怖了，我还会放屁，你知道我能臭得和快腐烂了的死公羊一样。别胡扯了。海尔加说。或许只有胡扯才能对付这些……所有这些。盖尔普特喃喃自语，接着若有所思地凝视前方。我们总会凝视前方，哪怕眼前不再有任何东西可看。

第二天早晨，男孩被派去找乔哈恩，雨从悬在我们上方的天空之眼落下来，下了一整天。男孩和乔哈恩一起返回，和海尔加一起吃了薄饼，然后海尔加到客厅去找盖尔普特和乔哈恩。你要去谈判吗？男孩问盖尔普特。如果我谈判，就要找到我自己的方式。说完，她出其不意地轻触男孩，轻轻地抚摩他的脸颊，如此温柔，让他几乎要感动得落下泪来。不敢，我担心，一场失败会导致更多的失败，这是失败的本质。海尔加给男孩拿了薄饼，和他坐在一起，看着他吃，问起他的兄弟。无法确定你是不是又一次失去了他，她说，他或许不是你梦见的那个人，甚至是截然不同的人，但你们血脉相连，血缘可能会比其他一切都更有力、更难断开。他说他要跟朋友来这里，男孩说，他期望能给他们打个折扣。到那时我们会欢迎他们，海尔加说，不过与他人有血缘关系并不总是件轻松的事，有时付出的要比得到的更多。

临近傍晚时，雨变成了浓浓的水汽，然后起了雾，黑暗的雾，然后一切消失了，甚至群山，仿佛它们并不存在，然而它们仍比我们的生命长很多。与雾一起降临的是静寂。人们退回到自己的房里，街道上只有几个水手，这些丹麦人快到午夜时慢慢上岸，在雾中寻找索多玛餐馆，撞上了他们的冰岛同行，后者想打上一架，揪住这些该死的丹麦无赖把他们集体送走。然而你的身体里没有大山，拳头飞出去，打到的只是雾，雾吞没了一切重击，完全不抵抗，只是让一切消失。一切都消失时感觉太奇怪了，我们听到自己的呼吸，听到心脏的跳动。这世界太静了，会吓到我。来和我一起躺下吧，感受我指尖的温暖，感受我嘴唇的柔软，这个世界静默下来渐渐消失，我呼唤你，和你在一起我是安全的。只要你爱我，这个被上帝抛弃的世界就可栖居。

IV

这一天过去了，永不复返。这一天来临后，我们用错误和胜利、背叛和沉闷来填满这一天，然后到了傍晚。男孩与吉斯利坐在旅馆里，吉斯利到旅馆之前，先是一言不发地站起来，走出特里格维的房子，尽管他已经答应与老将军在一起待一段时间。老人已经上床睡觉了，人们认为吉斯利应该会留在那里，但他离开了。你永远不值得信任。福里特里克可能会对他说。痛斥。吉斯利嘀咕。什么？男孩问。

吉斯利：恐怕你的课程再也不会有什么意义了。我是个悲惨的可怜虫，一条让坐就坐、让滚就滚，在主人把棍子扔到海里后仍会跑过去把棍子从海里叼回来的狗。如果没有尊严，诗歌和知识又有什么用？

吉斯利或许没想让男孩回答这个问题，他们不是在课堂上，而且这不是个容易回答的问题；他们是在生活中，而生活不会给成绩，不会发文凭。男孩已经喝了不少酒，四杯啤酒，他感到了醉意，雾已经把世界带走了。房子里没有要干的活，咖啡馆里不需要他，没什么要打扫的，没什么要去取的，他当然可以继续翻译，但是心太乱了不可能做下去。我要去看看旅馆的风琴安没安好。他说。想做什么就去做吧。海尔加回答。

他想做什么呢？都是些不可能的事：让死者复生，干掉福里特里克，让安德雷娅开心，在维特拉斯特伦治愈咳嗽的孩子。能不能让玛利亚有时来和他一起听课？吉斯利会不会再教他？会不会清醒过来？会不会得到允许继续教他？会不会厌倦了像个可怜虫、像条狗一样留在这里，于是离开，逃掉？或许会在别处成为一条狗、一个可怜虫？

他想做什么呢？——他口袋里有一封玛利亚的信。一张纸，表面充当信封，里面充当信纸；几个句子，那些合适的句子。与其说它是一张纸，不如说是一张字条。如果我们没有纸张，我们又要把我们的话语写在哪里呢？如果我们住在一座山下的一个小小的草皮农场里，离大海只有一石之遥，而且没有纸张，那些话语会成为什么样子呢？几个句子，为书表示谢意，如果能与他讨论书的内容，她会非常开心，倘若彼此之间没有隔着大海就好了。我会读这些书，并且背给我可怜的乔恩听，非常感谢，不过告诉我，我欠你多少钱。信纸的角落是小孩画的装饰，整页纸得到了充分利用，这显示着贫困，也显示出对生活的渴望，没有这种渴望，人就会迷失。男孩看着吉斯利，看着他把手伸进大衣掏出酒瓶，重新倒满了玻璃杯，向男孩眨了眨眼。信中都是感谢之言，没有一个字提到那个小女孩是否还活着。她咳嗽得太厉害，希望渺茫。如果最糟糕的事发生了，玛利亚至少会暗示它吧——非常感谢你，我喜欢读书，但是生活可能会更好——诸如此类的句子？

他想做的是：给玛利亚写信，问她是不是每个人都活着，问她她的梦想是什么。他想做的是：从索多玛的玛尔塔和奥古斯特那里借来轻型划艇，像疯子一样划船越过达姆斯峡湾，用力划船，直到手上的皮都掉下来，这个夏天他手上的茧子已经有些变软了。朝着红头发、绿眼睛的方向划船。划船！很好。但为了什么呢？为了被打败？是你吗？她会惊讶地说。她爱詹斯，爱一个该死的挪威人，爱那些不会被风吹动的大个子。是你吗？是的，我被送到这里了，他会回复，就像个可怜虫，我被派来办事，现在已经办完了，我来只是想为你的那封信说声谢谢。然后他就会划船回来，只是不必那么用力了，不关心自己是否偏离了路线，甚至不关心自己是否进入了一个无人踏足的峡湾。但她为什么要给他写信，甚至写了两封？当然，最明智的做法是写信给她，简单地问她：你为什么给我写信？我真的忍受不了，你的头发那么红，你的眼睛那么绿。用镇定自若的、从容审慎的语气给她写信。是的，独自划船横跨这么宽的峡湾真是太荒谬了，这峡湾太宽了，实际上就是一片汪洋，完成这样充满不确定性的旅程真是太荒谬了，他可能只会遇到羞辱和彻底的失败。

吉斯利又一次把手伸到外套下面，掏出那细长的银色烧瓶。他偷偷四下打量，然后把威士忌倒进杯子。干杯，他说，让我们喝个通宵。和这样一个满脑子诗歌的年轻人喝酒真不错，我不知道还会有这样的东西等着我，也从来没想过我会在这里、这样的地方找到他。现在，干了你这杯讨厌的酒，让我们开开心心地喝酒吧，就像食品储藏室里的老鼠！他一口气喝干了他那杯加量的酒，放下杯子。现在我们快活了。他说，尽管没有什么能显示出他很快活。他茫然地看着男孩，再次喃喃地说：如果没有尊严，诗歌和知识又有什么用？他不像是在提问，更像是在自言自语、在引用名言。他不期待答案，对答案不感兴趣。他只是带着一丝怜惜注视着男孩，或许是因为男孩这么年轻，不谙世故；因为他还要经历生活中的太多失望，在日常生活的辛劳中耗尽精力而老去。他问这个问题不是为了得到回答，然而他终究得到了回答。你不能责怪诗歌和知识。男孩带着歉意说。

说出这样的话，你该感到羞愧。吉斯利说，似乎一下子老了好几岁。他转动着酒杯，那可悲的酒杯空空如也——或许你什么都不是，但你是我聪明的同伴。

夜晚到了，浓雾扭曲了世界，但是在这里，我们有个要解决的难题：巴尔特死了，世界变得贫瘠，但是正因如此，世界向男孩打开了门，那是男孩父母梦想过的机遇，甚至就像是巴尔特为此牺牲了自己。一个人与这样惨烈的牺牲相伴，该如何生活？他该如何生活？巴尔特死了，男孩的天赋显露出来。现在我死了，为了让你体味幸福。我变成了黑暗，但你步入了光明。这不合理，男孩想。正因如此，现在一切都分崩离析。或者说，幸福能栖居于悲伤中吗？光明能自黑暗中升起吗？即使可以，迎接幸福和光明是合理的吗？

男孩啜饮啤酒，就好像浓雾让他麻木，浓雾和疑惑。或许正因如此，他没有起身回到房子，而是继续坐在旅店里。他对任何人都没有任何用处，在盖尔普特受到胁迫时，他只是个毫无用处的男孩子，甚至比这还糟——由盖尔普特关照的人变成莱恩海泽在父亲面前好奇地提起的对象，这是给盖尔普特带来不幸的部分原因，是福里特里克决定压垮她的另一个原因。这个男孩，抛弃了他在优秀渔船上的位置，埋头于书本之中，然而却能引起他女儿的好奇。这太不可忍，但他处于盖尔普特的羽翼下。当然，这是要剪掉她的翅膀的另一个原因。一文不值。一无是处。就像校长，坐在他对面的这个男人。会不会正是他们对诗歌和知识的渴求，让他们一文不值呢？

一无是处。是的。一文不值。或许。然而并非完全如此，并非绝对如此：他能提供些帮助，以他自己的方式。他口袋里有玛利亚的一封信，或者一张字条，那是她唯一能送出的东西，寥寥数语，表达了她的感激和渴求。如果能与他讨论这些书该有多好，但是他们之间隔着大海，我们赖以生存的海洋，我们葬身于其中的海洋。她难道不是在寻求友谊吗？不管怎样，那友谊只有在话语中才能找到。很少有什么能与收到信相提并论。书信中存在着亲近，书信拉近了距离，是长久存在的珍贵伴侣，在读过很久之后仍能给你温暖。我要给她写信。男孩大声说。吉斯利停止自言自语，举起杯子要喝酒，但杯子空了，就像生活，一切都以同样的方式结束。吉斯利看着男孩，男孩说了些什么，说了要写信之类的话，就好像那可以改变一切，让一切不同。写信？写给谁？校长疲惫地问。他的酒瓶空了，他必须再给自己买瓶酒，或者说，把酒记到他账上，增加他的负债。男孩对吉斯利微笑着，没有注意到吉斯利的疲惫、屈服和烈酒——同一个字有不同的书写方式。写给玛利亚，他说，在维特拉斯特伦。谁是玛利亚？吉斯利问。于是男孩讲了起来，尽管他本来只打算说，她住在那里，我给她寄过书，我要给她写信。但他突然感到，她身上有太多值得讲述的东西，有必要讲起她，有必要让别人知道她的生活、她在生活中的奋争、她对书的渴求。詹斯和我几乎死在她农场下面的雪地里，男孩这样开了头，接着讲到了在农场度过的那个傍晚、那个夜晚、那个早晨。那时农场埋在雪里，不过现在雪已经融化，农场沐浴着阳光和光明。

V

别离开我。吉斯利说。他们到了外面，男孩写好了给玛利亚的信。男孩从赫尔达那里拿到了纸，当时赫尔达看起来正要去地下室，他叫住了她。别离开我。吉斯利又说了一遍。我要跑回房子了，男孩说，要让他们知道我在哪里，我会回来。不，不，世界上的每个人都睡着了，这样大的雾，你哪里都去不了，你会迷失方向，死在地狱里，相信我，我有哥本哈根大学的优秀文凭。吉斯利抓着男孩的胳膊，来强调他的话，免得男孩没有充分重视他的哥本哈根大学的文凭。他们没睡觉，你在这儿等着，我很快回来。男孩说。你找不到回来的路，这么大的雾。校长绝望地说，摸索外套的口袋寻求安慰，但是酒瓶空了，掏出来的诗集毫无价值。有时最深刻、最伟大的诗歌只不过是写在纸上的无用语句。

男孩是对的，他们都在客厅里，没有睡觉。我有点喝多了，很糟糕，他说，但我是和吉斯利一起坐在旅店里的，我给维特拉斯特伦的玛利亚写了封信，一封长信，吉斯利和奥古斯特正在下棋，我注意到赫尔达要去地下室，她在微笑。斯诺瑞在地下室有个房间，我记得他在山上时提起过她，但是吉斯利正在雾里等我，他希望我和他一起去索多玛。女人们面面相觑。盖尔普特光着脚，脚趾美得不可思议。安德森船长曾对她说：在外面的世界，你能因为它们获得嘉奖，你能统治整个王国，我怎么都看不够它们，再为我扭一扭脚趾吧。此时她正这样做，在客厅里微微摆动脚趾，尽管他已经死了，躺在地下。抱歉，我没能更早回来，男孩说，我不知道我为什么没让你们知道我在哪里，错过了为科尔本朗读的时间，科尔本生气了吗？他说他要让你感受一下他的手杖，盖尔普特说，但他正在经历更深的失望，所以你不用担心。你当然可以回到雾中，和吉斯利共度时光，绝对可以，但别喝得太多了，我们可能明天一早就要启程，所以如果你还想睡一会儿，你一定要及时回来，把吉斯利一起带回来，这很重要。让吉斯利来这里？男孩惊讶地问。启程？去哪里？我们都去吗？他问。是的，我们四个人是密不可分的，你知道的，你没意识到吗？世界要这样做，这个世界把我们聚到了一起。但是怎么回事？男孩问。但是怎么回事？他又问，感觉如此迟钝、麻木。但是怎么回事？他又问了一遍，或者陈述了一遍，目光迷离，就好像绝望地想记起些什么。这场旅行，他终于说，远不远，是不是因为福里特里克，还有特里格维？是因为他们，因为他们计划要做的事吧？我们要走很远吗？或许不是以公里计算。她说，不管怎样，要衡量一个人生命中的东西，数字是无用的。但是没错，如果没有福里特里克和特里格维，我们不会走。不过，我想，他们的名字和人无关紧要，因为那些统治者总会被权力塑造，他们的权力又由传统塑造。所以，我们是在与某种非常庞大的东西角力，而不是和这些人本身。说得够多了，傍晚就要过去，去找吉斯利吧，但是别回家太晚。

男孩抄捷径跑到旅店，发现吉斯利与他离开时一样，就在原地等着他，完全就在原地。这个可以给你，他说着递给男孩那本小书，荷尔德林的诗集，我用不到了。是德语的？男孩说，或者是在问。是的，可能是吧，至少上次我看这本书时它还是德语的。我不懂德语。男孩说，他感到失望，也任由自己失望。语言不通太让人难过了。等我脱离那该死的将军，不用再当条狗，我们就可以改变这状况了。不懂德语没法活，da ich ein Knabe war（因为我是个男孩），如果没有诗人，生活会是荒原。吉斯利说道。他悲观地望着浓雾，而后开始走向玛尔塔和奥古斯特开的索多玛小酒馆。这家酒馆的名字实际上是“彩虹桥”，但是人们只会称之为索多玛。

穿过旧街区需要些时间，尽管吉斯利对这地方了如指掌，但他们还是两次迷失了方向。这个夜晚不会平安结束。他嘟囔着，似乎要说些什么，但这时他们碰到了三个水手。在这种时候出门的人，吉斯利惊讶地说，而且是三个人！我以为我们两个是唯一留在这个世界的人。你们在大雾里找什么？但是那些人没回答，他们是一艘纵帆船上的水手，也正是想在他们私下的独立之战中狠揍丹麦水手的人。男孩看到了其中一个人的脸，只是一闪而过。他们的眼睛就一直盯着地面，或者盯着旁边。他们匆匆走过，消失了，对他们的事什么都没说。怎么这么匆忙？吉斯利说。他想交谈，想问些东西，听到新的声音，但他们消失了。为什么这么急？在生命尽头等着我们的除了死亡什么都没有。吉斯利几乎是在冲他们叫喊，他继续往前走，但又转身回头看，仿佛在向他们呼喊。记住人们应该慢慢走，不要以为可以逃掉就逃跑，没有人逃得掉，人没有……该死的。他突然叫道，因为他被什么东西绊倒了，一大堆不成形状的东西。他头朝下栽倒了，脸朝下倒在地上，就像只忧郁的海豹。魔鬼降临到我身上了吗？他对地面说。但是男孩在那堆东西旁边蹲了下来。那是个人，原来是贫民窟的斯万蒂斯，她躺在那里蜷成了个球，仿佛想让自己变成个大海螺，吉斯利跌到她身上时她也没有动。斯万蒂斯。男孩柔声叫道。她睁开了眼睛，那两只像孤独的月亮一样的眼睛看着男孩。我亲爱的男孩，她终于开口绝望地说，你也要做吗？我要做什么？男孩问。但她没回答，只是蜷缩得更厉害了，她薄薄的裙子撕坏了，耷拉在屁股下面。男孩想帮她整理一下衣服时，她突然一惊。某种冰冷的东西攫住了男孩。太明显了。那些人在雾中逃跑，她躺在那里的样子，她的样子。斯万蒂斯。男孩安慰地说，犹豫不决地拽了拽那撕坏了的衣服，她又是一惊，蜷缩得更加厉害。别，她哀求道，别。我只是想帮你整理一下衣服，我……你不要，不要。她绝望地低声说。男孩咽了口唾沫，不敢再碰她，仿佛他不干净，然后他闻到酒的臭气，吉斯利向他们弯下腰，斯万蒂斯开始哭泣。斯万蒂斯，你穿上我的英国外套。吉斯利说，不再自艾自怜。他脱下外套，男孩帮他把外套给她穿好。这就好多了，我可怜的宝贝。校长安慰地说，然后帮助斯万蒂斯站了起来。她躲在他怀里，就像被人追猎而吓坏了的小动物。但她穿着吉斯利向福里特里克屈膝得到的漂亮的昂贵外套。这件英国衣服现在是你的了，你听见了吧，我是说这件外套，你穿比我穿更合适。斯万蒂斯的手臂绕在吉斯利的脖颈上，她的头和脏兮兮的头发靠在他肩上。吉斯利低头看着她，突然就好像不知道自己要做什么了。现在怎么办？他脸上显现出困惑的表情，似乎在这样问。我们现在该做什么？我们应该把她带到房子里吗？男孩问。什么房子？吉斯利问。

盖尔普特的。男孩说。

盖尔普特的。吉斯利喃喃说道，就好像是在查验那个名字，但是他接着明白过来。不，不，到我家更近，我认为拉克尔肯定在家。她是你需要的人，斯万蒂斯，我可怜的宝贝。你觉得怎么样？他与其说是在询问，不如说是在表态，然后就开始朝家走。我求他们停下，斯万蒂斯对着他的肩膀说，我求他们停下，为什么他们不停下？愿大海把他们都收走。吉斯利说完，把斯万蒂斯搂得更紧了。虽然想让别人死掉是不可原谅的，但我们还是想说出这样的话，愿大海把那三个水手收走。或者正如人们所说的：权力会把人变为魔鬼，因此，有时大地上能找到的最糟糕的东西就是人。

VI

这是个邪恶之夜。吉斯利说。

他们把斯万蒂斯带到了拉克尔那里，不过现在，他们坐在索多玛，里面有四个丹麦水手，大吵大闹，乱哄哄的。女店主玛尔塔与丹麦人坐在一起，表情可怕。邪恶之夜。吉斯利对着桌子喃喃地说。

然而，什么是善良？什么是邪恶？区别并非如我们希望的那样明显。那善良的人能给我们带来不幸，最难讨好的人有时会带来安慰。但是，这个夜晚看上去不太平安，这是真的。在拉克尔的地下室里，斯万蒂斯盯着天花板，水手们在雾中碰到了独自游荡的她，她身上只穿着又轻又薄的连衣裙，嘴里说着些含混不清的话。其中一个丹麦水手开心地，甚至可以说是愉悦地迎向她，随后抓住她的一侧乳房，状似无意，但愉快随之消失。另外三个水手无法抗拒诱惑，在大雾的掩护下，也去触碰了她裸露在外的乳房，随后他们身体里的某个东西被点燃了，然而他们并没有足够的力量去与之抗衡。他们把她推倒在地，拉起她的裙子，她连声说不要，一次、两次、三次，但是她没有反抗，除了流眼泪之外，就只是躺在那里，大睁着眼睛。这是什么眼睛啊？第一个水手说完，用一双大手盖住了她的眼睛，占有了她，另外两个人不耐烦地等着他完事。然后他们逃进了大雾。

这是个邪恶之夜，我不知道它来自哪里。吉斯利说完把一杯啤酒灌进了喉咙，把啤酒倾注到他的人生上，那破败不堪的废墟。男孩只是小口喝着他那份啤酒，按照盖尔普特的指示，等待机会把校长带回家，尽管他不知道为什么，也不确定他是否想知道，不确定他是否在意把吉斯利一起带走，因为等待着他们的是什么样的旅途啊！谁会同行呢？不太可能是吉斯利，不，当然不会。不过为什么盖尔普特想让他过去呢？奥古斯特又给吉斯利拿了杯啤酒，他妻子在椅子上转过身看着他，他避开了妻子的眼神。该死的懦夫。她刻意说道，让人听了很不自在。该死的不记账、可悲可鄙的人。她说。无能的人，我需要个真正的男人，你是吗？她问那些丹麦人，坐在她旁边的男人向前俯身，悄悄说了些什么。她把头向后甩，大笑起来。她今晚像魔鬼一样，吉斯利嘟囔道，接着又说，而明天或许永远不来。那个对玛尔塔耳语的丹麦人抓住了她的一个乳房，起初有点犹豫，想让这动作看起来像是开玩笑，但她没有别的反应，只是转过头看着她丈夫的眼睛，于是男人继续贪婪地抓着乳房不放。我有两个乳房。她平静地对那个水手说。这该死的没错。他哑声说道，他的同伴则坐在椅子上晃来晃去，仿佛不耐烦。你想写诗，吉斯利从玛尔塔身上移开了视线，哑着嗓子对男孩说，这是你可以写的东西，这里是真正的生活！男孩不想朝另一张桌子那里看，只是说道：我不是个诗人。魔鬼知道你是谁，吉斯利说，但我们已经有太多关于群山和古老神灵、古老英雄的诗歌，你该写写这里的一切，只要记得让诗句押全新的韵律。然后他对给他拿了杯啤酒的奥古斯特说：你怎么受得了这些呢？她只是喝醉了，这位店主说，会过去的。我不确定，吉斯利说，我不确定什么可以过去。

男孩：我们该走了。

走？吉斯利把头微微侧向一边，避开玛尔塔向她丈夫扔过来的小酒杯。她醉得太厉害了，瞄不准，杯子擦着吉斯利的额头飞过去，在墙上撞碎了。走？他重复道，走去哪里，我们被困在这里，直到永远，你怎么受得了这些呢，这该死的荒唐事，啊，奥古斯特？！玛尔塔又去拿了一瓶酒和一个小酒杯，替代她刚才扔向丈夫的酒杯，把丹麦人的玻璃杯重新倒满，喝干了她自己的一小杯酒。水手往后靠了靠，两腿分开，眯着眼睛看着玛尔塔，贪婪的样子近乎残酷。伙计，她在羞辱你。吉斯利说。你确定被羞辱的人是我吗？奥古斯特仍然盯着桌子没有抬头，反问了一句。吉斯利骂骂咧咧，骂奥古斯特这样回答，骂玛尔塔，骂生活，但是接着门开了，特里格维商店的店员，大胡子古纳尔，跌跌撞撞闯了进来。他喝醉了，咧着嘴毫无快意地傻笑。奥古斯特拿起一瓶啤酒，递给古纳尔，他一言不发地接过去，眼睛盯着另一张桌子。那里玛尔塔已经坐到了水手的大腿上，水手眨眼间就扒开她的衣服露出了一侧乳房。该死，古纳尔说，该死，伙计。再多喝点吧，玛尔塔用冰岛语对丹麦人说，然后又一次倒满他们的酒杯，你们这些人当然都能喝酒，这一点你们就和其他所有可怜虫一样，能喝酒。她站起身，轻轻拍平身上的衣服，近乎讽刺地看着那人胀鼓鼓的裤裆，然后靠到墙上，开始抽烟。

她走了。古纳尔看着男孩说。人们哪里都去不了，那只是他们的意愿。吉斯利说，语气仿佛是在对孩子讲话，留给我们的是啤酒、拙劣的笑话、好色的水手和雾。古纳尔继续看着男孩，几乎显得无助。于是男孩问道：谁走了？你知道的，你当然知道！古纳尔回答。

男孩：我？我不知道。

古纳尔：是的，你知道。

男孩：谁走了？

古纳尔：是她，你不明白吧，她，你知道是谁，只有一个她，我想我该自杀。

吉斯利：用什么方式？

古纳尔：乘船，当然啦。

吉斯利：那可能吗？

古纳尔：你傻了吗？当然可能。船会把人带走。

吉斯利：我的意思是，你用什么方式自杀？

古纳尔：我怎么能知道，我以前从来没做过这样的事。

男孩：你说的是莱恩海泽？

古纳尔：当然，我为什么要说别人？我为什么要谈起别人？我恨一切能让我想起她已经走了的东西。

吉斯利：什么最能让你想到她走了？

古纳尔：一切！

那你现在就自杀吧，吉斯利这样说时仿佛是在安慰他，你永远得不到她，福里特里克或许会认为你是个好雇员，你是个能让他这样想的无赖，但他宁愿让莱恩海泽一辈子不结婚，也不会让她嫁给木匠的儿子，他的女婿必须有更高的出身。我知道。古纳尔说。他看着玛尔塔又抽了一支烟，她周围的空气好像都在颤动。耶稣是木匠的儿子。男孩说。那帮不了我。古纳尔说。帮不了，吉斯利说，相反，耶稣这样的人在不在他们的圈子里，福里特里克和特里格维都不会在意，有耶稣那种想法的人会把他们直接引上破产之路。十之八九。他又加了一句。这时玛尔塔放下抽了一半的烟，走进旁边的小房间，身后跟着丹麦人，去地狱要比去天堂快得多。

VII

差不多三点了。盖尔普特说，男孩与吉斯利一起回来时她还没睡。男孩和吉斯利离开索多玛，穿过浓雾，雾气似乎仍然贴在吉斯利校长身上，让他看上去有点朦胧。他们一路走过来，现在差不多三点了。海尔加在沙发上睡着了，身上盖着条毯子，不过他们一回来，她就醒了。男孩问几点了，她醒过来，坐起来，神情带着些许不期然的软弱，让人感到她的孤独，但这或许是误会了，一秒钟后她就又变成平时的样子，然后彻底醒了过来。她开始叠毯子，却又停了下来，向前探身，想看得更清楚些，然后说道：你们两个成了什么样啊，你们出了什么意外吗？吉斯利挺直腰板，低头看着自己撕坏了的毛衣，抬起一只手臂，仿佛是对沾着血的手背感到惊讶。真乱啊。他说。

那个水手跟着玛尔塔走进了吧台外面的小卧室，他的同伴默默地看着。门没有全关上，或许是在邀请其他人一起进去？一个宽肩膀、彻底秃顶的丹麦人犹犹豫豫地站了起来，晃晃悠悠地朝房间走了三四步，但是停下了，甚至是僵住了，因为奥古斯特从桌子后面站了起来。丹麦人带着歉意微笑着，仿佛是想说：真抱歉，我只是太想要了。奥古斯特没有理睬他，径直走向吧台，拿了瓶威士忌和四个玻璃酒杯走了回来，坐下后把酒杯倒满，喝掉了自己那杯，接着眼神空茫，嘴角微微抽动。秃头的丹麦人犹疑地看着奥古斯特和后面的房间，看到这位店主没有动，只是茫然地盯着前方，于是继续往前走，推开了门，看了看，弯下腰，像只野兽。男孩看着吉斯利，用眼神询问、恳求，然而吉斯利摇摇头，男孩不懂那意味着什么，只好咽了咽口水。他非常想冲出去，离开那粗俗下流的声音，那声音从房间里传出来，撕裂了他内心深处的某种东西。奥古斯特再次倒满小酒杯，向四个酒杯里倒出同样多的酒，似乎没有注意到男孩几乎没碰面前的酒杯，因此酒大多流了出来，在粗糙的木头上形成了黄色的一汪水。店主放下酒瓶，他们都盯着眼前的酒杯，仿佛不可能再做其他事，只能这样盯着酒杯，就像被判有罪的囚徒，而丹麦水手在小房间里哼哼着，秃头男人已经解开裤子，握住膨大的阴茎，像宝贝一样爱抚着它。奥古斯特拿起他的酒杯，仰起瘦弱的脖子把威士忌倒了下去，然后用手背擦了擦嘴，环顾四周，仿佛惊讶地检视这个地方，样子几乎像是要问：我在哪里？我在什么样的生活里？

奥古斯特。吉斯利又一次开口叫他。秃头已经握着膨大的阴茎，那亵渎之物，走进了房间，走进了同伴粗声粗气的呻吟中，走进了玛尔塔的笑骂声中。第三个丹麦人站起来，舔着嘴唇，表情像戴了副面具。爱能夺去你的判断力，欲望则能夺去你的良知。

然后一切突然就发生了。

奥古斯特走到房门前，悄悄走进去，把秃头男人拽了出来。这很容易，男人的裤子褪到了脚踝，很难保持平衡。奥古斯特毫不费力地把他摔到地板上，然后又走进房间，抓着另一个水手的头发把他扔出来。水手咒骂着想站稳，但是失败了，因为他被自己的裤子绊住了，从肉欲的迷醉中被人猛然扯开，或许也让他晕头转向。水手们很快就反应过来，把奥古斯特打倒在地。阉了这个杂种！其中一个水手挥着刀喊道。去你妈的！古纳尔喊道。该死！男孩喊道。他体内的某种东西被引爆了，他抄起威士忌酒瓶子，把瓶子像球棒一样抡了起来，战斗正酣，拳头即将飞舞，酒瓶即将敲开某个人的头。该死的。他把瓶子高举过头，结果威士忌从瓶口洒了出来，顺着他的胳膊往下淌。我直到死都是个笑柄。男孩放下酒瓶，心想。我从来没打过架。吉斯利说，此时一个丹麦人正要拽下奥古斯特的裤子。都该死！古纳尔喊道，他们三个人一起从座位上跳起来。无望之战，但他们出其不意，瞬间爆发，生活对他们的不公让他们怒火冲天。吉斯利身高体壮，他只需要喝喝酒、读读诗，就能保持体重了。他扑到一个丹麦人身上，他们一起在地板上翻滚，撞翻了两把椅子，在桌子底下停了下来。吉斯利半个身子压在对方身上，喊着令人难以理解的诗句，把它们当成手中挥舞的棍棒。男孩被秃头压在了下面，那该死的家伙跟公牛一样壮，他懒洋洋地打着男孩耳光，咧嘴轻蔑地笑着四下环视。他那表情是在宣称：看看我现在多么开心！然而弱小的人会用所有的一切去战斗，没有别的选择。男孩咬住了男人的小拇指，用尽力气咬下去，就好像生命以他的用力为依托。手指发出断裂的声音，秃头一声惨叫。与此同时古纳尔摔倒了他的对手，两人倒下时撞翻了丹麦人之前坐过的桌子，上面的酒瓶和玻璃杯全都砸了下来。古纳尔高声咒骂，因为莱恩海泽走了，他永远无法亲吻她，更不要说其他的了。那么，过这样的生活又有什么意义？他冲着丹麦人狂吼，那人不懂冰岛语，因此无法回答这样亟须解答的问题。与玛尔塔在屋里的那个男人，进入她身体后没停留多久就被人抓着头发拽起来的那个男人，现在把奥古斯特顶在墙上，掐住他的脖子把他提了起来，奥古斯特的喉咙咯咯作响。丹麦人拿出刀，尖声喊道：现在我要割了你的蛋，你这该死的笨蛋。奥古斯特几乎听不清他在说什么，但他看到妻子冲过来，胸部以上的身体裸露着，挥舞着沉重的平底锅。在奥古斯特把丹麦人从玛尔塔身上拽起来之后，一切天翻地覆。玛尔塔却躺到了床上，只是躺在床上，仿佛什么都与她无关。她把被子拽到身上，或许是想睡觉，但是接着她的心开始愤怒地跳动，她开始哭泣。水手进入她身体的感觉很好，她用眼角的余光看到了门口的另一个人，知道他在等着轮到他，但她不在乎，一点都不想在意，感觉很好，但是也滑稽到了荒唐的程度。她无法控制自己，咯咯地笑了一阵，这让压在她身上的大个子男人困惑不解，但他也丝毫不在乎，唯一重要的就是他在做的事，接着一切就发生了。奥古斯特把水手从她身上拽了下去，那么胆小的奥古斯特，枯燥乏味得让人难以忍受，总是那么小心翼翼，把一点点小钱凑到一起，攒下来留着买房子，留着未来用，而不是活在此时此地，他那该死的谨慎能把人闷死。奥古斯特从来不反对她，不论她做什么，不论她采取什么方式，他甚至从不会报复她，哪怕她做得很过分，让他蒙羞，哪怕她第二天像条狗一样瘫在床上呕吐，头疼得要命，他也只是拿着桶和湿毛巾坐在她旁边，抚摩着她的头发，低声说些傻话，对她好得无以复加，让她受不了。就在这个时候，她开始哭泣。世界上最好的人遇到了麻烦，最好的人，为她失去了自我的可怜人！而她却躺在这里，太没用了！她掀开被子，抓起最近的一件衣服，他的一条裤子，随便套上，都没想到要再穿件别的，就冲了出去。她抓起沉重的平底锅，正好看到那个该死的丹麦人在殴打她丈夫，于是使出了最大力气，瞄准他脑袋拍了上去，但她可能醉得太厉害、太激动了，结果砸中的是他的肩膀，他的右肩，不过砸得够厉害，他痛苦地尖叫起来，接着她猛踢他的裆部，他再次尖叫。丹麦人的尖叫和玛尔塔的咒骂改变了一切，其他人停止了扭斗，丹麦人摆脱了吉斯利，占了上风，但是校长嘴里吐出的话语仍然让他有些目瞪口呆，玛尔塔站在屋子中间，奥古斯特站在她旁边，手里拿着水手的刀，她挥动手中的锅，丰满的乳房随之上下甩动。丹麦人紧挨着站在一起，犹豫不决。第一个人肩膀受了伤，第二个人小拇指废了，第三个人被诗歌冲昏了头，第四个人倒没受什么伤——宽肩膀的那个，他在出其不意受到攻击后很快就反应过来，占了古纳尔的上风。他轻蔑地扫视着玛尔塔摆动的乳房和平底锅，但看得更多的是她的乳房。他盯着她的乳房看呆了，结果得到了应有的惩罚。直到玛尔塔冲上来，抡起锅敲在他的颧骨和鼻子上，他才反应过来。很快，几名水手逃掉了，逃进了夜晚，带着受伤的肩膀、残了的小拇指和被打断的鼻子。雾吞没了他们。

VIII

这么大的雾，我们什么鬼都看不见，我都看不清自己的脚趾。吉斯利说。那我们就全都瞎了。坐在船头的科尔本说。科尔本张大鼻孔用力吸气，闻不够大海的气息，因为船上和船周围的海水气味，与你在陆地上闻到的完全不同。科尔本的表情完全就像道伤口，但他转过脸，面朝他看不见的大海，海上是难以想象的平静。

他们划船离开潟湖时已经不早了，他们经过一动不动地漂浮在水面上的船只，看不到船的桅杆，只能看到船体的轮廓。大雾把船变成了古老的鲸鱼，在岁月中日渐坚韧。快到九点了，海上一片静寂，只有船桨的声音，只有小船在大雾中破浪前行。两个人慢慢划桨，穿过索多玛下面的水道，男孩没闻到烟味，感觉松了口气，他们曾担心丹麦人会带着帮手，带着更多拳头，回来报复，甚至会来放火把房子烧掉。不过没有烟味，因此索多玛酒馆可能仍然在雾中矗立，完好无损，里面空无一人。男孩和吉斯利把奥古斯特夫妇两人一起带回了旅店。

奥古斯特不愿把一切留在身后，他的酒、家具、他们的财物，但是平平安安最好，保住他们的命胜过保住东西。男孩帮他们把桌椅摆好，把碎玻璃扫起来，不过玛尔塔没帮什么忙，她寸步不离奥古斯特，抚摩他，抱着他。我可怜的宝贝，她说，我可怜的小东西，我的英雄，我的男人。她紧紧抱着他，胸部仍然裸露，但这没关系，这很正常。生活、乳房、眼泪、打碎的瓶子。夜晚就是夜晚，没有别的什么可说的。古纳尔在一旁看着。他嘟囔了句什么，直盯着压向奥古斯特的丰满乳房，然后向男孩俯身轻声说道：该死的，这女人的胸真大，我们出手帮忙，该得到点回报。不过接着他就走了，消失在夜晚的浓雾中，连同他的胡子，还有对莱恩海泽的渴望。她坐着轮船离开了，带走了你能想象到的一切，或许比你能想象到的还要多。不久以后，他们四个人走进了同样的夜，男孩、吉斯利、店主和他的妻子。你配我太亏了，太亏了，因此我才那样表现，我太坏了，你太好了。玛尔塔不住地说。我太乏味，太没特点，你那么有活力，我和你一比，简直就是死气沉沉。店主说。他们两人紧挨着走在一起，很难说清是谁在搀扶谁，他们走着走着还会同时哭出声来。吉斯利和男孩跟在后面，像是仪仗队队员，像是外来者，像是记录者。泰特尔让夫妇两人进了门，睡意和这群人身上的酒味让他皱起了眉头，不过他让他们进去了，给了他们庇护。赫尔达正睡在旅店地下室里，斯诺瑞的旁边。两人都赤身裸体，斯诺瑞醒了过来，抚摩着她的头发，泪水流过他的面颊，弯弯曲曲地流过他的胡子楂。他们躺在一起，像是两个连在一起的音符，刚刚开始谱写美妙的音乐。吉斯利和男孩离开房子继续行进。你那么有活力，我和你一比，简直是死气沉沉。男孩在走廊里重复道。海尔加叠完了毯子，但是吉斯利再也站不住了，他跌进了一把椅子，酒精和这一夜的事件让他的头直晃悠。男孩仍然站着，满身威士忌的气味，他讲了傍晚和夜里发生的事，打斗、欲望。然而当欲望变成淫荡时，我们又该称之为什么呢？我们该用什么词来称呼它呢？——那个站在门口的男人解开了裤子，握住膨大的阴茎，像宝贝一样爱抚着它。

* * *

现在男孩身上没有威士忌的气味了，他在船上，船缓缓经过山边，很快就要进入德鲁普海域了。但他们在雾中什么都看不见，似乎没有移动，唯一的变化就是浪更大了，意味着海水更深了。男孩睡了三个多小时，他没想到自己能睡着。他感到天旋地转，不知道该有什么感受。人有时不可能理智地应对生活，更不必说从容不迫了。能熟睡是多么美好啊！他得到了赐福，躺在床上睡着了，一直睡到海尔加来把他推醒。这一次敲门没有用了，海尔加不得不走进去，把男孩推醒，同时说着温柔甜蜜的话。如果人能经常这样醒来，生活就会轻松很多，不再那样辛苦。

大个子格文德尔和男孩用力划船，他们已经到了无遮无碍的德鲁普海域了，脚下是几十米深的暗色大海。吉斯利坐在船尾，样子疲惫，眼睛低垂，盖尔普特坐在船头。吉斯利，现在该轮到我们划船了。海尔加说。划船，吉斯利疲倦地重复道，我已经二十年没划过船了，而且我们确定是在朝正确的方向划吗？这么大的雾，我们什么鬼都看不见，我都看不清自己的脚趾。吉斯利说。那我们这条船上的人就全都瞎了。科尔本说。男孩深深吸气，能与船桨的划动融为一体，与一条在海面缓缓滑行的小船融为一体，是多么美好啊，他时不时地注视着维特拉斯特伦所在的方向。明天一定别忘了把你写给玛利亚的信送出去。海尔加曾在夜里对他说。他们四个人坐在客厅里，科尔本早就上床睡觉了，格文德尔也一样，他睡在詹斯以前睡的房间里，两人都是大个子，但是完全不一样。格文德尔在这里？男孩吃惊地问。在那之前，他讲述了从傍晚到深夜发生的故事。他写了封信，回到房子，又回头去找吉斯利，他们一起走过旧街区，吉斯利在斯万蒂斯身上绊倒了。那些该死的畜生。男孩说。有些人真该被阉了。海尔加说。是权力和权势阉掉了他们。盖尔普特俯视着吉斯利，说道。吉斯利徘徊在记忆和遗忘之间，几乎没合眼，烈酒喝得太多了，不过他的头脑偶尔也会清醒一下。权势。他说。权力。他说。他试着坐直身子，注视着她的黑眼睛，然后把一只手放在大腿上，就好像要开始发表宣言。是什么？盖尔普特好奇地问。一阵长久的沉默，他们等着吉斯利说些什么。客厅里的大钟仍然静止不动，大大的钟摆倒悬在那里，犹如戴罪之人。魔鬼的爪子通过权力插进人的身体。出身高贵的校长吉斯利最后说。我很难认同，盖尔普特说，我认为是权力让人变成魔鬼。该死。吉斯利说。酒精让他的脑袋直打晃，或许是出于疲惫，或许是由于集中精力思考，或许是因为那双黑眼睛仍在盯着他，总之他感到一阵迷糊。继续讲吧。海尔加对男孩说。男孩继续讲述。他们把斯万蒂斯带到了拉克尔那里，奥德尔也在，吉斯利把他的外套脱给了斯万蒂斯。那件英国外套？盖尔普特问。是的。男孩说。然后夜晚降临到索多玛的那些人身上。男孩身上一直带着一封信，信在打斗中没被损坏。信。吉斯利说。他又一次试着坐直身子。该死的，我得给基亚尔坦牧师写封信，这是怎样疯狂的夜晚啊，似乎我们都活着！盖尔普特和海尔加面面相觑，男孩把一切看在眼里，却只想睡觉，想脱掉满身酒气的衣服入睡。但是接着海尔加说：有个人来找你了，大高个儿，烦躁不安。来找我？男孩十分吃惊，为什么有人会找他呢，不过接着他想到了是谁。大高个儿，烦躁不安。会是格文德尔吗？

是的。

格文德尔在这里？

我也在。他们听到吉斯利口齿不清地说。吉斯利快睡着了，头沉了下去，下巴抵着胸口，就好像脖子要支撑的头颅太重了，他的身体想尽快把它甩掉。不过男孩喊出了一句“格文德尔在这里”，吉斯利被他吓了一跳，吃惊地环视四周，满心诧异地说了一句：我也在！发生了很多奇怪的事。盖尔普特说。男孩的视线在两个女人和吉斯利之间游移。他意识到，让校长在这里过夜并不寻常，盖尔普特让他去把校长带到这里，是为什么呢？同时格文德尔也在这里，在睡觉。嗯。男孩说。但他再也说不出别的什么，只是举起手，仿佛表示他什么都不明白。

他们向北行驶，现在肯定位于德鲁普中央了。吉斯利仍然坐在船尾，因为科尔本想划船。现在我活过来了。他边划边说。大胆的断言。吉斯利说。盖尔普特坐在船头一侧，不时看着四个划桨的人，这奇异的组合：一个怕死的巨人、一个带着书投身于险境的盲人船长、几乎从孩提时代就是她忠实伙伴的海尔加，还有这个独特的男孩。她闭了会儿眼睛。

格文德尔头天晚上来到村庄找男孩。捕鱼季节终于结束了，说实话，捕鱼时间持续得太久了，夏天都要过完了，但培图尔好像根本不想停下来，他几乎和谁都不说话。雅尼迫不及待地要回农场干活，沉重的氛围笼罩着渔民小屋，接着培图尔把艾琳博格带到了腌鱼棚。当时他们正在给捕捞到的鱼去内脏，培图尔一言不发地放下刀，走到小屋，和艾琳博格一起走出来，带着她走进了腌鱼棚。艾纳尔大笑起来，仿佛魔鬼就在他血管里，然后说了些关于安德雷娅的话。很难听的话，太难听了，格文德尔怒上心头，还没等反应过来自己在做什么，就已经把他忍受了多年的头头儿打得不省人事。艾纳尔晕倒了，雅尼连忙查看艾纳尔是否还活着，然后把他拖到了一边。在垃圾堆里干活没意思。雅尼说。他们去完了鱼的内脏，格文德尔在雅尼的鼓励下离开了小屋。雅尼叫他去找男孩和安德雷娅，看看该怎么办。

船随着大浪起伏，向北航行。科尔本的头脑就是罗盘。那边是努普尔。他突然点头示意。他们除了雾什么都看不到，但是听到了波浪拍击山崖的声音，那黑色的陡峭山崖有数百米高，陡峭如斧削。吉斯利闭上眼睛，渴望睡眠，渴望休息。缓缓前行的船轻轻摇动，应该能让他睡着。闭上眼睛，从众人面前消失，那该有多好啊！他闭上眼睛，就连水手的呼吸都开始远去。大雾，这奇特的旅行，这世界的逆转，或许这一切都是一场梦吧？

生活就是不幸。在夜里，在盖尔普特的客厅里，吉斯利曾说。男孩叙述了从傍晚到夜间发生的事件，但是吉斯利太困、太累了，只觉得四肢沉重，眼皮慢慢耷拉下来，盖住了眼睛，不论他怎样挣扎着要睁开眼睛都无济于事。男孩提到信时，他稍微清醒了些，一下想到了基亚尔坦牧师，需要给他写封信，要拜访他，我今年当然不能去国外了，和往年一样。他不想去雷克雅未克，那可怜的小村子。我要去找基亚尔坦，他迷迷糊糊地想，我要坐在他的小房间里，闻着图书的芳香，喝点酒，谈谈重要的事。不过首先要睡觉。然后有人叫他的名字，可能还不止一次。什么？他问，他觉得盖尔普特好像在向他问话。吉斯利，什么是生活？生活就是不幸。他回答。这难道不是那些放弃生活的人的借口吗？她语气中的某些东西让他清醒过来。两个女人都在探询地看着他。我是个懦夫。吉斯利举起手，抱歉地说。

盖尔普特说：诚实能让人勇敢，但是生活不是不幸。生活或许艰难，有时或许卑微，因此太多人放弃了。他们太过软弱，或者太缺少精神支撑，无法朝着梦想前进。他们屈服了，接受了不应接受的东西。你和基亚尔坦牧师认识，是不是？

吉斯利张开嘴，坐在那里，半天没有合上嘴，挣扎着想回答这个简单的问题：他和基亚尔坦牧师是不是认识？他突然感到，他的生活可以用几个句子来概括，这几个句子会揭示出他对生活的背叛，对自己的背叛，对曾经的梦想的背叛。他感到那是些美好的梦想，其中不存在福里特里克。最后他点了点头，说道：是的，是的，我们互相熟识。客厅里沉默下来，男孩已经疲惫地坐下了，但他一会儿看看盖尔普特，一会儿看看吉斯利，感到有些不寻常，感到不安，甚至恐惧。漫长的沉默又一次把吉斯利校长压垮了，他目光迷离，头微微打晃。海尔加的视线一直没有离开盖尔普特，盖尔普特对男孩微笑着，然后看着吉斯利。你们认识，这很好，我想让基亚尔坦为我们主持婚礼，明白吧？吉斯利沉默地凝视前方，最后终于说：该死，我没想到会醉得这么厉害。然后他摇了摇头，显然不相信自己的耳朵。盖尔普特只好继续说：我要嫁给你，吉斯利·罗恩松。吉斯利什么都没说，目光茫然，盖尔普特似乎恍然大悟，又加了一句：我是说，如果你同意。吉斯利仍旧凝视前方，海尔加双臂交叉抱在胸前，表现出不耐烦，但是男孩说出了显而易见的事实，他咽了一下唾沫，说：我不明白。吉斯利感激地看着他，像个孩子。

盖尔普特伸出一根手指轻轻抚过嘴唇。安德森船长曾小心地用舌头、用亲吻分开我的双唇，对我说，双唇间是我的生命。双唇间是我的生命，或许也是他的死亡？她温柔地抚摩嘴唇，闭上眼睛，但只是一瞬间的事，只有男孩看到了那一瞬间的忧伤。我们明白得不多，她说，实际上只有很少的一点点，但这是唯一的办法。我嫁给你，她看着吉斯利说，你娶我。你会脱离你兄弟的威压而获得自由，我不是个穷人，你知道的，你可以有机会经常去国外、买书，你不用穿旧衣服，不用为了买件英国冬装就向你兄弟屈膝，如果不喜欢就不用与那傲慢的老将军坐在一起。当然你会被人用各种话谩骂，人们不喜欢看到一个丈夫处于这么明显的弱势。一个女人应该给丈夫带来安慰，而不应与之相争，她绝对不应胜过丈夫。

他们绕过了努普尔，慢慢转向东方。他们离维克不会太远了，它就在某个地方张开绿色的怀抱，在严酷的山岭之间。

我不知道我有什么感觉。吉斯利心想。他把一只手插进海水，只为了能感受某种独特的感受。我曾经渴望得到些什么，那难道不是与诗歌、与成就、与一个家相关吗？主啊！我的那些梦想，多么幼稚！他收回手，海水让手变得冰冷，至少此时，他真切地感受到了寒冷。他看着船上的人，四个划船的人在流汗，因为用力而满脸通红，盲人船长表情奇特，惹人发笑的老古怪，那表情既痛苦又快乐。如果他们一旦踏上岸，那快乐就会消退吧？海尔加低着头，仿佛在思考，谁都不知道她到底是怎么想的。她幸福吗？她是否不需要幸福？幸福这东西有可能得到吗？她身后的大个子微笑着，吉斯利记不起他的名字，那人和男孩认识，他的双臂显然有无穷的力量，然而他脸上只有温柔。大个子目不转睛地看着海尔加，而男孩就坐在他身边。基亚尔坦曾在春天写来的一封信中说过，或者是问过：送他来这里的是上帝还是邪魔呢？我真的不知道，这样想时，吉斯利又把手插进了海水，然后转而看着坐在船头的盖尔普特。吉斯利感到他们都在朝着她前进，是她在引领所有这些人，这些受形势所逼的人组成了奇异的队伍。他任凭手垂在海水中，他们划着船去找基亚尔坦牧师，划着船赶赴一场婚礼。

娶你。他说。那是昨夜，盖尔普特宣布她想让基亚尔坦为他们主持婚礼。娶你。吉斯利终于能开口时说道，好吧，为什么不呢？他耸了耸肩，似乎毫无畏惧，但是接着摇了摇头，仿佛是得到了解脱，然后大声说：你肯定疯了！不屈服，拒绝按照他人对我期待的方式生活，不让那些无赖欺压我，不让目光短浅的人规定我该怎么生活。是的，或许。盖尔普特说。她微笑着，略显无力，略显疲惫。之前她想到了这种可能性，产生了这荒唐的念头，在白天花时间与乔哈恩和波尔安谈了谈。波尔安是她和海尔加的朋友，摄影师凯提尔的妻子。吉斯利太软弱，波尔安说，福里特里克会通过他控制你。我想，这点我能避免，盖尔普特回答，我知道我完全有能力避免。但是你信任吉斯利吗？不，不信任他的软弱，但是我认为我可以不受影响。认为你可以，这就够了吗？再也没有更好的办法了，生活充满不确定性，结果通常取决于我们自身。你确定他会同意？他愿意看我，我不瞎，我知道我拥有什么，他聪明，会意识到他将在我的保护下获得很大的自由。是的，与他生活在一起，我可以接受，房子够大，我如果厌倦了他，可以把他送到国外，不管怎么说，从来不会十全十美，约翰已婚，而且……不过他已经不在了。还有，吉斯利不是个乏味的人，他的头脑不是木头，不是棍子，不是咸鱼干，这可不是小事，而且他可能会是个合格的情人。别那么震惊，乔哈恩，每个人都有需求。在那之后，盖尔普特又与编辑斯库里谈了谈。

斯库里！吉斯利惊呼，那个假正经，为什么？他写什么很重要。他要写什么，婚礼？

盖尔普特：是的。

吉斯利：我还没表态，没说同意或不同意。好吧，没关系！

盖尔普特：我知道，吉斯利。

吉斯利：今天是什么情况？我所做的一切就是与那个老将军、老流氓坐在一起，听他吹牛，什么都不知道，而你在和其他人讨论我娶你，其中居然还包括那个浑蛋斯库里！

我知道，吉斯利。盖尔普特耐心地重复道，口吻几乎就像是在对一个孩子说话。接着她又告诉吉斯利，她去见了老卡罗琳娜。我母亲？！吉斯利一声惊呼，绝望地举起手，不知道究竟是该生气、吃惊还是恐慌，他唯一能想到要做的就是，再次举起手。不过他接着问道：你真的疯了吗？这样问不是出于担心，而是要给自己留一点自尊。没有，盖尔普特说，我只是全心全意为我的独立而奋争，不过确实会有人认为这很疯狂。她与老夫人谈过，见面的时间不长，半个小时，两人各怀心事，但是彼此的态度不算冷漠。卡罗琳娜拥有大部分权利的那三艘纵帆船，也就是吉斯利要继承的财产，会在她去世后转到盖尔普特名下，乔哈恩明天会与特里格维商店和贸易公司的首席记账人哈格尼就此签订一份合同。我的船，吉斯利虚弱地说，我的意思是，我的自由。你母亲和我一样清楚，你会把一切挥霍殆尽，把船输给你兄弟。不过如果我们离婚，船就是你的了，这点会写进合同。我不知道我们要结婚了。吉斯利呆滞地说，就像对一切都失去了控制。

吉斯利从冰冷的海水里缩回手。船缓缓前行。盖尔普特看着他。该死的，她真漂亮。他想，然后又把手插进水里。

* * *

爱情，有人可能真的会在夜里说出这个词。有人？那不太可能是海尔加，一座山并不会去思考爱情。可能会是男孩吧。爱情，残酷的名词，犹如彗星。他说过这个词吗？没有，男孩没说什么，只是瞪着他那双无助的年轻的眼睛，让人想起各种事物。也许吉斯利自己说过？吉斯利在海水中移动双手，俯身靠近水面。这就是我，我在这一生中任何东西都没学会。

爱情。盖尔普特又说了一遍这个词。我对爱情一无所知，但我想世界上的爱不够多，这意味着不是每个人都能得到一份爱。我尊重你的智慧、你的学识、你性情的某些方面，但你意志薄弱，你兄弟会一如既往地试图摆布你，事实上，只要你母亲去世，你那两个兄弟就会热心地、坚定不移地摆布你。你是你母亲最喜欢的孩子，甚至可以说是她最心爱的人，我坐在她对面，与她谈起你。你是她的弱点。福里特里克因此羡慕你，甚至有时因此恨你。他一直维护并扩大你父亲的帝国，一切都要由福里特里克来承担，他肯定为此得到了你母亲的赞誉和尊重，却很少有温暖，我用了很长时间才相信这一点。我几乎能想象到，卡罗琳娜会搬到这里，就是为了能在走到生命尽头前离你近一些，不过我不希望这样。房子很大，但还不够大。因为我所说的这一切，福里特里克会在她离开后想尽一切办法得到。你当然知道，作为一个男人，你可以轻易占有我的一切，这是法律允许的，但是福里特里克会立即夺走你的一切，连同你所剩无几的自尊。我们会结婚，我会给你自由，让你脱离你兄弟。你不能接触生意方面的事务，但只要你愿意，你可以询问，可以分享你的想法。但是首先，也是最重要的，你需要尽可能保持正直，继续教书，在家里，在学校，你要把你的学识和知识带入这座房子。你的软弱突然爆发时，我们要尽力控制它，但现在我们睡觉吧，我们需要很早就起床。她站了起来，柔软的睡衣包裹着她的身体。我们会幸福吗？他带着恳求，带着歉意，对着毯子询问。别傻了。她冷静地说，但她脸上有一种类似微笑的表情。他不敢抬头去看。你当然会拥有自己的私人房间，但我相信我会在某些夜晚见到你。吉斯利抬起头，脸红了。他脸红了，尽管喝了酒，疲惫不堪；尽管活了这么多年；尽管生命中有悲伤和破碎的梦；尽管曾经爬到沉重的夜晚尽头，痛饮过地狱流出的溪水。他脸红了，肯定正因为这个，他才大胆问出了那似乎悬在头上的问题。如果我无法忍受福里特里克，如果我必须背叛你才能活下去，如果我没有内在的力量，那该怎么办？如果你背叛她，那你就死掉了。他听到了男孩的声音，而且口气很惊讶，仿佛他得出了一个意想不到的结论。那么，就是这样。海尔加说，然后弯下腰，递给盖尔普特那个放在客厅桌子上的扁平秀气的盒子。吉斯利用眼角的余光瞥到了她的动作，尽管他盯着男孩。第十二条，他说，这是宪法第十二条，你明白了，你比我更知道答案！盖尔普特打开盒子，拿出一把手枪。这是古特杨的，她沉思着说，别人送给他这件礼物，他曾想用它来自杀，那是在他认识我之前。他把枪交给我，对我说，我只有在迫不得已、在受到严重威胁的情况下，才能使用它。他这样说是在开玩笑，但或许也是认真的。盖尔普特掂量着手枪，没有看吉斯利。吉斯利说：你很残酷！

盖尔普特：不，我只是这个男人世界中的一个女人。

IX

他们上岸的地方距离河口不远，小河从荒地弯弯曲曲流下来，经过牧师家的附近，汇入海洋。尽管有雾，河流仍能找到自己的方向。夏天的中午，然而世界是无声的，雾让世界沉默下来，他们只听到了河流的潺潺声，河流承载着草叶的生命、草丛的梦想，唱出迷人的歌，直到在大海中消失。这一小队人站在船旁边，互相离得很近，好像在等待某个人，等待某个人或某件事来给他们一个信号，确认他们存在，确认生命存在，确认世界除了雾和河流的歌声之外，还有其他东西。这个早晨，他们一动不动地站在那里。波尔安过来拍了一张照片。一张照片。吉斯利说。他被人叫醒，迷迷糊糊，宿醉未醒，心里难受，身体疲倦，头脑发昏。我亲爱的，一张婚礼照片。盖尔普特笑着说，仿佛一切很好玩。但照片上的她没有笑，她和海尔加坐在那里，神情果断，男人们围成一个半圆站在她们身后。科尔本看上去是想微笑，或者想咆哮。男孩一脸严肃，直视镜头，凝视着未来的眼睛仿佛在凝视着时间本身。吉斯利看起来很疲倦，犹疑不定，右眼隐含着悲伤，左眼隐含着不同于悲伤的感受。但格文德尔笑嘻嘻的，似乎在那一刻看到了无边的幸福。

现在我们必须穿过浓雾。盖尔普特说。我不想在草丛中跌跌撞撞。科尔本声明说，黑暗带来的不安和无助在岸边迎接他。我会领着你的。海尔加说。我不是该死的可怜虫。科尔本说，但他抓住了她的手臂。只有吉斯利和男孩来过这个地方，但男孩仅仅来过一次，而且那时天气恶劣，他疲惫不堪地走过黑暗和积雪，意识不是很清楚。我们先跟着河流走吧。说完，吉斯利开始领路。男孩背着一盒葡萄酒。海尔加把一个袋子绑到胸前，领着科尔本。格文德尔带着剩下的用品，婚宴所需的食物和其他东西。我以为我们应该在河的右边。吉斯利蹚水走到小河左边，把他们引向内陆时，男孩轻声说。我们这次就让他决定吧，盖尔普特说，跟着小河不会走很长的路，而且走走路很好。我敢肯定，雾很快就会消散。他们走了很长一段路后，吉斯利说。他找到了一条路，但现在他们迷路了，没有地标，也几乎听不到流水声了。我们是不是应该走河的另一边呢？男孩小心翼翼地问。吉斯利看着他。是的。吉斯利叹了口气说。盖尔普特从盒子里拿出一瓶葡萄酒，法国红葡萄酒，酒瓶在几个人之间传了三次后被喝空了。有栋房子。男孩在众人身后说，而后盖尔普特与男孩敲着那扇男孩熟悉的门。只不过在那个四月的夜晚，在詹斯敲这扇门时，门还被冰覆盖着，一匹马站在他和詹斯中间。邮差詹斯的敲门声把狗弄醒了，狗汪汪吠叫，但现在狗没有叫，也许是因为有雾。狗站在开门的女主人身后。她的头发如阳光一样灿烂，她和盖尔普特面对面站着，一个黑头发，一个浅色头发。女子似乎感到意外，毕竟你不会每天都能打开门看到一群人站在门口。一共有六个人，两名衣着体面的女士，四名男子，其中两个人背着沉重的包裹，第三个人的眼睛宛如黑色的窗户，第四个人则是……没错，现在她认出了校长。你好，吉斯利。她本能地鞠了一躬，因为他是位优秀的人。盖尔普特解释了他们要去哪里后，她说道：你们不熟悉这个地方，在这样的大雾里很难找到路。然后她提出让她丈夫罗恩带路。不要指望吉斯利能找到路，因为他是优秀的人。有农场主罗恩做伴，几个人很开心。罗恩抱着七岁的女儿走在吉斯利旁边，脸上挂着微笑，因为生活中的惊喜会带来快乐。父女俩陪他们走到公墓大门，从那里他们隐约辨认出了牧师住宅的轮廓，几乎就像是场误会。这个送给你，感谢你的帮助。吉斯利从盒子里拿出一瓶葡萄酒，说道。罗恩想拒绝。只是在雾里陪别人从一处农场走到另一处，这么简单的事不该拿报酬，如果这样，世界都会反常了。但是盖尔普特的姿态中有些特别的东西，让他接过了酒瓶。他微微鞠躬，他女儿目不转睛地看着盖尔普特，被她的衣服、她的风度吸引。他温柔地对女儿说：盯着人家看是不礼貌的。他们走回家，女孩拿着盖尔普特从帽子上摘下来给她的别针，心跳得很快。罗恩拿着那瓶红葡萄酒，尽管他偏偏不敢问出那个困扰他的问题：红葡萄酒该怎么喝？

X

夜里晚些时候，浓雾变成了密雨。如此稠密，雨滴之间几乎只有黑暗。男孩在基亚尔坦牧师的书房里睡着了，吸入灰尘，吸入书本的气息，吸入成千上万的词语。书中的思想应该可以将人性从枷锁中释放出来，却往往无法做到这点。他听着雨声，雨声要告诉他些什么，但他睡着了。就连他的心脏也无法让他保持清醒，那从不休息的肌肉组织，那音乐般的心跳声，那幽暗的洞穴。雨声潺潺，男孩睡着了。

结婚？基亚尔坦牧师问。他向后仰头表示惊讶，此外他的表现就好像这再明显不过了。吉斯利像个害羞的男孩，手擦着裤子两侧。他们站在房子的前厅，还没迈进房间。我们该为这超乎寻常、值得纪念的访问感谢谁呢？我该祝福大雾吗？不，那不会造成什么不同。盖尔普特说，吉斯利和我是来结婚的。结婚？基亚尔坦问。他向后仰起头，此时女主人安娜离开厨房，看到了客人模糊的轮廓。盖尔普特向安娜自我介绍，一只冰冷的手迎接一只温暖的手。非常高兴认识你。安娜说得如此认真，盖尔普特的黑色眼睛一瞬间显现出了害羞。我真不敢相信，安娜说，吉斯利会娶到这么好的人，上帝可以让你避免不幸。盖尔普特低下头，像在接受祝福。仪式本身很简单，雾更浓了，甚至比之前还浓，陌生人几乎找不到去教堂的路。没有乐曲，没有歌声。我们要唱歌吗？基亚尔坦明知故问，然后做了人们要他做的事。在场的只有男孩、海尔加、科尔本和格文德尔，家里的仆人则在准备婚宴。鳟鱼汤炖好了，肉烤好了，基亚尔坦在教堂祝福吉斯利和盖尔普特，从自己的黑暗内心祝福他们，祝福他们成为丈夫和妻子。窗外仍是迷雾。基亚尔坦看着夫妻两人，想说些什么，或许心里在想，什么样的词语能让生命挺立？什么样的词语能征服不幸？但他放弃了，感到有些无能为力，有些空洞虚伪。他用上帝古老的话语更好地祝福他们，那些俗套的词语如同穿烂了的破旧衣服，但我们仍然穿在身上，因为还没有找到其他词语，而现实和外部空间的寒冷几乎毫无阻隔地穿透了它们。不过婚宴是场很棒的盛宴。

浓雾笼罩着房子，下午变成了晚上，晚上变成了欢宴，但是基亚尔坦时不时地摇摇头。你头疼吗，我的朋友？吉斯利问。另一个人回答：是的，每当我试图理解这个世界，都会头疼。雾变成了雨，人们在基亚尔坦和安娜家里或许从来没吃过这么好的菜肴，没喝过这么好的酒。曾经陪伴男孩和詹斯走上荒原的农场雇工讲起了在世和已故牧师的故事，时而发出嘶鸣一样的大笑，没过多久就喝醉了，丰富多样的食物让他慌张，盖尔普特的在场也让他慌张。他听过太多关于她的故事，自己也讲过这样一些故事，然而她就坐在那里，坐在桌边，腰板挺直，她说的每件事似乎都经过认真考虑，在某种程度上说是正确的。她的在场和葡萄酒征服了他，他嘶鸣着笑了两次、三次，然后就被格文德尔带出了教堂，尽管那时雾还没有变成雨，他像扛麻袋一样把这个雇工带走了。没多少耐力。盖尔普特似笑非笑地说。受你魅力的影响。安娜说。紧接着就开始下雨了。一流的婚宴。当然，没有人知道，是什么在为新婚夫妇赐福：对更好生活的希望，是某种自由、不幸、虚妄吗？无论如何，不可思议的事已经发生了：盖尔普特嫁给了吉斯利，嫁进了豪门，嫁给了这个强势家族中的最弱一环，用给他独立的承诺来诱惑他，用手枪威胁他。如果他背叛她，她就会把手枪装满子弹，用她那双黑眼睛瞄准他的心脏。喝了半瓶酒后，吉斯利有胆量看她了，他从未像此刻这样不理解生活。盖尔普特时而回应他的凝视，于是他会想：我的上帝啊，她看不起我！接着他注意到她的雀斑。灯光不均匀地照在她的脸上，或许让她的雀斑更加明显，于是他想：不，她怜悯我，而那是不是更糟？他看着那些雀斑，心想：我的梦想成了什么？我能在别的地方找到梦想吗？但是接着，男孩站了起来。他几乎没喝酒，刚刚还在自言自语。生活，那闪烁的星星，然而星星之间的黑暗是什么？他站起来，喃喃说出了他的心声。每个人都一下子陷入了沉默，几乎就像是在等待这样的话语。众人陷入沉默，看着男孩，男孩仰起头，免得失去自己的心。他抓着没什么酒的酒杯，仿佛在对屋顶发言，或者屋顶之上的夜晚、雨滴、天空、上帝。他开口说道：生活应该是闪烁的星星，而非苦涩的不幸和忧伤。

那些为了重要旅程准备好了鞋子的人一定不会死去。死亡不应是他们的旅程，因为除了黑暗，死亡还能将我们引向何处？我总在想，书和知识让人幸福。现在我知道这想法不对，但这是我唯一知道的事情。生活简单，却仍比死容易。死亡是个恶棍，把一切从我们这里偷走，我是说，一切可能性。死亡夺走我们的眼睛，让我们无法阅读；夺走我们的耳朵，让我们听不到别人的朗读；夺走我们的双臂，让我们无法拥抱最重要的人，永远无法触碰那些想触碰的人。太多双手已经逝去，我不知道它们去了哪里。我经常梦到它们，但是它们什么都无法再触碰。曾经，就在不久前，我还以为，接近它们的方法是死去。然而我知道那是错的。曾经，我收到过一封信，信上说我应该活下去。但我不知道为什么。你应该知道，你无法因为你没死就活着。那是假话。你应该活得像颗星星，闪闪发光。现在我知道了。但我真的不知道我为什么站起来。今天，盖尔普特结婚了，和吉斯利结婚了。他们两人都见多识广，她很坚强，然而这对他们的帮助并不够。我感到，对他们来说，生活应该是不幸之外的东西。我不知道黑暗从何而起，但我认为它与光明同源，我认为，光明之所以变为黑暗，是因为我们对此听之任之。我认为，获得光明不容易，往往很不容易。但我也认为，无人可以赐予我们光明。上帝不会，耶稣不会，耶稣或许应该是个女人，因为那样世界将会不同，将会更好，没有州长，没有农场，没有船，没有书。如果我们不自己动手，生活就是空无。我们应该为了征服死亡而活，那是我们唯一知道该如何去做的事，唯一能做的事。如果我们按我们所能去生活，最好是能比那更好一些，那么死亡就永远不会征服我们。那样我们不会死去，我们只会变成其他东西，我是说，我不知道用什么词语来指代、来表述。或许我们只是变成音乐。

然后他停了下来。

他坐下了，而后突然注意到了手中的酒杯，于是又站起来，伸出酒杯，似乎有些犹豫。他正想再坐下时，每个人都站了起来，举起了酒杯。雨在屋顶讲述着古老的故事。

这是我能得到的最好的祝福，盖尔普特说，现在就取决于我们了，吉斯利。是的。吉斯利说。见鬼。他说，他不经意间就已喝光了杯中的酒。雅各比娜喝醉了，醉得让人吃惊。她喝不惯红酒，美丽的脸上既有惊讶，也有忧郁。这个女仆曾在四月初脱下詹斯的衣服，摩擦着他的身体让他重获生命，或许有点过界了，不过把手放在不应该放的地方，真是无比美妙。基亚尔坦靠着桌子。感谢你这非正统的讲演，他对男孩说，这或许不是大家需要的典型的婚礼演说，但应该更符合基督教义，你不该那样讲耶稣，但你说的真是鼓舞人心。你会写作。盖尔普特对基亚尔坦说。我？别人是这么跟我说的，盖尔普特说，你还会翻译，知道这点的人更多，所以你是个作家。不，不敢当。基亚尔坦吃惊地说，并喝干了杯中酒。我有时会沉浸在书本里。他移开视线说道。吉斯利坐在桌边嘟嘟囔囔。大个子格文德尔就像喝水一样喝下葡萄酒，时而环顾四周，心脏挣扎着跳动。他不知不觉就喝光了两杯酒，结果喝得有点多了。他站起身，语无伦次地说了些废话，在把酒和食物都吐出来之前说出要说的话。那么好吃的食物。真是耻辱。一切都坍塌了、消失了、撕裂了，多年来他的生活总是围绕着培图尔、艾纳尔、安德雷娅、渔民小屋和农场，可靠的事情中最可靠的，一座山突然被夺走了，显露出令人目眩、不解的真相。他吐出胆汁、恐惧、困惑，吐出焦虑不安，就好像他就要死亡。他在干呕，双手和膝盖着地，浑身发抖，接着他感到一只手放到了他冰冷的、汗津津的额头上。你是死神吗？他有点可怜地问。他鼻腔里进了呕吐物，嘴里残留着胆汁，眼里含着泪水。不，海尔加说，我没那么坏。然后她搀扶着他上楼去雇工的房间，雇工此时正在教堂里打鼾，她擦去他脸上的泪水和呕吐物，扶他上楼。哦，哦。格文德尔抽抽搭搭地说。好的。海尔加说。好啦，好啦。海尔加说。她给大个子脱下衣服，让他上床睡觉。先是他的衣服，然后又脱了自己的衣服，躺在他旁边。那个美丽的女人，冷静而从容，灰色眼睛里带着一丝严肃。她解开头发，头发像双臂一样展开，披在她裸露的背上，也有些盖在她小小的乳房上。她那比云朵还柔软的手掌，抚摩着他的手臂，抚摩着他的胸膛，抚摩着他的小腹，从他的腹股沟向下移动。还好，你身上不是所有的东西都硕大无比。海尔加说，但格文德尔出于羞愧闭上了眼睛。也许是出于幸福吧，谁知道呢。有可能理解这样的生活吗？

XI

男孩将轻型划艇推离海岸，划艇在砾石的杠杆作用下滑入平静的大海。现在是早晨，还没到七点，雨滴一起摧毁了光线，把光明变成半明半暗。他跳进划艇，抓起桨。没有什么能像大海一样。科尔本说。

男孩已经想清楚了。

或许他很早以前就做出了这个决定，却没有勇气承认。害怕他误解了一切，害怕他只要承认，结果就会变成不幸。

头天晚上男孩站了起来，他内心的某种声音让他站起来。他站了起来，说出了那些关于生命、活力和死亡的话，与此同时做出了决定，或者说是承认了他的决定。弄一条小船划出去，朝着北方的斯雷图埃利行驶，朝着红头发的方向，朝着未知的方向。这是必然要发生的，是他的心之所向。不遵循内心律令的人会变成灰色的阴影。找到船不难。就乘那艘轻型划艇吧，基亚尔坦把小艇的方向指给了男孩，你要去多远的地方？我不知道，男孩说，或许永远到达不了。太令我惊讶了。牧师说。不过夜色渐深，雨无休无止地打在屋顶上，每滴雨都在控诉，每滴雨都在谴责。上帝之道？生活之道？或许没有答案。基亚尔坦想。他继续躺在那里，而不是回到他和安娜的卧室。她或许一直在等待他，期待他有勇气走进去，期待他能克服把他们分开的力量，克服生命中的失望。基亚尔坦闭上了眼睛，心想：我是被主抛到一边的烂干草。陷入自伤自恋，这是凡人的大罪过。他应该走向她，听她说：吻我，吻我，让密集的吻落下，稠密胜过落在屋顶的雨滴；把你的指尖变成亲吻，亲吻我，抚摩我，我们会让世界可以栖居；亲吻我，我们会把石头变成花床。

盖尔普特和吉斯利互相亲吻了吗？你离开时要让我知道。盖尔普特对男孩说。那时接近午夜，雨仍是雨，他听从了她的要求。第一道曙光出现时他就轻手轻脚地往外走，结果差点在科尔本身上绊个跟头。科尔本夜里在前厅睡着了，像条狗一样把身子蜷成了球。这位船长决定与男孩一起走。绝对不行。男孩说，但是接着就惊慌地注意到老海员脸上近似脆弱的表情，仿佛裂开了一道伤口，因此他连忙同意了。他轻手轻脚走上楼梯。吉斯利和盖尔普特睡在女仆的房间，男孩正想对这房间轻声说些什么，说他要走了，但是盖尔普特醒着，在熹微的晨光中走下床，赤裸地站在那里，男孩移开了视线。我要走了。她披上一件长袍走出来时他说。吉斯利躺在床上睡着了，仿佛是个死人，只不过他在打鼾，而死人永远不打鼾。我知道，她说，去斯雷图埃利。你怎么知道？我的不幸或许就是懂得男人，去吧，否则你会一直后悔，重温的梦想会与人玩可怕的游戏。去吧，但是要回来，别把我丢下。盖尔普特说。我，我能把你丢下吗？男孩吃惊地问。吉斯利在打鼾。见她没有回答，他又说道。吉斯利校长的鼾声越来越大，最后变成震天响。我该一枪把他打死吧？盖尔普特说。那谁来给我上课呢？男孩说。没错。盖尔普特说。往他鼻子里浇点水吧，他受惊后可能会翻身侧睡，那样他的鼾声就会小多了。没错，盖尔普特说，你看，我需要你。她和他走下楼去取水，然后在前厅对他们两人说再见。她吻了吻男孩的额头，就像在为他祝福。你也要走了吗，老海狗？你确定这是正确的事吗？让我走吧。他说，他恳求。我真的不想。她说，但她拥抱了老水手，因为他是如此珍贵。她拥抱他，像是拥抱忧伤，然后带着水上楼去抑制吉斯利的鼾声。最黑的冬夜都没有她的眼睛黑。

拂晓时分，男孩和老船长科尔本走出门。盲人船长在他的书中、在词语的磷光中失去了光明，他强壮的大手抓住了男孩的肩膀，他们朝着大海的方向走去。两个男人，唯一把他们连接到一起的东西就是通往大海之路，还有放在男孩肩上的大手。

男孩很快就把倒扣在岸上的小船翻了过来。科尔本说：我曾把手放在比这更大的棺材上。也就是说，你想和我一起去？男孩咽了下唾沫，接受了某些难以应付的事。我早就不想要什么了。科尔本说。但你会和我一起去？男孩问。你解开固定船的绳索了吗？是的。那我们在等什么？不等什么。男孩回答，但没有动。他做不到，他似乎已经被大海的无边无际征服了，或者是害怕等待着他的东西，羞辱或新的生活，但随后是什么样的生活呢，日复一日的辛劳和失望？活下去。那是他母亲的祷告，她名叫爱琳，却被迫失去了生活的权利，被迫目睹她三岁的女儿死在面前。她们在春天重返世界时死去，那时，外面堆起的雪人融化了，雪人一家，五个雪人，带着洁白的微笑融入大地，在黑暗、湿润的大地上消失得无影无踪。我们什么时候离开？莉莉亚问。她想说的是：我们什么时候去看哥哥。不过她的声音如此微弱，几乎无法让人听到。明天，我最亲爱的宝贝，爱琳低声说，一路上我会一直抱着你。莉莉亚抓住母亲的食指睡着了，高兴地想到明天一切又会好起来，她抓住母亲的手指不放，出于纯粹的爱，但也可能是出于深深的恐惧，因为生命感到了死亡的迫近，感到了黑暗。她紧紧地抓着，但爱琳的额头抵着莉莉亚的额头，用尽所有的力量，用她活着的身体的每个细胞，想着：你不要带走她，你不能这样，我求求你，放过这个小生命、这份光明、这个小女孩，怜悯她吧，我求求你！

但是，死亡踏过我们的愿望、我们的祈祷、我们的失望和力量，它随心所欲。

布约格文和我想做那么多的事。我们相信，我们会渐渐走出生活的艰辛，并且过上体面的生活。与你相伴，与书本和知识相伴，充满欢乐的生活。我们要求的不多，我们要的不是财富，而是我们能用自己的双手去创造的东西。或许在这样的生活中，在这样的世界上，要求爱情和欢乐太过分了？我亲爱的，我亲爱的孩子，我哭得太厉害了，连眼泪都哭干了。我能做什么？莉莉亚躺在床上，在我身边。如果你能再见到她就好了！她总是那么开心，总是散发着生命力！有一点淘气。她高兴时，叽叽喳喳说个不停，让人无法抗拒。她比一切都可爱。如果你现在能看到她就好了，她那么弱小，那么无助，美丽的嘴角毫无生机。总有那么多问题要问的她，躺得离我那么近，却又离我遥远得可怕。世界怎么能如此残忍？现在我要躺在她身旁睡觉了，睡上生命无法承受的沉重一觉。这不公平。莉莉亚和我心中有那么多东西，布约格文也是一样，然而很快一切就化为空无，如同从未存在过。如同我们从未生活过，从未欢笑过、拥抱过，从未彼此讲述过意义非凡的东西——比一千艘船只能承载的黄金还有意义的东西。现在一切都将消逝。黄金永远不会从世界消失，消逝的只是生命。然而，黄金只不过是种冰冷的金属，寒冷既不能带给人安慰，也不能让人快乐。上帝啊，这是你希望看到的世界吗？我们所有的爱都去了哪里？我们做过的一切都去了哪里？那些照亮世界让我们快乐的事都去了哪里？我亲爱的孩子，如果你能完成我们渴望做的事，那么所有这一切或许都会有理由……我太累了。我美丽的男孩啊。如果莉莉亚能再醒来。上帝啊，你在哪里？活下去，尽你所能，活下去！

* * *

科尔本把船推进水中，站在那里，一双老腿站在海水中，享受着海水的寒意带来的冰冷感受，不过只是开始时感到享受，一会儿就冷得厉害。他朝着他认为男孩所在的方向转过头。你死了吗，你这个傻瓜？你要让我在这里冻死吗？他冷得嘶嘶哈哈，小心翼翼地迈上船，找到了自己的位子，坐了下来，摸到了桨，嘟囔着胆小鬼之类的话，说他要一个人去，没有别的可期待的。但是男孩随后也上了船，右手抓住船头，左手在手套中张开又握紧，仿佛是要喘一口气。对死者的悔憾会残酷地捉弄我们。没有什么能像海洋。科尔本说。

男孩划着船，一切开始运转，空中的风、海上的雨。正因如此，很难说他们划动的船桨是把他们带向远处的大海，让他们乘着更高的升向天空的气流，还是进入大海深处，走向海底，在那里一切都会结束。他划着船。他们两个人——他和科尔本，是这半明半暗充满失望的世界中唯一的人。可能正是因为这样，男孩才敢大声说出来，说他无法确定他们正朝什么方向行进，因为他无法区分海底和雨滴、天空和幽暗之间的差异。科尔本蹲坐在船尾，好像觉得冷，把厚厚的舌头两三次伸到牙齿间，如同昏暗洞穴里的盲蛇。人们很难说出两者的不同，科尔本终于说，能询问的人不多，想知道答案的人更少。男孩盯着半空，沉浸在自己的思绪中，结果忘了划船。继续划，不然我会喘不上气。科尔本说。对不起。男孩说。他继续划船，好让科尔本放心呼吸，尽管这样做的目的有时似乎相当模糊。

男孩：现在我理解了。

科尔本：傻瓜会祝贺你，智者会同情你。这两者我都不是。

男孩：什么？

科尔本：几乎没有谁长眼睛是为了直视他所理解的东西，那样的话就没有谁的眼睛能受得了。

男孩：这就是你失明的原因吗？

有你在身边简直是一乐。老海员说着清了清喉咙，吐了口痰，不过没有吐到船舷外。你理解什么了？他问，而男孩朝着海水深不可测的方向划去。基亚尔坦牧师在春天对我说的，说克尔恺郭尔那样的人是危险的，因为他们让我们怀疑，甚至会让我们重新认识世界。

科尔本：他擅长思考。

男孩：克尔恺郭尔？

科尔本：基亚尔坦牧师。

男孩：即使如此，他还是感觉不舒坦。吉斯利也感觉不舒坦。盖尔普特也感觉不舒坦，尽管没有人比她厉害。

科尔本那双无神的眼睛转向了雨和幽暗。仅有思考是不够的，他说，仅有理解是不够的。他舔了舔嘴唇，去品尝海水的咸味。不够。男孩说。也许他是想继续询问。他们可能已经划船离开了这个世界，进入了另一个世界，他在那个世界里听着科尔本说话。你还必须能在生活中与你的所见所想共处，不过这需要更多的勇气和毅力，大多数人都没那么多勇气和毅力，正因如此，不幸才追着我们不放。我早就该死掉了。男孩又开始划船。用力划船，朝着海床、雨滴和天空的方向，朝着可能不存在的方向。小船在慢慢往前爬，雨在下，水滴之间是幽暗，男孩开始用力划船，非常用力，实际上这种狂热可以让人失去思想和感受，他身上浸透了汗水，却毫不在意，他的手很疼，但他继续划船，仿佛是在逃离这个世界的问题，逃离科尔本要与他同行背后的原因，逃离他母亲的祈祷。他母亲说他必须活下去，让光明有可能照到死者身上，他必须过死者没机会过的生活。他狂热地划了一阵，直到科尔本生硬地问道：小伙子，你的方向是什么？男孩疲惫不堪地抬起头，辨认出雨中黑乎乎的庞然大物的轮廓。喃，陆地。他说。他的声音带着惊讶，甚至惊奇，好像已经忘记除了大海之外还存在着其他东西。船随着上涨的浪潮微微摇晃，男孩向前俯身，靠着船桨休息，桨垂在水中，犹如两条伸向海底的长臂。我想知道我们在哪里。男孩恢复过来后说。他的汗水止住了，心脏在有力地跳动，把能量泵入船桨之中。你想去哪里？科尔本不情愿地问，似乎不在意会听到什么答案。男孩并没有说要去找那个写了独特信件的女孩——她的头发是红色的，头发的颜色穿越群山；她有个小孩子，很穷，我担心和她在一起会生活艰难，我会在海上劳苦到死，带着废掉的双手、破碎的梦。他只是说：去斯雷图埃利。不过，这个词当然包含了我们提到的一切，因此他的声音微微颤抖。你应该向北航行，不是西北。我知道，你的意思是我们已经向西北航行了吗？科尔本没有回答，懒得回答，答案太明显了。他也需要想一想其他的事情，那些事没那么简单。男孩掉转船头，然后朝着那个词所代表的方向划去，那个让声带颤抖的词。按照陆地指示的方向，那陆地是沉重的深暗阴影。他用力划船，但是船走得很慢，他迷失在自己的思绪中。现在时候到了。

风开始吹，浪在船下面涌起，风卷起雨水抽打在他们身上。科尔本露出微笑，令人无法理解的微笑，改变了他的面容，那微笑只是他那死气沉沉的黑暗眼睛下面的一排稀疏牙齿，男孩从未见过与这微笑相似的表情，他感到一阵寒意，心惊胆寒。他不安地说：起风了。科尔本笑得更厉害了。我们刚离开海岸。他说，也可能是在问。大概五十米。男孩说。天不像先前那样暗了，就好像风把生命吹进了光明，男孩辨不清微小的细节，分不出岩石和草皮，但他瞥见了一个影子，一个人或一头羊之类的。他需要用力让船保持平稳。这里水深吗？从浪的情况来看，是的，几米深。科尔本仍在笑，这样的笑很难让人感到舒服。男孩又开始划船，用力划，同时觉得胃里不舒服，焦虑、恶心、恐惧。那么你安全了。老人说。我安全了，什么安全？那些书留给你。书，为什么要留给我？男孩问，他划得更用力了，本能地向陆地靠近。我不能再走得更远了，科尔本几乎有些得意地说，然后又加了一句，我属于大海。

男孩：没有谁属于大海，除非是鱼。你不是鱼。

科尔本：那我是什么？

你是一个人。男孩说，然后停止划船。一个人，听听你说的。我是个瞎了的老恶棍，没用的可怜虫，没有人应该这样活着。科尔本说。没有人属于大海。男孩重复道。

科尔本：属于，就好像谁都会属于某个地方一样！我们两个哪里都不属于，这是注定的。好好对待那些书，它们都是你的了，除了一本。哪一本？男孩不由自主地问，一本书突然让他忘了生与死。所有的人中，你是最应该知道的，老船长说，我随身带着它，就在我的外套下面。我不许你做任何尝试，请尊重我，让我有尊严地离去。不要乱，不要喊，不要那么该死的歇斯底里。我已经作为最可怜的男人活了很久，没必要死时还这样可怜。但是，男孩开口说，但是……别说什么但是，科尔本说，不再有什么但是，我到了不找理由的地方。科尔本站起来，在摇晃的划艇上站起来，笔直地站着，带着些许敬意，带着尊严。风开始劈头盖脸地吹向大海，海水溅在他们身上，科尔本站起身，速度很快，但是带着尊严，全无畏惧。他举起右臂，或许是告别，然后男孩也站起来，说了句什么，或许是祷告词，或许是渎神的话，或许是一句劝告。他把手伸向科尔本，科尔本突然激动起来，迅速抬起一条腿，想跨过船舷，走向海底，在那里死亡将给他新的眼睛。他自己的眼睛已经完全没用了，彻底没用了，因此他估算错了，他的腿抬得不够高，差了几厘米，况且划艇在剧烈摇摆，也很难估算得准。结果他所做的只是把脚放错了地方，他没能走进海洋，而是踩在了船舷边缘，结果他们两人都失去了平衡，划艇翻了，他们落入大海。两个不会游泳的人叫喊着，咒骂着。现在尊严在哪里？尊严是否并不存在，不论是在生命里还是在死亡中？

XII

你在海中时，你就在海中。一个简单的事实，如此不言自明，没有人需要用言语表达。但是，如果你不会游泳，那么就身在海中而言，唯一不言自明的当然就是担心溺水和你所能记得的大海的深度。或许你正在奔往你人生的目标，或者正好缺少目标，然后就毫无预警地发现自己处于汹涌的波涛中，在大海里走向终结，溅起水花，吐着水，发出咒骂，充满恐惧，深深的海水把你拉下海底，在那里一切都结束了，手变成冰冷的水母。在不远处扑腾着一个老浑蛋，老瞎子，他外套下面有本珍贵的书，现在书会毁掉。言语经得住大海的浸泡，书却不能。他们毫无预警地滚落到海里，大海接受了他们，就像接受任意一块鹅卵石、一滴雨水。事出突然，老船长又有点渴望活下去了，这垃圾，这粗俗的野兽，因此他咒骂着往下沉，吐出黑色的亵渎话语，不过他之所以咒骂，或许也因为他是造成男孩落海的主要原因。生活安排这个男孩走进盖尔普特的房子，他身上栖息着梦想、悲伤和遗憾，他的声音进入科尔本的生活，带着诗歌和死亡的信息。他的声音就像记忆，纪念着科尔本不曾有过却怀念的东西，尽管荒谬。不论那是什么，是遗憾还是愚蠢，他们都在通往海底的路上。一个瞎了的老海员，外套下面有一本书，那是带着巨大的光明从黑暗中涌现的书。那光明扼杀了巴尔特，点燃了我们向你们讲述的这一切。我们喋喋不休地讲出这些，是为了改变世界，呼告上帝、遗忘、新的海岸和干爽的袜子——这本书沉入冰冷的大海是多么恰当啊！八月，在滂沱的大雨中，沉入静默的大海，连同这两个被不可理解的力量引向言语的人。在这悲剧中难道没有美丽与和谐吗？是的，恰当。美丽。和谐。四只摸索的手，二十根手指，呼喊，咒骂，圆睁的眼，很快就将沉没并化为黑暗的记忆，化为另一个黑洞。是的，或许恰当，然而仍是如此可耻，叫人无法忍受。因为，为什么这个男孩不能活得更久呢？他满怀梦想，为什么不能让他长大，挑战自我，甚至有所成就，用他的梦想、他对美的渴望和他那双眼睛，改变世界？斯雷图埃利的斯泰努恩在她的日记中写到过他的眼睛，要忘记它们实在很难。

男孩胡乱摆动着手臂，无法活下去了，绝对不可能了。他蹬着腿。我父亲就是这样死去的，他想，我现在也要这样死去了。但我不想死，不想让我的手变成水母，那样的手无法给任何人带来安慰。妈妈，你在哪里？帮帮我！

科尔本对着男孩的方向喊了些什么。男孩叫道：什么？！真该死！坏脾气的老家伙破口大骂，尽管他一张开嘴，海水就灌进嘴里，很难听清他说什么。喊着脏话死去不好，男孩心想。他试图朝着老人的方向扑腾，这也许是为了减轻些寂寞，因为独自死去太难受了，但海浪把他们推来推去，毫不考虑人的恐惧和孤独。对不起！老人喊，或是似乎在喊，对不起。这个老顽固，这个蠢货。至少男孩认为他听到的是对不起。他希望他没听错，听到的是对不起，而不是该死的。科尔本大喊对不起，世界突然变得美丽，孤独感减弱了，男孩喊出了听起来像是谢谢和再见的话，他试图让自己的头停留在水面上，却只是越来越难做到，很快就难再坚持下去了，但他仍然尽力漂在水上，喊着科尔本的名字，但是没有回答。他扑腾着，叫喊着，但最后只是对着天空呼喊：没有你，什么都不甜蜜！他喊了三遍，用尽他所有的力量喊出来，如同闪光求救信号，如同告别，如同爱的宣言，或者只是留下生命最后的声音，因为他很快就要离去了，彻底离去，然后所剩的将只是浪涛汹涌的大海，拍打海面的雨水，附近沉闷的陆地，但陆地仍然遥远。男孩闭上眼睛，手臂的力量减弱了，但他仍在划动手臂，因为只要我们还能忍受，我们就有责任与死亡抗争，最好是抗争得更久。那些离开的人，再也不会回来，我们失去了他们，失去了他们的一切，他们的眼睛、微笑、手指的动作，他们睡觉的样子，心烦意乱地盯着天空的样子，哭泣、接吻、抚摩的样子，活着时的样子。一旦死亡触摸到我们，所有这一切就都消失了。消失，永不再来。像这两个不同的人——科尔本和男孩，他们消失后，就会什么都不剩，只有海面、倾覆的划艇、吹过的风、下着的雨。曾经的甜蜜消失了。生命，你在哪里？仁慈，你去了哪里？

最终，我们都将化身为沉默。

我们最怀念的就是存在

我们最怀念的就是存在。我们没有忘记，我们胸中闪动着生命之火时是什么样子。这是我们所知道的最大的奇迹。从哪里来的那股力量，那不寻常的光芒？星星在我们头顶闪烁，鸟儿从我们的身旁飞过，现在我们讲完了整个故事。我们从死亡的深渊里，从浩瀚的生命中，寻回词语。心脏在跳动，伤口被剖开，我们回想起一切如何发生，或未能发生。我们长途跋涉寻找词语，走得太远，几乎一切都已失去——我们现在近乎沉默。然而，任何故事都不可能得到彻底讲述，或者，怎么说呢，我们吸入十九世纪的气息，又在二十一世纪呼出气息。时间是幻象，唯一可用的度量单位是生命。尽管时间流逝，尽管我们称之为流年，但人们永不改变。改变的是时尚，不是人类。最让我们痛苦的是，我们不复存在，只剩下这些话语，话语和我们所能做到的一样接近生活。海底躺着那些本该继续生活下去的人。男孩带着他强大的梦想慢慢沉向海底，诗歌在他的血管里翻涌，犹豫踌躇让他英俊，他的眼睛有时是开放的伤口，他带着所有这一切向下沉。向下沉，挥舞着手臂，想再次跃出水面，迎向海面的空气。这是第二次，现在我要第三次沉下去了，他想。他感到深深的海水在把他往下拽，他在生命中最后一次环视四周，呼唤科尔本，但是回应他的只有呼啸的风，然后他流下了眼泪。为科尔本的死而哭，为他自己的死而哭，哭着往下沉，带着悲伤和对生的渴望，却没有恐惧。那些从未背叛过生命的人不惧死亡。然后生命就结束了，我们不再言说。不久，有人可能会上紧音乐盒的发条，然后我们或许会听到永恒的微弱音符。

除了亲吻，
死亡还会在何处止步

该死的。男孩边吐边说。

前一刻他在海里，第三次往下沉。下一刻他似乎已沉到海底，四肢着地，在黑暗中颤抖，惊讶而又悲伤地吐出海水。他坐起来，背靠着坚硬粗糙的东西，闭着眼睛想：这就是永恒吗？这里如此黑暗、寒冷，而我趴在地上呕吐？不，他可能还没死，死亡需要更长的时间，比他预期的更难。最好是闭上眼睛。他闭上眼睛，再次往下沉。不，我不想淹死。他想，于是又开始挥舞手臂，一只胳膊打到了蹲在他面前的女人的脸，她穿得很少，红头发是湿的。他停止挣扎，说道：我认为这和淹死不一样。那么，这是死亡吗？

他又一次呕吐。

这次几乎吐不出胆汁和惊讶了。你真的活着吗？他问。为什么？他问，但无法再多说。他坐起来，背靠着坚硬粗糙的物体表面。她也在颤抖。科尔本！男孩想站起来，却做不到，这世界剩下的能量不足以让他站直。科尔本。他虚弱地说。我知道，她说，船上有你们两个人，但是海里只有你一个，另一个不在了。是科尔本，男孩说，不是另一个，他的名字是科尔本，他是盲人，又老又悲惨。或者曾经是。我不明白，我本来应该救他，我本来应该知道他为什么想和我一起走。男孩闭上眼睛，听着海的声音，听着附近的风声。他们在哪里？他们为什么在避风的地方？他是怎么来到这里的？她在这里做什么？他们两个都淹死了吗？他睁开眼睛，问出了所有这些问题。你肯定会提一大堆问题。她说，追着男孩游出去，然后又游向另一个名叫科尔本的人，或者是曾经叫科尔本的人，但她看到的只有海浪。她唯一能做的就是回到这里。这里？这里是哪里？他问。他这样问的目的是不再去想科尔本，忍住自己的泪水。你为什么在这里？你怎么会游泳？

她是跟一个老人学会游泳的，早在她来到斯雷图埃利之前。那个老人有时会在风和日丽时在浅水区游泳，很多人求他教他们游泳，但他总是拒绝，珍藏着他的知识，犹如无人可以触碰的宝藏。但他教会了你？男孩问。是的，而且永不原谅我。那是为什么呢？男孩问。他认为他可以看我的乳房，或许还有更多的东西，有几次我要拼命反抗他，男人是野兽。我是个男人。男孩说。你是吗？我可不知道，如果是那样，我就不会跟在你后面游泳了。你不是水手，为什么想学游泳？男孩问。住在一座岛上却不会游泳，这太蠢了，我知道游泳会有用，因此我才不怕麻烦，让那个老色鬼教我。他永远不原谅我。

首先是因为她不让他碰她，之后，让他的仇恨之火燃得更烈的，是她教会了别人游泳。他开始传播谣言，说她任由他做各种事，说她就是那种人，疯狂纵欲，极度渴望男人，年轻的、年老的都一样，他在描述时大肆渲染。不久以后她怀孕了，证明老人是正确的。怀孕了。男孩说。是的，就是塞尔瓦。她说。她教一个农民的儿子游泳，他那么英俊，他的臂膀强壮而有力，他的声音温柔，话语有力。他当然想为孩子承担责任，但那是在他与父母交谈之前，接着他就否认了所有的事，事实证明他不强大。不过，男人认为只要有强壮的手臂和强有力的话语就足够强大了。她被迫离开所在的地方，或者说，被驱逐到北方，到了斯雷图埃利，这地方足够远了。但这是值得的，离开那些胡言乱语、背叛、有毒的言语、屈辱——没有塞尔瓦，她的生活就毫无意义。

还有，不然你就淹死了。

她给男孩写了封信，几乎是一时冲动。那或许是对他发出呼告，看他是否敢回答，或者是否敢来。正因如此，她一天要出门无数次，看他是否会来。波尔蒂斯责骂训斥她这样到处乱转，她却毫不理会。她下到岸边，凝视着大海，仿佛在等待有人到来。她就像个傻瓜，因为没人来，没人来找她。她不再在众目睽睽之下站在海边，她决定去村庄以外的地方。那天下午她躁动不安，于是没打招呼就走进雨中，只觉得自己一定要走出去，然后她看到了划艇，看到了科尔本站起来。他先站起来，然后是男孩，她看到他们跌入大海。她毫不犹豫地跃入水中，还没有意识到自己在做什么，就已经脱掉了外衣。不过在跳水的过程中她想，希望我不会落到礁石上。实际上真是好险，她从什么东西上擦了过去，身上擦伤了。她用了些时间才找到他。海那么大，人太渺小了，但她听到他喊出声来，尽管不是在呼救，而是在背诵。我们是在洞里吗？男孩问。是的。她说。海蚀洞？是的。她说。我们被困住了？男孩听了一阵外面的涛声之后问。是的。你能游出去找人帮忙吗？无法逆着浪潮游出去，这里的浪太大了。你刚刚是从悬崖上跳下来的？是的。

他们周围半明半暗，越往洞穴深处就越黑，又潮又冷，外面的风撕裂了雨帘，撕开了大海，在维克的那些人也许正替他担心，他们或许就站在岸边，盖尔普特、海尔加，甚至格文德尔，都在朝着大海的方向张望，但是除了雨水什么都看不见。她仍然蹲在他面前，微微地颤抖着，头发湿漉漉的，全是海水，身上被大海浸湿了。她从悬崖上跳进海中，险些撞到礁石上死掉，只是为了救他。她每天都会出门，有时一天出去几次，只是为了等他。那个挪威人呢？詹斯呢？那些大个子呢？她打着哆嗦。但愿他敢搂住这个女孩，这个女人。但他不知所措。呕吐物的气味不好闻，他开始感到非常寒冷。他们会在多久以后死在海蚀洞里？奥弗海德尔有个小女孩，人们不能就这样死去，把孩子孤独地留在世上。那是世上最沉重的事，正因如此，男孩说她绝对不能死，不允许她死在这里，把孩子一个人丢下。他就是这样说的，不允许。这样说时，他打着哆嗦，因为寒冷，也因为别的一些东西，我们这些近似沉默的人已经不知该用什么话语将之表述出来。然后她抬起眼睛，看着他。

她：呕吐物的气味不太好。

他：不好。

她：你昨天似乎吃得很不错。

他：很不错。有一场婚礼。

她：我想知道结婚很有趣吗？他们幸福吗？

无趣。他说，我不确定这个世界有没有足够的幸福，因为许多人必须忍受没有幸福的生活。我不喜欢呕吐物的气味。他又说。因此他们往洞穴深处挪了挪，沿着洞壁一点一点挪过去，刮伤了身体。里面是黑暗，黑暗的土地。脚下的地面柔软，顶部低矮，几乎无法坐起来，我们得躺下。她说。是的。他回答，然后躺了下来。

她：我们都湿透了。

他：这是有理由的。

她：你在打哆嗦。

他：你也是。

不仅是冷。她说。我知道。他说。然后她说：我们应该把衣服脱了，太湿了，我们在洞穴内部，悬崖内部，在黑暗中，穿着不能保护我们的衣服有什么用呢？我不知道。他说。那我们就把衣服脱掉吧。她说。于是他们就在狭小的空间内脱掉了衣服，然后赤身裸体躺在那里，寒冷和生机让他们发抖，他们如此清晰地听到海浪奔腾的声音，那是死亡的浪涛。世界此时如此遥远。是的，他说，几乎像木星一样遥远。那有多远？六亿公里。木星？她说。是的。他说。然后他突然开始给她讲起他母亲的信。他从未和任何人讲过，甚至没对巴尔特讲过。但他也从未赤身裸体躺在黑暗的洞穴里，冷得发抖，外面就是大海，科尔本淹死了，而他自己很快也会死去。他讲，她听。接着她说真冷，然后挪得离他更近，伸出胳膊抱着他，他也抱住了她，因为生命需要这样，我们需要这样，他的热血需要这样，它在说：用你的双臂抱住她。他伸出双臂抱住她，很快就发生了一些我们不再知道如何描述的事。他把一切都告诉了她，生命从他身上流出，好像他希望在事情发生之前，在寒冷和疲倦使他沉默之前，把一切讲述出来。他们都死了。他说。詹斯，他说，你在信中提到他一路回到了家，你是怎么知道的？然后她说，或者是对他耳语，因为他们躺得很近，可以低声说话，近得只要轻声耳语就足够了。她耳语着关于詹斯的事，说他拜访了塞尔瓦。

詹斯在回家的路上到塞尔瓦那里停留了一晚。在那之前的几个夜晚，塞尔瓦坐立不安，詹斯早就该到那里了。暴风雪也许推迟了他的行程，但不该推迟那么久。也许他死在暴风雪里了，也许情况比这还要糟，也许他不敢再回到她身边了。上次她说了那么多话，她以为语言中已经不存在那些话语了，更不要说在男人和女人的交谈中了。如果她把他吓跑了该怎么办呢？她被狗的吠叫吵醒，走下楼往外看，看到离农场很近的两匹马，有个大个子骑在一匹马上。你是来吻我的吗？塞尔瓦问。不是。詹斯说。她低下头，因为她的整个生命都充满了失望，她不确定，完全不确定，她是否能再忍受更多的失望。我是来带你和我一起走的。詹斯终于有胆量说出这句话。他不得不经历所有的一切，才有这样的胆量。

你怎么知道这些的呢？男孩问，与此同时意识到了答案。你的女儿。他说。是的。她说。她的名字是塞尔瓦，与她外祖母一样？！是的。她说。是的。奥弗海德尔说。她收到了母亲的一封信，信上说：所以，他不是来吻我的，而是来与我一起生活的。他妹妹看到我时太害怕了，结果跑到一边藏了起来，但她正在慢慢康复，亲爱的。正因如此，你才问起詹斯的手，问它们是否会伤害别人。是的。她说。它们不伤害任何人。男孩说。我知道。她说。他身体怎么样？男孩问。他失去了两根脚趾、一根手指，却拥有了一个女人。她说。这不是不好的交易。不是。男孩又说：看起来大海正在靠近，因为海浪的声音越来越大了。是的，如果潮水很高，像现在这样，洞穴会被灌进海水。会完全灌满吗？男孩问。没人知道。你可以自救。男孩说。也许吧，虽然在这种天气里无法确定。别试图救我，你绝对不能死，不能离开你女儿；你绝对不能死，不能离开你母亲。给盖尔普特写封信，告诉她一切是如何结束的。一切在什么时候结束？她问道，然后出乎意料地亲吻他。她开始亲吻他，这很美好，实际上不只是美好。她用指尖抚摩他的脸，抚摩着它，就好像她的手指要记住他的脸一样。随着海水慢慢灌进洞穴，他们融为一体，男孩想到了他所经历过的一切，他记起了所有这一切。他在她体内时，一切都堆积起来，每个逝去的人都向他走来，还有他失去的、他悔憾的一切。在洞穴外的海水中，科尔本的身体翻来滚去，这位船长喊出了对不起，那美丽而酸楚的词语，然后带着外套下的一卷攸关生死的诗歌淹死了。他向男孩大声呼喊，或许也是对生活呼喊。我们也是一样，我们对生活、对天空、对我们不理解的一切，喊出了对不起。他们肢体交缠着躺在一起，男孩无法抑制地哭了起来，流下了泪水。她用嘴唇吻去他的眼泪，那些透明的鱼、透明的珍珠，那串闪闪发光的珍珠，我们用这串珍珠把自己拉升起来，自神秘的深处升起，飘向那有望比一切都宏大的疆域，把话语留在身后的死亡之中。谢谢你流泪。她说。现在我已经做好死的准备了。男孩说，因为他听到了大海的呼啸，听到它被吸入黑暗的地面，如同死亡，如同我们不曾理解的一切。我们不可能理解的一切。再吻我吧，她说，然后洞里的水会停止上涨。是的。他说。他明白了她的意思。是的。他说。除了亲吻，生命还会在何处开始？除了亲吻，死亡还会在何处止步？